新潮文庫

明日はわが身

高杉　良著

新潮社版

8155

目　次

明日はわが身

第一章　クスリ漬け

1

白い手がスーッと伸びて、グラスにふれた。

「私がいただくわ」

棒立ちのまま茫然《ぼうぜん》と見おろしている小田切健吾の視線を受け、美保子は目配せするようにかすかに微笑《ほほえ》みかけてから、左手の指先でグラスをささえるように両手で口元へ運んだ。ぎゅっと眼を瞑《つぶ》った蒼白《そうはく》な顔で、毒でも仰ぐように一気にそれを飲みほした。

「これで、三上先生のように頭が良くなるかもしれませんわね」

語尾をふるわせながらも気丈にそう言い終えた刹那《せつな》、全身が鳥肌だち、喉《のど》もとから突きあげてくる嘔吐感《おうとかん》にこらえ切れなくなって、美保子は口を押さえて化粧室《トイレ》へ駆けこんだ。

小田切は胸がつまった。「ありがとう」と、彼は心の中で叫んでから、静かに腰をおろした。

三上院長の狂気としかいいようのない振舞いに、思わずわれを忘れて、手を握り緊《し》めて起《た》ちあがったとき、それを制するように横合から美保子の右手が伸びてきたのだ。

三上が酒乱の気《け》のあることは承知していたが、こんなにすさまじいのは初めてで、小田切は度肝をぬかれた。小田切には三上が気がふれたとしか思えなかった。

「小田切、おまえはわしの草履取りであることを忘れるな。きさまの忠誠心をためしてやろう」

三上はそう言いざま、裂けそうなほど口を大きくあけて、上下の総義歯《いれば》を外し、ビールを注《つ》いで洗滌《せんじょう》し始めたのである。グロテスクな歯ぐきを剝《む》いた義歯を見せられただけでも胸が悪くなるのに、グラスに受けたすすぎのビールを強要されたのだから、たまったものではなかった。

「おい、これを飲め」

三上はグラスをつかんで、小田切の鼻先に突き出した。

小田切は笑ってとりあわなかったが、三上の眼は異様にすわっていた。

「わしの言うことがきけないのか」

顔の裏側から発するような甲走《かんばし》った声で三上がわめいた。グラスを口元に押しつけられて、さすがに小田切の顔色が変わった。

小田切はすこし乱暴に三上の手からグラスを取って、テーブルに置き、グラスの中の濁ったビールを頭から浴びせかけてやりたいのを辛うじて抑制して言った。

「院長先生、いくらなんでも冗談が過ぎますよ」

「なにお！　き、きさま」

三上に胸ぐらをつかまれた小田切はそれをふりほどいて、色をなして起ちあがっていた。

美保子はハラハラしどおしで、息がつけなくなりそうだった。

その時間、クラブ『毬《まり》』は混んでいた。扉のそばのピアノの近くで、若い四人連れが声を張りあげて合唱していたし、別のグループもそれに唱和していて、奥のテーブルの不協和音はかき消され、気づかれずにすんだからまだしも、しつこく絡《から》む三上をもてあまし気味の小田切を見ていると胸がふさがった。小田切と三上の関係を心得ているだけに、美保子はへたに口をはさむわけにもゆかず、膝《ひざ》がしらをふるわせ、胸をどきどきさせているほかなかったが、小田切が眦《まなじり》を決して起ちあがったとき、思わずそのグラスをつかんでいた。

美保子はトイレで胃の腑《ふ》のものをもどした。いくらか胸がすっきりしたが、やりきれない思いで眼尻《めじり》に涙がにじんだ。なんどもなんども嗽《うがい》をしてからトイレを出た。

「美保ちゃん、大丈夫かい」

「ええ」

カウンター越しにチーフの根本が気づかわしげに言葉をかけてくれたのに、美保子は微笑み返し、

「そろそろおクルマ来てるんじゃないかしら」

と、腕時計に眼を落として言った。

十時五十分だった。十一時すこし前という約束で、ハイヤーを呼んであった。美保子は気をきかせて、小田切たちが『毬』にあらわれたとき、すぐクルマの手配をしておいた。国鉄のスト権ストの最中なので、クルマの奪いあいになることは目に見えていた。

「銀座通りのM銀行の前だったね。よし、おれ、見てきてやろう」

身をかがめてカウンターから出ようとしているひとの好《よ》い中年男に、美保子はあわてて言葉をたした。

「お店が混んでるから、根本さんにお願いするわけにはいかないわ。私がゆきます」

美保子はいったん、扉のノブに手をふれたが、根本の前にひき返した。

「まだ少し早いけど、お客さんをお送りがてらお先に失礼していいかしら」

「かまわないよ。早いったって、たった十分じゃないか」

「それじゃ、わるいけど、そうさせていただくわ」

夜七時半から十一時までが美保子の勤務時間で、ほかのホステスよりも帰りを三十分繰り上げてもらっている。

美保子は帰りじたくをしてからテーブルへ戻った。

「おまえはたかが製薬《くすりや》会社の外交員《プロパー》に過ぎん。わしのような大病院の院長と一緒に酒が呑《の》めるだけでも、ありがてえと思えよ」

三上がもつれる舌でそう言ったとき、美保子がふたりの間に割って入った。

「おクルマ呼んでありますが。すこし早めの方がよろしいと思って」

「ありがとう。ほんとうにすみませんでした」

小田切は感謝の気持をこめて、丁寧に頭を下げ、きっとした顔で三上の方に向き直った。

「先生、帰りましょう」

小田切は手短に言って、有無をいわさず三上の腕をつかんで起ちあがった。酔いが醒《さ》めてどうしようもなく腹が立っていた。美保子がびっくりするほど小田切の所作は粗雑で、強引だった。勢いに押されて、三上がおとなしくなった。三上を扉の外へ連れ出したところへママのまり子がとんできた。

「小田切ちゃん、きょうは大変だったわね。ほんとうにご苦労なこった。美保ちゃんを送ってくれる？」

「ええ。いいですよ。美保ちゃん、上落合でしょう。三上先生は高円寺ですから、そう廻《まわ》り道にはならないと思います。一緒に乗って行ってもらいますよ」

そうこたえたものの、こんなひどいのと一緒に帰してはまずいかな、という思いがすぐに頭をかすめ、小田切は美保子の方をうかがう顔つきになった。

「私は地下鉄がありますからけっこうです。小田切さんこそ遠くなのですから、そのままクルマでお帰りになったら」

エレベーターのボタンを押しながら美保子が言った。

「そうはいきません。ハイヤーで寮へ帰れるほどえらくないですよ」

小田切は小声で話したつもりだったが、三上の耳に届いたらしく、

「かまわん、わしが長山にいっておいてやる」

三上がそう言って右腕を小田切の肩に廻し、しなだれかかるように体重をかけてきた。

長山というのはトーヨー製薬東京第一営業所の所長で、小田切の上司だった。

エレベーターのドアが開いたので、小田切は三上を抱えて乗りこんだ。

「お先に失礼します」

美保子が続いた。

「じゃあねぇ、気をつけて。おやすみ」

まり子が手を振りあげたとき、エレベーターがしまった。乗客は三人だけで、七階から一階までノンストップで下降した。

「どうして、あの店はあんなに混んでるのかね」

エレベーターの中でふらつきながら三上が訊《き》き、

「おかげさまで。このビルでも臨時休業してるところが多いんですが、うちはきのうも混んでました。ピアノのそばにいた方たち、きのうもみえてくれたんですよ。近くのホテルに泊りこみだとかいってましたわ。ホテルで飲むより安あがりだなんて……」

美保子がそれにこたえている間にエレベーターが停止し、ドアがあいた。

2

小田切が三上をハイヤーに押しこんで、どうします？　というように美保子をふり返ったとき、美保子は小さく首を振ってそれを拒んだ。

「どっちでもいいから、ひとり、わしの家まで送れ」

三上が甲高い声を張りあげたが、小田切はとりあわず、

「院長、きょうは遅くまでお手間をとらせ、ありがとうございました」

ふかぶかと頭を下げて、クルマのドアを閉め、後方にひかえている運転手に向き直って言った。

「運転手さん、ぐずぐずいっても構わず高円寺のお宅まで届けてください」

店で呼んだハイヤーなので、美保子が運転手に伝票を手渡した。

「分かりました。では」

初老の運転手は帽子を小脇《こわき》に挟んだまま丁寧に会釈《えしやく》して、クルマのうしろから運転席にまわり、もういちど外の二人にかるく目で挨拶《あいさつ》し、ギアをいれ、アクセルを踏んだ。

「ああ、やれやれだ。気骨が折れるなんてもんじゃないな。それにしても、きょうは

大変な目にあわせてしまって、ほんとうに申しわけありませんでした。ごめんなさい」

小田切は伸びをし、途中で態度を改めた。

「たいへんなお医者さまね。小田切さんもあんな先生のお相手までなさるんじゃ、かなわないわね。小田切さんって、いつもニコニコしている温厚なひとでしょう。その小田切さんが憤然としていきなり起ちあがったんですもの、私びっくりして……」

美保子は小田切を見上げ、胸のあたりを両手で押さえるようにして続けた。

「先生をぶとうとしているんじゃないかって、咄嗟《とつさ》にそう思ったんです。あとは夢中でした。気がついたら、あのビールを飲んでたんです」

「僕は温厚どころか、せっかちで喧嘩《けんか》っぱやい方だけど、まさか、なぐったりはしませんよ。あのとき、どうして起ちあがったりしたんだろう。席をけたてて、帰ろうとしたのかなあ。案外ブレーキがきかなくて手を出してたかな。よく分からないが、そんなことにでもなってたら、取引停止ぐらいじゃすまされず、辞表を用意する必要はあったでしょうね」

「お役にたててよかったわ。小田切さんにはいつもお世話になってますから、これで、すこしはお返しができたかしら」

「いのちの恩人です。馘首《くび》になるところを救ってもらったんですから」

小田切は笑いながら言って、ハイライトをくわえた。スーツのポケットをまさぐって、安物の使い捨てライターをとり出し、点火した。小田切は思いきりけむりを吸いこんだ。

先刻の修羅場が嘘《うそ》のように、おだやかな面差《おもざし》である。ひろい額、濃い眉毛《まゆげ》と涼しげな眼、あぶらけもなく櫛《くし》を入れない頭髪だけはもうすこしなんとかならないかとも思うが、美保子にはそんな小田切が男っぽく感じられる。

美保子は躰《からだ》を寄せるようにして小田切を見上げた。

「いのちの恩人はいくらなんでもオーバーですわ」

「そのくらい感謝して当然です」

小田切は照れくさいのか、ぶっきらぼうに言って、新橋駅の方向へ歩き始めた。

十一月もあとわずかだが、コートが邪魔なほど夜風がぬるい。ひと通りも少なく、国鉄のスト権ストで、銀座はいつものにぎわいをひそめている。

小田切が『毬』をひいきにしているのは、勘定が良心的なことにもよるが、それが美保子への応援になることを承知していたからにほかならない。美保子は細面の美人で、ホステス稼業《かぎょう》が板につかないというか、いたいたしいようなところがあった。ママのまり子が伝法肌な女なので、それが一層きわだってみえるが、案外、小田切の感情がそうとらえているだけのことかもしれないし、もちろん美保子がどんな素性の女なのかろくすっぽ知らなかった。

二年ほど前、開発部にいたころ小田切は先輩社員に『毬』を紹介されたが、美保子は恵美というホステスのヘルプについていた。恵美が他の店に移ったので、そのあとをひきついで、美保子はいわゆる〝売り〟に昇格したのだが、博愛衆に及ぼすようなところのあった恵美にほとんどの客はなびいてしまって、小田切などは数少ない居残り組のひとりだった。

「三上さんみたいなのは、やっぱり病気でしょうね。精神構造はどうなっているのかなあ。アル中の一種で、酒客譫妄《しゆかくせんもう》なんていう病気があるけど、それでもないし、アルコール性嗜虐症《しぎやく》とでもいうのか、サディストだかモノマニアだか知らないけど、精神病質者であることはまちがいないと思うなあ。あれで、ふだんはけっこうしかつめらしい顔して、患者に接してるんですから恐れいるほかはない。もみあげなんか伸ばして、いかす先生ということになってるのかもしれませんよ」

「ご自分で大病院の院長といってましたが、どこの病院ですか」

「そうだ、そういえばそんなことをいってましたね。だとすると誇大妄想狂ともいえますねぇ。流行《はやり》のビル医者です。霞が関《かすみがせき》に大きなビルがあるんですが、そこのクリニックの院長です。ベッドはないけど医者も十四、五人いるし、全科そろえているから、大病院といっていえないこともないかな。しかし、土曜日と日曜、祭日は休診で、ふだんも五時までで入院施設はないし、やっぱり病院とはいえませんよ。もっとも僕が廻っているなかでは大きい方で、ウチの薬をいちばん使ってくれてることもたしかです。そのビルに入居している大企業の嘱託医にもなってるようだし、羽ぶりのいいので有名な先生です。まさかお酒を飲むときはやらないでしょうが、大型のすごい外車を乗りまわしてますよ。このあたりに出没してるかどうか知りませんが、やっぱりあの酒乱じゃ、とてももてそうもないな。場所がらもあって当たったんでしょうね。ビル医者にしてはけっこう最新式の医療機械を備えていて、検査能力はなかなかのものらしいですよ」

「それでは、なにかのときには私も診ていただこうかしら」

美保子は冗談のつもりだったが、小田切は足を止め、真顔で言った。

「ぜひそうしてください。トーヨー製薬の薬をたくさんくれますから。ウチは、医家向けが中心で、一般にはあんまり宣伝してませんが、良い薬が多いんですよ」

「まあ、ずいぶん商売熱心ですこと。でも、小田切さんもひどいかたね。あんな先生の診察をすすめるなんて」

美保子の皮肉な語調に、小田切はさかんに頭髪をかきあげた。

「三上先生に当たることはめったにありませんよ。ふだんは、アルコールさえ入ってなければ名医のうちかもしれないし。ヤブじゃないと思うけどなあ」

「どうせ、ちょっとした風邪ぐらいで、持ちきれないほどどっさりお薬をくれるお医者さんなんでしょう。そういう先生がいちばん信用できないのよ。健保制度の上にあぐらをかいて儲《もう》け主義に徹しているような三上クリニックなどの話を聞くと、いやでも社会的不公平を感じますわ」

思いがけず、美保子の反撃にあって、小田切はめんくらった。

小田切は、ホステス風情《ふぜい》が猪口才《ちょこざい》な、と思ったわけではなかったが、いくらかむきになって抗弁した。

「わが国の平均寿命が男で七十一・七六歳、女で七十六・九五歳と世界のトップクラスにまで延びたのは、医学の進歩によるとは思いませんか。明治二十四年の調査では男が四十二・八歳。女で四十四・三歳といわれてますが、それが一世紀にもならない間に三十歳も寿命が延びてるんです。ほかにも食生活の向上とかなんとかいろいろ理由はあるかもしれないが、なんといったって医学の進歩、つまり薬が良くなってるからこそ、みんな永生きできるようになったんです」

これは長山所長が朝礼のときにしばしば口にする得意の台詞《せりふ》で、その受け売りだったが、小田切自身も素直にそう信じているふしもあった。

「ごめんなさい。小田切さんは薬のセールスなさってるんでしたわね」

美保子は上眼遣いに小田切に視線を走らせて、そう言い、すこし間をとって、

「あしたも会社に出られますの？」

と、訊いた。

「ええ。月末で忙しいんです」

小田切は思い出したように歩行を速めた。

「それでしたら、私の家にお泊まりになりません？」

背後から美保子の声を聞いて、小田切はどきっとして立ち止まった。小田切は美保子の方をふり返って、

「まさか、そんなわけには……」

と、口ごもって言った。

美保子は小田切との距離をつめた。

「これから大船まで帰るのは大変だわ。横浜までは京浜急行があるでしょうけど、そ

こから先はどうなさいます？　バスはとっくにない時間でしょう？」

「横浜まで行けば、なんとでもなります。タクシーでもなんでも」

「タクシーなんて、そうかんたんにつかまらないんじゃありません？　だいいち勿体《もったい》ないわ。レジデンスなんて気取ってますけれど、都心に近いだけが取りえの分譲マンションですが、木賃宿よりはいくらかましかも知れません。ねえ、ほんとうにそうなさったら。母に電話して、なにか用意させておきます」

美保子は話しながらもう公衆電話をさがしていた。

〈ひとりずまいではなかったのか、気を廻し過ぎたようだ〉

小田切は胸をざわつかせた自分がおかしかった。

小田切は、最前の『毬』での屈辱的な場面が思い出されて、やけ酒でもやりたいような心境でもあった。ちらかしほうだいの独身寮の敷きっぱなしの夜具の中に腹這《はらば》いになって、二級のウイスキーでお茶をにごすなどという図はあまりにもわびしいようにも思われた。小田切は美保子の親切な誘いに心が動いた。

3

上落合の高層マンションへタクシーで乗りつけて、玄関の前でそれを見上げたとき、さすがに小田切の胸にとがめるものがあった。

美保子がいくら母親と一緒に暮らしているとはいっても、こんな時間の訪問は非常識のそしりをまぬがれないし、フィアンセの杉浦佐和子の、下唇を嚙《か》んだ拗《す》ねたときの顔が眼に浮かび、いくらか良心の呵責《かしゃく》をおぼえ、小田切はしばし立ちすくんだ。

八階の三号室のドアの前に立って、小田切はドキッとした。ネームプレートに鈴木康夫とあり、美保子、佳子の名前が認められたからである。来るんじゃなかった、という思いが募った。

美保子がブザーを押すと「どなたですか」という女性の声がし、「美保子です」と応答して間もなくドアがあいた。

小田切が居間のソファーに尻《しり》を引いてかしこまって坐《すわ》っていると、美保子の母親がもう一度やって来て、「ごゆっくりどうぞ」と鄭重《ていちょう》に挨拶して、奥の間へひきとった。

髪に白いものが眼につくが、気品《ひん》の良さそうな婦人で、頰《ほお》から頤《おとがい》にかけての細い線が美保子とそっくりだった。

美保子がスーツを普段着に着替えて、ウイスキー、水差し、タンブラー、アイスボックス、チーズ、レタスなどを盆に載せて運んで来た。

「なにもありませんが、めしあがって」

「こんなに遅く、いいんですか。気がひけますよ」

声をひそめて小田切がそう言うと、

「母は遅いのは馴《な》れてるの。気になさらないで。お客さまで来ていただいたのはあなたが初めてですが、お友達でまだ独身のひとがいて、よく泊まりがけで来てくれますのよ」

美保子の声量は変わらなかった。

水割りを一気に喉《のど》に流しこんで、小田切はいくらか元気づいた。

「あなた、表札をみてびっくりなさってたようね。佳子というのは私の娘です。一年生なの」

美保子がウイスキーを小田切のタンブラーに注ぎながら、こともなげに言った。

小田切はあっけにとられて、手にしたタンブラーを口へ運ぶのを忘れていた。彼はタンブラーをテーブルに戻し、ごくっと唾《つば》をのんでから、口をひらいた。

「ご主人も、いま、ここにいらっしゃるんですか」

「いいえ。入院してます」

美保子はちょっと眼を伏せたが、二つのタンブラーに氷を落として、

「もう、二年以上になります。慢性腎炎《じんえん》で、治らないかもしれません」

無理に笑顔をつくって言った。

「君は……」

と言い差して、小田切は「あなたは」と言い直した。

「いったい年はいくつになるんですか」

俺はなにをバカなことを訊《き》いてるんだ、間が抜けてるといったらない。言ってしまって、小田切は顔が火照《ほて》った。

「三十二です」

素直にこたえられて、小田切は一層周章狼狽《しゅうしょうろうばい》した。

「小田切さんより、いくつ上かしら」

「三つ」

幼児のようにこたえて、小田切はまた顔をあからめた。正直なところ、小田切は驚いていた。二十五か六、せいぜい二十七ぐらいにしか美保子をみていなかったのである。その年なら一年生の娘がいてもおかしくはない。

「ご主人はそんなにわるいんですか」

「はい。そろそろ透析《とうせき》を始める必要があると先生にいわれています。本人にはまだ伝えていないようですが」

美保子の表情が憂《うれ》いを帯びて翳《かげ》った。

「人工腎臓ですか」

小田切も重たい気分でつぶやいた。

プロパー稼業についてから、にわかじこみの知識で、病気の怖さを知るようになっていた小田切にとって、腎透析のもつ意味は苛酷《かこく》なものであった。それがかりそめの延命に過ぎず、先がみえてしまうということを彼は理解していた。透析の必要性を医師から宣告された患者と家族の衝撃《ショック》は計り知れないものがあるという。

美保子の胸中はいかばかりであろうか。小田切は美保子を正視できなくなって、下ばかり見ていた。

「小田切さん。このレタスめしあがってください。サラダオイルとお醬油《しょうゆ》をかけただけの原始的なつくりかたですけど、案外おいしいのよ。『毬』のママに教えてもらったんです。ビールとかウイスキーにマッチするのかしら」

美保子は割箸《わりばし》を二つに剝《は》がして小田切に差し出した。小田切はそれを受け取ったが、そのままテーブルに置いてタンブラーと持ちかえた。

アルコールは強いほうではないが、最近は飲む機会が多く、手があがっていた。

小田切はたてつづけに四杯もあけた。

「いくらめしあがってもきょうは大丈夫よ。あとは寝るだけですから。私もいただくわ」

タンブラーにウイスキーの瓶をかたむけている美保子の白い手が二重にかすんで見え始め、小田切は首を振って眼をこすった。酔った感覚はなく、頭が妙に冴《さ》えているのに、眼がかすんでいた。

「ちょっと子供をみてきます」

美保子が起《た》って行ったのを、小田切はぼんやり見送った。静寂の中で、どこかでトイレの水を流す音がかすかにきこえる。何時だろう、腕時計を見るとき十二時を廻っていた。時計の文字盤がにじんだようにみえ、小田切はウイスキーを過ごしたせいで軽い眩暈《めまい》をおぼえた。胸がくるしくなって、彼は氷水を飲んだ。美保子が戻って来た。

「小田切さん、そろそろおやすみになったほうがいいかしら」

「ええ。わるいけどそうさせてください」

トイレで用をたして美保子について行くと、つぎの六畳間に寝床がひとつ延べてあった。

スーツを脱ぎ、ネクタイをはずしているとき、重心が取れなくなって、小田切はすこしよろけた。美保子が遠慮がちに手を貸してくれ、小田切は糊《のり》のきいた寝間着をまとった。丈がすこし短かった。

鈴木康夫さんのものだな、と小田切は酔った頭でそう思った。

「おやすみなさい」

蒲団《ふとん》の中にもぐりこんだとき、小田切は酔いと眠気で、よその家にいるという意識をなかばなくしていた。

コップを蓋《ふた》がわりにした水差しを持って、また美保子が顔を出した。ひとの気配にびっくりして、小田切が半身を起こすと、枕《まくら》もとに美保子が坐っていた。小田切は美保子に向かい合うように敷き蒲団の上に坐り直した。

「どうしました？」

朦朧《もうろう》とした意識のなかで、小田切は言った。

「いいえ、なんでもありません」

「そう」

小田切の大きな頭がぐらっとかしいだ。美保子はにじり寄って、両手で小田切をささえ、そうしながら、

「私、つらいのよ。つらいわ」

と、小田切の耳に口づけでもするように身を寄せて囁《ささや》いた。それは身悶《みもだ》えしているようでもあったが、

「申し訳ない。ゆるしてください。あんなひどい目にあわせて」

小田切はいくどもお辞儀をしていた。夢うつつに小田切は『毬』で三上に絡《から》まれ、美保子が身がわりになってビールを飲んでくれた場面を思いうかべていたのである。そして、ごろんと躰《からだ》を倒し、まもなく、かるい鼾《いびき》をかきはじめていた。

美保子はまだ稚《おさな》さを残しているような小田切の寝顔に夫をみていた。どうしようもなく躰の芯《しん》が疼《うず》いていた。全身が火のように熱く、なんとかしてほしいと美保子は思った。美保子は動悸《どうき》の静まるのを待つように、小田切の枕もとでしばらくじっと坐っていた。

4

トーヨー製薬の東京第一営業所は日本橋本町の東京支社ビルの筋向かいの別館にあり、堂々たる最新の東京支社ビルに圧倒されて、見ようによっては小さくちぢこまっているように見えないこともない。ここはプロパーのたまり場であり、地下一、二階と通りに面した左隣りにプロパー専用の駐車場が大きくスペースをとっている。

プロパーとは英語のプロパガンダに由来し、通常、学術拡張員とか学術宣伝員などと訳されるが、単に製薬会社のセールスマンに過ぎない、と小田切は思っている。とくに小田切のように大学で法律の勉強をしてきたようなプロパーは肩身が狭い。見かけだおしにせよ、薬学部や薬科大出のプロパーが幅をきかせているのは当然で、彼らは多少なりともスペシャリストとしての誇りも持ち合わせている。ほとんどのものが薬剤師の有資格者で、入社後二、三年も経《た》つと大学の付属病院や大病院を受けもたされることが多い。

大学卒でも薬学部や薬科大以外の出身者は、病院をもたされてもそのランクは落ち、トーヨー製薬ではB、Cクラスに限定される。ちなみに、ここではU、A、B、C、Dとユーザーを五階級に分けている。Uは大学系病院で、A、B、Cは病院だが、保有ベッド数によって格付けされ、Dは診療所を含めた開業医である。プロパー一年生の小田切の守備範囲《テリトリー》は、いうまでもなく「D」である。

高卒のプロパーも大勢いるが、抜群の外交能力を発揮し、有資格者顔負けの営業成績をあげるプロパーに高卒者が多いのは、彼らが妙な気取りもなく、なりふりかまわず「ご用聞き稼業《かぎょう》」に徹しているせいであろう。

ともかく、プロパーが製薬会社にとって第一線部隊であることはたしかだが、大学病院廻りであれ、スペシャリストであれ、いわゆるエリート社員とはかけ離れた存在で、たとえばT大の薬学部出身でプロパーをしている者が皆無に近いことにも、このことは示されている。T大に限らず、国立系の薬学部の出身者で民間会社に就職する者の多くは、製薬会社の技術、研究、管理部門などでエリート・コースを歩き、プロパーなどに憂《う》き身をやつす者は少ない。

小田切は間違ってプロパーの世界にまぎれこんで来たようなものだが、東京第一営業所でまだしもめぐまれていたともいえる。第二営業所は両国にあって、営業成績は悪くお荷物さんなどと、さげすんで呼ばれていたのである。

いつもなら九時十五分前ごろから、営業所の大部屋がざわつき始め、九時二十分過ぎごろがそのピークになるが、きょうは国鉄ストの最中で三十分ほど時間がずれている。

小田切は昨夜、美保子のマンションに泊めてもらったおかげで、九時前に営業三課の自席に着くことができた。

上落合から西武新宿線の下落合駅まで歩いて、新宿で地下鉄に乗り換えたが、足を踏まれ、胸を圧《お》しつけられ、生きた心地がしなかった。通勤地獄もきわまれりといった殺人的な電車によって虫ケラのごとく扱われたサラリーマンで、スト権ストを十日間も打ち抜くと豪語している国労、動労を恨みも呪《のろ》いもしないものがいったいいるだろうか、などと考えながら小田切はくたびれ切った躰を運んで来たのである。

小田切がプロパーになって、いちばんがっかりしたのは机が小型になったことである。スチール製のその机は袖《そで》の抽出《ひきだ》しさえなかった。扱う書類もほとんどないので、抽出しは一つもあれば充分だったが、昨年十月のある日、初めてその机の前に坐ったときの屈辱的な気持を小田切は忘れることができない。それは、多分、感傷というものであろう。外出していることが多く、朝夕一杯のお茶が飲める席と、伝票の整理をするスペースがあればよいはずではないか――。小田切はいつの間にか、その寸詰りの机にも馴れた。

東京支社の学術部学術課で一カ月間の研修を受け、ごく初歩的な薬理学や人体、医学の知識をたたきこまれたが、一カ月のうちの三分の二は、自社製品に関する知識をつめこまれる。小田切は薬の構造式や効能を必死の思いで丸暗記したが、それが実戦で役立ったためしはなかった。

小田切が知っている限りでは、薬の仕入れの際に、臨床例を気にする医者はよい方で、添付、サンプルの多寡《たか》を重視する医者がなんと多いことか。

つまり、おまけしだいというわけだが、構造式を質問してくる開業医にお目にかかったことは一度もないし、薬効の説明も聞いていないのさえ少なからず見受ける。さすがに最近は、副作用についてうるさくいう医師がふえたが、むかしのように〝医は仁術〟的町医者が少なくなったのは健保制度の弊害といえるかもしれない。

「小田切さん、ストだっていうのに早いですねぇ。なまけものの節句ばたらきとちがいますか」

花村が顔を出した。高卒の海千山千の腕利《き》きプロパーで、年齢も三十五を越えてるはずだ。一匹狼《おおかみ》のたぐいだが、腕を見込まれて、病院も受けもたされている。ゴルフ場で焼きこんだ精悍《せいかん》な顔が黒びかりしている。抗ヒスタミン剤の一種であるマレイン酸クロルフェラミン剤がまともに言えなくて、クロフェラで押し通してしまったために〝クロフェラさん〟と陰口をたたかれているが、いっこうに動じない。

このクロフェラさんが私立の某大病院からビタミン剤の大量注文をとりつけてきたときは、社内でちょっとしたセンセーションをまきおこした。景品にカラーテレビの受像機を三台も付けたとはいえ、トーヨー製薬に大きな利潤《プロフィット》をもたらしたことはまがうべくもない。いまだに語り草になっており、それ以来、年間売上高でもトップの座をあけわたしたことがほとんどないというから、プロパーの鑑《かがみ》である。薬大出はプライドや驕《おご》りが邪魔して、プロパーとして大成しないともいわれているが、セールスのベストテンの顔ぶれをみると、なるほど大卒が少ない。

　クロフェラさんの花村は、販売奨励策として会社が企てる正月休みの海外旅行に何度選抜されたかしれない。とにかく粉骨砕身、精いっぱい医師や病院の経営者に尽くす。それが花村のプロパー哲学であった。

「きのう都内某所に泊まったおかげで、きょうは早く出てこられました」

「へーえ。小田切さんもやりますね。これですか」

　花村は小田切の机に尻《しり》を載せ、小指をたててやにさがった。

「そういうことならいいんですけどね。つまんない先生のお相手ですよ」

「花村さんこそ、いいことがあったのとちがいますか」

　小田切の隣席の水野が話に割りこんできた。水野は去年入社したばかりだ。花村は小鼻をうごめかし、片眼をつぶって言った。

「きのうは、おろしやの先生と例のお風呂《ふろ》でね」

　トーヨー製薬のプロパー仲間では産婦人科医をおろしやと称している。

「毎日毎日、へどが出るほどあそこを見たり、臭《にお》い嗅《か》いだりしてて、そのうえお風呂へ連れて行けっていうんだからねぇ。どうなってるんだろう」

「見るのとするんじゃ、ちがうんでしょう。どっちにしたって、婦人科なんて好きものじゃなけりゃつとまりませんよ」

水野がわけ知り顔で言うと、花村が溜息《ためいき》まじりに、

「しかし、羨《うらや》ましい商売だぜ」

と、言ってから、改まった口調になった。

「小田切さん、いちど産婦人科へ社会見学に行きませんか」

花村は、年下の小田切に対しても大学出ということでたてる言い方をする。このへんに花村の処世術というか真骨頂があった。

「どういうことですか」

「ゴルフ仲間でもあるおろしやの先生に、診察してるところを見せてやってもいいといわれてるんです。大きなマスクして、白衣を着て、大学の先生みたいな顔をして、わるくないかもしれませんよ」

花村は、マスクのところではゼスチュア入りで嬉《うれ》しそうに言った。

「へーえ、そんなことができるんですかねぇ」

小田切は信じられないといった表情で、首をかしげた。

「それがまんざらの冗談でもなさそうなんです」

「花村さん、そのときは僕も仲間に入れてくださいよ」

「水野さんは若過ぎるし、こういうことは人品骨柄いやしからぬ小田切さんや小生みたいにインテリづらしてる者でないと、ちょっと無理じゃないかしら」

花村はまじめくさった顔で水野をからかった。

「へーえ、花村さんのその顔がインテリづらですか。それじゃ僕なんか大学の助教授といわれたっておかしくないでしょう」

水野も負けてはいない。

そのとき、遠くの方で、

「クロフェラさん！」

と、花村を呼ぶものがいた。

営業一課の古賀だった。古賀も水野と同じで、れっきとした薬大出のプロパーで、上背もあり、甘いマスクで身なりもきちんとしている。ベストの似合う男だ。花村より二つ三つ若いはずだが、気が合うのか友達づきあいをしている。

「なあーに？　古賀ちゃん」

花村は小田切の机の上から尻をもち上げた。古賀が花村の方へ歩きながら、

「今晩あいてる？」

と、訊《き》いた。

「あいてるけど、なにごと？」

「たまには軽くやらない？　先生相手じゃ飲んだ気がしないんだなあ」

古賀が猪口《ちょこ》を口へ運ぶ真似《まね》をして、花村の前で言った。

「朝っぱらから飲む話ですか」

「もてもて小父《おじ》さんのクロフェラさんをつかまえるには、一カ月も前から声をかけておかなきゃ悪いんだけどね」

わるびれずに古賀は言い、

「久しぶりに大先生のご高説を拝聴したいんだけど、きょうの今日じゃ無理かな」

と、つづけた。

「いいですよ。国鉄がストだし、ラッシュを避けた方が無難でしょう。大プロパーの古賀さんに誘われたとあっちゃあ、おそれ多くてことわるわけにいきませんよ」

花村は言い返して、ニヤッと笑った。

「実は僕もラッシュを避けたい口なんだ」

古賀が舌を出して言って、がっしり張った花村の肩をたたいた。

花村が小田切の机にまた尻を載せて言った。

「古賀さんと酒を飲むと、こっちはわり食っちゃうんだな。どこの店でも古賀さんの方に切り身の大きい方を出すし、お酌のしかたも差つけるしね。神田の『山喜』のママなんてひどいもんだ。こっちは刺身のツマみたいに無視されちゃって、古賀ちゃん、古賀ちゃんってうるさくてしょうがない。あのママあんたに惚《ほ》れてるね」

食いものの恨みは恐ろしいという意味のことを、すこしも恨みがましくなくさらっと話すのは花村のひとがらのせいだが、傍にいた小田切と水野は思わず顔を見合わせた。

「ひと聞きの悪いことといわないでよ。気色わるい。五十、六十の婆《ばあ》さんに色目つかわれたってしょうがないよ」

古賀はまんざらでもなさそうに言って、あいている椅子《いす》に腰をおろした。

「どっちにしても『山喜』はやめましょうや」

「クロフェラさんに嫌われちゃ、あそこも商売あがったりだな。どこでもいいけど、こっちは学会が終わったあとで、ほっとしたところだから気のおけないところでひとつ、大先生に慰労してもらいますかね」

「そういえば、古賀ちゃん、しばらく顔みなかったけど、遠出してたの？」

「札幌……」

古賀は腕組みして、勿体《もったい》をつけて言った。

「大学の先生がたのおもりも楽じゃないよ。癖のわるいのが結構多くてね。ホテルのツインをリザーブしとけの、いい女《こ》はいないかだのと、まったく不愉快千万だよ。こっちをなんだと思ってるんだろう」

大仰に上体を振って話すが、すこしも不愉快そうではなかった。逆に大学病院担当のプロパーの勢威をひけらかしているような古賀の口吻《くちぶり》だった。ふん、偉そうに、といった顔で、水野が小田切になにか話しかけようとしたとき、営業三課長の北川が席に着いたので、花村と古賀は自席へ引きあげた。

「よかったら君たちも一緒にどう?」

花村が急いで言ったが、小田切も水野も返事する間がないほど、花村は素早く席に戻った。

小田切はカバンの中を点検し、睡眠薬のパンフレットを補充した。プロパー用のカバンはどこの製薬会社でもそうだが、総牛革の豪華な特製品で、色は黒と定まっている。会社によってスタイルは若干異なるが、口をがばっと大きくあけられるのが特徴で、幅も二十センチほどあり、B４のパンフレットを縦に二列入れられるようになっている。十数種類の医家向けパンフレット、薬の試供品やプレゼント用のひつじの毛皮、月ごとに配布するカレンダー、メモ帳、大型のマッチ箱、下敷き、ボールペンなどが入れてあり、両手でかかえなければ持ち運べないほどずっしりとものが詰まっている。付録のメモ帳やカレンダーには、ごく目立たないように薬のブランド名が印刷されてあるが、トーヨー製薬の名前は刷りこまれていない。もっとも、カバン自体にはさりげなく社名が刻まれている。大量に誂《あつら》えるのでコストは割安になろうが、それでも単価三万円はくだらないといわれているしろものだ。

小田切は、黒板に行き先をメモして、その黒いカバンを抱えて、地下一階の駐車場に降りて行った。

5

築地《つきじ》の加納内科の待合室で、小田切は小一時間も待たされた。いつ来ても患者であふれている。

小田切はすみっこの壁に背をもたせて、ひっそりと佇《たたず》んでいた。十時半の約束だが、十一時を過ぎても声がかからなかった。しかし、間違っても催促がましいことなど口にしてはならない。ただ、ひたすら待つのだ。

「小田切君、ちょっと手が離せないんだ。奥と話してくれんか」

診察室の扉を半ドアにして、加納医師は顔だけのぞかせて口早に言った。小田切が挨拶《あいさつ》する間もなく、ドアがしまった。鼻下にチョビ髭《ひげ》など蓄えた、愛想の良いのだけが取りえのような中年の医師で、患者のうけはわるくない。

ほどなく手伝いの眼鏡の女が小田切を呼びにあらわれ、奥に導いた。一週間前に、開業医にしては多少まとまった発注があり、すでに問屋から納品されているはずで、きょう呼ばれたのは条件交渉のためであろう。条件交渉の段になると決まって女房を前面に押し出してくる医師がいるが、加納もそのくちだ。ビジネスにしゃしゃり出てくるほどの女だから、口も達者で、うかうかするとやりこめられてしまう。値引きや添付の話を自分から持ち出すのをはばかっているとすれば、まだ良心的な医師といえるかもしれない。小田切が身構えて応接間で待っていると、派手な着物で着飾った加納夫人が先刻の手伝い女をしたがえて小ぶとりの躰《からだ》を大儀そうに運んできた。むせかえるような香水の匂《にお》いが小田切の鼻をついた。四つ切りのメロンと紅茶がテーブルに並んだ。

「トーヨーさん、近ごろすこしサービスが悪くなったんじゃないかしら」

夫人は小田切に流し眼をくれて、そんなふうに切り出した。

「いいえ、そんなことはございません。せいいっぱい勉強させていただいてます」

小田切は緊張した。

「あら、そうかしら。竹大さんも、三協さんも一〇〇プロも一五〇プロも付けてくれるっていってきてますよ」

「ほんとうですか」

小田切は身を乗り出し、手もなく夫人の術中にたぐりこまれた。プロとはオランダ語のプロセント、パーセントのことで、一〇〇プロとは一〇〇パーセントの添付の意である。いわば加納夫人は相当露骨に、実質的には二分の一に値引きを要求していることになるわけだ。

「添付については、ご存じのように自粛しなければならなくなっています。しかも付加薬ならともかく治療薬ではとても……」

「そんなおもて向きの話はしなくてもいいのよ。いまどき業界の申し合わせ事項を莫《ば》迦《か》正直に守っているところがありますか」

「しかし、ご存じのように、添付については厚生省の行政指導で厳しく規制されています。つい先だっても六〇プロの添付が発覚して、厚生省に始末書を取られたところがあるくらいです。会社の信用問題にかかわりますし、私の一存ではとてもおこたえしかねます」

加納夫人はふん、と鼻先で嗤《わら》って言った。

「あなたも融通がきかないのね。五、六年前までは五〇プロ、一〇〇プロなんてのがあったのよ。薬九層倍《くすりくそうばい》っていうじゃありませんか」

「薬九層倍というのは、もとはただに近いといいますか草根木皮を原料にしていた時代の話で、現代では死語になっているはずです。いずれにしても一〇〇プロなんて、とっても無理です」

小田切はむきになっていた。

「そう。交渉決裂というわけね」

夫人は険しい顔で言った。

「五〇プロでなんとか手を打っていただけませんでしょうか」

小田切は加納夫人の剣幕に押されて、ひるんだ声になった。

夫人の顔がなごみ、語調がやさしくなった。

「それじゃ六〇プロで手を打ちましょう。ちょっと遠慮しすぎたかな」

「分かりました」

小田切はどうやら手玉にとられたもののようだ。

六〇プロも添付するとなると、事後承諾であれ課長の決裁が必要で、いずれにしても帳簿には載せられない。治験《ちけん》用、臨床実験用として落とすほかはなさそうだ。ひところのように製薬業界が食うか食われるかの過当競争にしのぎを削っていた時代なら、一〇〇プロや二〇〇プロの添付はなんでもなかったが、最近はメーカー同士の相互監視が厳しく、なによりも厚生省が睨《にら》みをきかせていて、大手を振ってまかり通るわけにはゆかず、やりくりが大変だった。

あのお高く止まっている竹大製薬が一〇〇プロの添付をいってきているなどという話は、加納夫人のつくり話に決まっている。してやられた、と小田切は思った。小田切は厚化粧した大柄な夫人の顔をいまいましく思いおこしながら、黒いカバンを後部シートに放り投げた。

ホワイト・グレーの小型車は霞が関方面に向かって走り出した。

四年前、海外勤務を命じられたとき、やむなく免許を取得したのだが、小田切はまさかプロパーとしてそれが生かされようとは夢想だにしなかった。

霞が関のKビルの地下駐車場に、三上院長のリンカーンは見当たらなかった。小田切はビルの地下街でサッポロラーメンをかきこんでから、三上クリニックを覗《のぞ》いた。受付の高山雪江はいつも小田切を優先的に三上にとりついでくれる。ひつじの毛皮を横流しして、雪江にプレゼントしただけの甲斐《かい》はあった。

毛皮といっても、シートに敷く切れはしだが、メモ帳やマッチ箱などにくらべればはるかに豪華な贈りものである。

「院長先生、一時間ほど前に出かけたわよ。どこへ行くとも言ってなかったけど、三時か四時ごろにならないと帰らないんじゃないかしら。事務部長にとりつぎましょうか」

雪江は忙しそうにしていたが、わざわざ席を外して出てきてくれた。名前とは裏はらに色の浅黒い、眼と口の大きな二十五、六の女だ。

「けっこうです。それほどの用もないんです。院長先生のご機嫌はどうでした？」

「別に、いつもと変わらなかったけど」

「そうですか。よろしくお伝えください」

小田切は、それを聞いて安心したというように、眼を細めた。雪江はまだ話したそうな素振りをみせたが、つぎからつぎへと患者がくり出してき、後輩らしい受付の同僚がてんてこ舞いしているのを見かねたらしく、小田切のもとを去って行った。

ここも患者であふれている。みたところ健康そうな若い男が風邪でもひいているのか、ひとかかえもありそうなほど大きな薬袋を薬局で受け取っている。

小田切はその足で池辺小児科に廻った。池辺小児科の案内板はひび割れし、文字が読みとれないほど古びている。壁のモルタルも剝《は》げ落ち、うらぶれたたたずまいだ。

ここだけは訪れる患者も少なく、池辺医師は患者を診ているときよりも、学会誌などに眼を通していることの方が多いくらいだ。五十を過ぎているだろうか。禿《は》げあがった薄い頭髪、酒やけした赤い鼻、そして無愛想で、にこりともしない。だが、小田切はこの真摯《しんし》な医師になかば敬服していた。

小田切が池辺小児科を訪問するようになってまだ半年ほどにしかならないが、添付や試供品《サンプル》をねだられたことはただの一度もなかった。小田切はつとめて試供品を置いてくるようにしているが、そんなときも眉《まゆ》ひとつ動かすでもない。マネジメントの能力過剰の医師は掃いて捨てるほどいるが、これがゼロというのはめったにお目にかかれるものではなく、まさに稀少《きしょう》価値があるというべきだろう。看護婦あがりの夫人も控え目な人で、ゆめゆめプロパーとわたり合うなどということはない。どうして開業医の道を選択したのだろう。大学病院へ残るなり、公立病院勤務が相応《ふさわ》しいように思えるのだが、と小田切はいらぬお節介をやきたくなる。

小田切は、待合室で患者を見かけてほっとした。老婆《ろうば》の膝《ひざ》の上で赤児《あかご》がむずかっていた。三歳ぐらいの男の子が母親に手をひかれてべそをかきながら診察室から出てきた。

老婆が池辺夫人に名前を呼ばれ、待合室は小田切ひとりになった。小田切は黒いカバンを抱えて長椅子にうずくまるように坐《すわ》っていた。赤児の泣き声が耳をつんざく。それが二十分ほど続いた。丁寧に慎重に診ているのだろう。やがて、赤児を抱いて、老婆が待合室へ帰って来た。

「小田切さん、お待たせしました。どうぞ」

受付の窓口から顔をななめに倒して、池辺夫人が声をかけてくれた。

「失礼します」

「うん」

池辺医師は、カルテになにやら書きこんでおり、顔をあげずに生返事をしたが、ややあって、

「きょうはやたら忙しいんだ。まだ三時にならんはずだが、患者に押しかけられてね」

ようやくドアを背にして立っている小田切の方に視線を投げかけてきた。

虚勢を張っているわけでもなさそうだが、やたら忙しいという池辺の言い方に、小田切は微笑を誘われた。

小田切はカバンをおろして、木製の丸椅子に腰かけた。

「そういえば、まだ休診時間ですね」

「君、薬なら間に合ってるよ。うちあたりは半年か三月《みつき》に一度も来れば充分だよ」

「先生、これ使ってみていただけますか」

小田切はチューブ入りの新薬の軟膏《なんこう》の試供品一ダースにパンフレットを添え、ついでに十二月のカレンダーと大型のマッチ箱を三個、カバンから取り出して、机の上に載せた。

パンフレットを手にとって、池辺が言った。

「手品じゃあるまいし、あとからあとからよく薬が出てくるもんだねぇ」

「先生がたに飽きられないうちに、多少配合をかえるだけのものもありますから……」

めずらしく軽口をたたく池辺にうれしくなって、小田切もやりかえした。

健保制度による医療の荒廃が叫ばれるようになってからすでに久しいが、池辺のような医師に接していると、ひとすじの光明が見いだせた思いがする。製薬業界の過当競争がそれに輪をかけていることも否定できないが、開業医の質の低下も惨憺《さんたん》たるものがあるという。

ある西独系の外資会社が出している糖尿病の治療薬の薬価基準に記載されている点数が、一錠三・三といわれているが、一回一錠の服用で間に合う患者に対してこれを二錠投与する医師がいたという。

一点は十円で、三・三のうち〇・三は四捨五入で切り捨てられるが、二錠になると六・六で逆に切り上げられるため、二錠投与するというのである。小田切は、この話を先輩のプロパーから聞いたとき、いいかげんな話だと一笑に付したが、〝医は算術〟的医師ばかりみているせいか、まんざらあり得べからざることでもないように思われてくる。事実だとすれば、空恐ろしい話である。

血糖降下剤の乱用による副作用は、生命にかかわるといわれるほど危険視されているのだ。

6

「革新政党系の診療所のがめつさも相当なもんですね。添付、試供品のねだり方のえげつなさといったらないですよ。まさか、トーヨー製薬を独占資本だとかなんとか標的にして、毟《むし》ろうっていうわけでもないでしょうが」

小田切が業務日誌を書き終えて、帰りじたくをしているとき、隣りの水野が話しかけてきた。

「それは、革新政党系の診療所に限らないんじゃないの。僕もきょう町医者に六〇プロも添付を請求されたよ」

「かれらの外来患者への応対ぶりをみてると、医者も看護婦も受付もみんな低姿勢で、やたら愛想がいいんですが、事務長とか事務の連中がわれわれに対するときは、莫迦に高圧的なんです。眼のかたきにしてるんじゃないかと、ひがみたくもなりますよ」

水野はいまいましそうに言って、湯呑《ゆの》みに残った渋茶をすすった。

「僕の廻ってるところにもそういう診療所はあるけど、けっこうみんな親切にしてくれるぜ。たしかに添付なんかの請求のしかたは激しいけどね」

水野はしたり顔で、大きくうなずいた。

「そうでしょう。患者に対する、あの親切ごかしはくせものですね。選挙の票につなげようっていう魂胆がみえすいてますよ。ウチの女房なんかも近くにあるもんだから、例の診療所を利用してますが、彼らの術中に陥って、ころっといかれてるんですから。薬の出し方もかなりなもんですよ。考えてみると、健保制度に巧みに乗じて、その儲《もう》けを政党に献金してるとすれば、政府が野党の特定政党を手助けしてるようなものでしょう」

「考え過ぎのようにも思えるけど……」

若い水野が女房などと老成した言い方をしたので、小田切はおかしくなった。

「笑いごとじゃないですよ。われわれから巻き上げた添付品や試供品が特定政党の選挙資金の一部に化けてるとしたら、われわれもかれらの勢力拡張に一役買ってることになりますからね。考えさせられますよ。だいたい医者なんてのは、やくざですよ。やたら人の躰を切りたがる外科医なんか、まともな神経の持ち主とは思えない。産婦人科なんて、もっと程度が悪いんじゃないですか。まったく、くだらん」

話の飛躍に気がつかず、水野は大層なことに思いついたといいたげに、さかんに首を振りながら、憤慨している。

「医者にもいろいろいるさ。悪徳医者もいれば、医は仁術的なひとだって少なくない。僕たちは、いわば医師を裏から見ているわけだから、とかくいやな側面ばかり眼につきやすい立場にあるが、それでもけっこう良医といえる人にもお目にかかれることだってある。捨てたものでもないと思うよ」

「すこしきれいごとじゃないですか。そんな立派なのが全体の何割いますかね。いたら、拝ましてもらいたいくらいなものですよ。そこの歯医者のえげつなさといったらないですよ……」

水野は窓から見えるビルの方を指さした。

「口をあけさせて、歯をガーガー削り始めてから、健保にしますか、特別治療にしますか、健保では納得のいく治療は無理かもしれない、なんていうんだから、実際すさまじいものです」

ガーガーのところで、水野は大口をあけて顔をひん曲げた。

「医者は税制で手厚く保護され、優遇されてるし、息子の裏口入学に何千万円かけようが、医療健保制度によって元がとれるどころか、しこたま儲かるようになってるんですよ。いまの制度はおかしいですよ」

「医療健保制度のひずみを否定するつもりはないが、弱者救済という狙《ねら》いだってあるはずだし、マイナス面ばかりあげつらうのはどうかと思うな。しかも君、そのおかげで薬が売れ、われわれ製薬メーカーが潤《うるお》っているともいえる。医療制度、健保制度を否定することは、天に唾《つば》することになりかねないからね」

「しかし、クスリ漬けとよくいわれるけれど、それで得するのは医者だけで、メーカーの方は薄利多売みたいなことになっている。うちなんかもひところは高収益をあげてたようですけど、開発費がかさむ、医者には吸いとられるで、ここんところたいして儲かってないんじゃないですか。私も薬剤師なんかにならないで、医者になることを考えればよかったと大いに後悔してますよ」

「それじゃあ君、義憤じゃなくて、ジェラシーじゃないか」

小田切が半畳をいれると、水野はあからさまに嫌な顔をした。

「そんな揚げ足をとるようなことはいわないでくださいよ。それにしても、出身校ぐらいは明示してもらいたいような気がしますね。医学部にしても医科大学にしても、学校によってレベルに格差があり過ぎるし、われわれサラリーマンにしても、くだらんとは思ってもそこのところがさも重大なファクターみたいにとられているのに、医者だけはそれが問われず、見逃されてるなんて、実際不公平ですよ」

水野は厚い唇を突き出して、まくしたてた。

「出身校では医者の価値は決められないだろう。頭脳明晰《めいせき》だから腕がたつとは限らないし、外科医や歯科医で一番問われるのは技倆《ぎりよう》というか手先が器用かどうかだし、それ以前の問題としては医者の良心でありモラルの問題があると思う。珠算じゃないけど一級から三級ぐらいまで、ランクづけできるなにかうまい方法でもあればおもしろいんだけどね。もっとも、そんなことをいったら際限《きり》がないかな。プロパーだって、僕みたいなのはさしずめ三級ってことになるし、水野君は一級ってわけかね」

小田切は多少まぜっかえすような言い方になったが、冗談やふざけているつもりはなかった。

小田切はふと佐和子の顔を思い浮かべた。

開業医の娘でありながら、「医者なんて最低よ」と言った佐和子の心情と、医者をやくざとこきおろす水野のそれとは異質のものだとしても、どこかで共通するものがあるのだろうか、と小田切は考える顔になった。

「それにしても、日本人ちゅうのは、どこまで医者好きの薬好きにできてる人種なんですかね」

水野がすこし話題をかえ、小田切の袖《そで》をひくようにして言った。

「国民性なんだろうね。西洋医学に対するコンプレックスのようなものがあるんじゃないかな」

「うちの女房なんかもたかが風邪ぐらいで大騒ぎして、毎日医者通いですよ。医者がくれる薬という薬をせっせと服《の》んでるけど、ああなると信仰みたいなもので、医者と薬を盲信してるんですね。インフルエンザに効く薬などあるわけがないのに、私がいくらいっても、薬剤師の言うことなんかおかしくってきけない、っていう態度です。私なんか風邪に限らず、病気なんちゅうのはそのほとんどが自然治癒《ちゆ》しかないと思ってますから、風邪をひいたら美味《おい》しいものを食べて寝るに限ると思ってますがね」

水野はつやつやした頰を気持よさそうにさすりながら、しゃべっている。

「それもちょっと極端じゃないか。所長が聞いたら嘆くよ」

水野は急いで背後をふりかえった。第一営業所長も営業三課長も席を外しているのを確かめると、水野は首をすくめて、ニヤリと笑った。

「僕は意地がきたないのかな。特に薬が好きというわけでもないが、ただの薬だと思うとつい服んじゃうほうだね。毒になるわけでもないだろう」

「それはいけませんよ。効く薬は副作用があるし、毒にも薬にもならないようなものなら服まなくてもいいってことになるでしょう。もっとも、精神的なものも莫迦《ばか》にならないけど、私のように醒《さ》めてるのは精神的なもののプラス・アルファさえ期待できませんから、やっぱり服んでもしょうがないってことですかね」

入社二年目の水野が黄色い嘴《くちばし》でさかしげに精神的の、醒めてるのとのたまうのは笑止だが、それ以上に水野がプロパーとしてやくざな開業医を相手に、薬の売り込みに躍起になっている光景を想像すると、小田切はユーモラスな思いがしないでもなかった。

「僕はやっぱり薬効の方を評価するな。問題は副作用、薬害とのバランスの問題だろう。病気が自然治癒だけですむなんてことはありえない。君みたいな頭痛ひとつ知らない健康優良児ばかりなら、医者も薬もいらないだろうけどね」

小田切は、いつぞやの水野の話を想起し、思わず笑い出してしまった。水野に「頭痛ってどんな具合なんですかね。女房がよく偏頭痛で口もきかなくなるんですが、こっちは経験がないからさっぱり分からんのです。柱に頭をぶつけたみたいな感じですか」と、真顔で訊《き》かれたことを思い出したのである。

「そりゃあ、時と場合によりますよ。僕は薬の乱用をいましめてるだけです」

水野が軽蔑《けいべつ》したように片眼をすがめたとき、二人共用の電話が鳴った。

「はい、営業三課です」

小田切が受話器をとってこたえると、

「健吾さんね」

と、若い女の声がきこえた。

佐和子だった。

第二章　出会い

1

杉浦佐和子は開業医の末娘で、去年の四月、大学の先輩でもある会社の上役の薦めで小田切と見合をした。その年の三月、女子大の英文科を卒業したばかりの佐和子は、末っ子らしくわがままな感じがないでもなかったが、妙にひとなつっこい人を食った娘で、気取らないところが小田切にとってなによりもうれしかった。

小田切のかつての上司であるトーヨー製薬の海外事業部長村富龍夫の仲立ちで土曜日の午後、都内のホテルで昼食をともにし、村富が「用があるから先に失礼するよ」とお決まりの台詞《せりふ》を吐いて、先に引き揚げたあと、小田切と佐和子はロビーのソファーに並んで坐《すわ》った。展覧会、映画、散歩、いろいろ考えないでもなかったが、小田切が佐和子の意向を訊《き》くまでもなく、佐和子の方が、

「すこしお話がしたいわ」

と、さっさと先に立って、小田切をロビーに誘導したのである。

耳をはっきり見せているショートカットの髪型や白っぽいスーツが、小田切の眼にすがすがしく映る。佐和子は脚をかさね、腕組みまでして、ちょっと気取ったポーズをとった。

「小田切さんは長男なのに、家業を継がなくてもいいんですか」

「弟がそのつもりになってくれてるようですから、多分いいんでしょうね」

「ずいぶん無責任なのね」

「僕には酒屋なんていう商売は向かないですよ。親父《おやじ》も諦《あきら》めてるみたいだし、いや、かえって僕がサラリーマンになったことを喜んでるかもしれませんよ。弟のやつ、子供のころから商売熱心で、よく手伝ってましたからね。弟が商業高校へ進むと言いだしたとき、親父は口では大学へ行くためには普通高校の方がいいんじゃないかなんて言ってましたけど、きっと内心はしめた、と思ったんじゃないかな。親父で四代続いてる店ですから、つぶしたくはなかったでしょう。子供は二人だけなので、弟にその気がなかったら、僕はかきくどかれてたかもしれない」

小田切は背広のポケットからハイライトの箱をとり出した。

佐和子は、ソファーの端にあった脚の長い灰皿を小田切の前までひき寄せながら、言った。

「ドイツは永かったんですって？」

「デュッセルドルフに三年いました。海外事業部にいたときに村富さんが引き立ててくれ、それで向こうへ行けたんです。所長以下三人しかいない小さな駐在事務所で、一人何役の雑用係でしたが、仕事がまかされていたから、まあ、楽しかったですよ。もっとも、うちの会社に限らず、問屋だとか取引先の関係者がヨーロッパへ来たときは、ガイドみたいなことをやらされるんです。仕事のなかでは、それがいちばん多かったなあ」

「羨《うらや》ましいわ。私もヨーロッパでもアメリカでも、どこでもいいから行きたいわ。アフリカだって、東南アジアだっていいことよ。去年の夏休みにお友達とヨーロッパへ旅行するつもりでいたんですが、父がどうしても許してくれなかったの。家出してでも行くべきだったわ。お友達に帰国談をきかされたときは、ほんとうにそう思ったわ」

佐和子は口惜《くや》しそうに唇を噛《か》んだが、すぐに白い歯をみせて、いたずらっぽく笑った。

「住んでみて、日本に勝るところはありませんよ。海外生活をした人はみんなそういいますね。海外出張にしても、転勤にしても、日本はすこし甘やかし過ぎるような気がしますね。それに小さくちぢこまって、いじいじし過ぎる。ボンにある日本大使館の一等書記官と、むこうで友達になり、親しくしてもらったんですが、その人は外務省プロパーではなく他省からの出向者でしたけれど、こんなことを言ってました。大使館勤務の日本人をみてると、ほとんどの者がお金を残すことばかり考えてるから、見ていてやりきれなくなるっていうんです。役人に限らず、海外勤務者の待遇は内地とはくらべものにならないほど恵まれているので、残すつもりならいくらでも残る。三年も海外にいれば、たいへんな貯蓄ができるわけです。大使館に勤めてる連中はそんなのばっかりで、見ていて不愉快になるって、その人は言ってました。さらにインドとかスリランカなどの発展途上国へ派遣されてる人は、メードやコックまで付いていて、広大な庭つきの、まるで王侯貴族みたいな暮らしをしてるそうですが、日本に帰ってくれば、二DKか三DKの団地に住まなければならない。あまりの落差に帰国当初はとまどうことが多いそうです。どっちにしても甘やかされてるというか、思いあがりがあるような気がしますね」

「でも、海外生活者はそれなりに苦労が多いんでしょう。ある程度は優遇してあげてもいいんじゃないかしら」

「そうですね。ある程度の、程度問題でしょうけど……」

「トーヨー製薬はどうなの？　あなたも甘やかされたのかしら」

「うちなんかも海外出張者、海外勤務者を厚遇しすぎるように思いますね。部長クラスで飛行機はファースト・クラスに乗れるんですが、真偽のほどはわかりませんけど、アメリカあたりの企業では役員クラスでもエコノミー・クラスで、ファースト・クラスに乗れる人は数えるほどしかいないって聞いたことがあります。二十年ほど前に村富さんがアメリカへ出張したときは、商社にしてもメーカーの人にしても、日本人はみんなつましい生活をしてたそうです。それが経済大国とかなんとかいわれるようになって、初心を忘れ、図に乗って贅沢《ぜいたく》をするようになってしまったんでしょうかね。やたら札びらを切る旅行者が多いのには、僕も閉口したけど、やっぱり日本人はすこしいい気になってるような気がしますね」

「あなたも、たくさん貯《たくわ》えたくちなの？」

佐和子に話の腰を折られて、小田切はあわてて喫《す》い差しの煙草《たばこ》を灰皿に捨てた。

「僕はこの際と思って、なんでも見てやろう式にあっちこっちへ旅行しましたから、足りなかったくらいです」

「それが羨ましいのよ」

話が跡切《とぎ》れたので、小田切は、

「君はお医者さんのお嬢さんなのに、なぜ貧乏サラリーマンなんかと見合する気になったんですか。君のまわりには立派なお医者さんがいくらでもいるでしょうに……」

と、いくぶん揶揄《やゆ》的な口調で言った。

「そうね。父も兄も、姉もみんなそういうわ。兄は大学病院勤務だし、姉は二人とも医者に嫁いでますけど、私は医者と結婚する気はないの。父や兄たちを見てるからよく分かるけど、医者って世間知らずで深みがないくせに、やたら自惚《うぬぼ》れが強くて、鼻もちならないわ。最低よ。うちの父なんか、まだましな方かもしれないけど、お医者さんだけは絶対にごめんだわ」

腕組みして、鼻の上に小じわを寄せ、こざかしげに佐和子は言った。

ふっくらとした下ぶくれの顔で、眼と口が大きいわりには鼻がちんまりしていて、美人というイメージではないにしろ、可愛《かわい》いたぐいの佐和子の語調がそれとちぐはぐなのが、小田切にはおもしろかった。

右隣りにアベックが坐ったので、佐和子は躰《からだ》を小田切の方に寄せて来た。小田切も尻《しり》の位置をずらした。

「母は、まわりが医者ばっかりなので、すこしうんざりしてるんじゃないかしら。村富さんが小田切さんの話をもってきたとき、乗り気だったようよ」

ぶしつけな言いようだと思わないでもなかったが、小田切は悪い感じはしなかった。

「それは光栄なことで……」

小田切は笑いながら言って、小さく頭を下げた。

「あしたの日曜日はお友達の誕生日に呼ばれててだめだけど、つぎの日曜日はなんにも予定がないから、逢《あ》いません？　小田切さんとは、なんだかウマが合いそうよ」

相手の都合を訊くのが順序ではないか、と小田切は思ったが、下手に出た。

「いいですよ。こっちは、年中ひまですから」

「それじゃ、一時に品川駅の改札口の前まで来てくださる？」

「ええ。そうしましょう」

なぜ、品川駅でなければいけないのか、もうちょっとデートに相応《ふさわ》しい気のきいた待ち合わせ場所がありそうだが、そんなことを小田切が考えていると、佐和子は、

「小田切さんは横須賀《よこすか》線でしょう。私は広尾だから、品川ならちょうど中間地点で、都合がいいと思うの」

と、言った。

すこしは小田切の立場も考えている様子だった。

小田切が佐和子と別れて、数時間後、大船の会社の独身寮に村富から電話がかかった。

「どう、気に入ってくれたか」

村富は単刀直入だった。

「ずいぶん気の強そうな女《ひと》ですね」

「なんだ、気乗りのしない返事じゃないか。佐和ちゃんの方は、えらく君が気に入ったらしくて、再来週《さらいしゆう》の日曜日にデートするなんて張り切ってたぜ。あれで、心のやさしいところもあるんだけどね」

「嫌いなタイプじゃありませんよ」

「もってまわった言い方をするなよ。要するに、脈はあるんだな」

村富の声が勢いこんで高くなった。

「ええ」

「それじゃ、ともかくつきあってみてくれよ。なかなか、良い娘《こ》だよ」

「そうするつもりです」

小田切は、たしかに肩の凝らない娘だと思えたし、佐和子となら、うまくやってゆけそうな気がしていた。二カ月ほど以前、高校時代の友人が、「おまえには勿体《もったい》ないくらいだ」と言って持ちこんできた話にくらべれば、はるかにマシだと思う。

その娘は瓜実顔《うりざね》の美人だったが、良家の子女然としているつもりなのか、甘ったるい口調で、お父さま、お母さま、おばあちゃま、などとやたらに家族のことを話した。いい年をして、自分の父親を第三者に対してお父さまでもあるまい。父とか母とか言えないのか、と小田切は妙に腹が立ち、とてもつきあいきれない、と思ったものだ。

2

四月にしてはきつい日射《ひざ》しで、合服の背広が暑く、品川駅の改札口に到着したとき、小田切は躰中汗でべとべとしていた。

「遅いわ、遅刻よ」

まだ、約束の時間を五分も過ぎていないのに、先に来ていた佐和子は軽く非難するようにそう言って、小田切を睨《にら》んだ。もう、すっかりうちとけて、恋人然とした、なれなれしい態度なので、小田切はたじたじとなった。

佐和子は白いブラウスに淡いブルーのひだのあるスカートというでたちで、レース編みのカーディガンとハンドバッグを手にしていた。

「私、朝ごはんを食べる間がなくて、お腹《なか》ぺこぺこなの。何か食べていかない」

「いいですよ」

改札口を出たところに小さなデパートがあり、そのデパートに付随して第一京浜国道に面した一画に『エルベ』という食堂があるが、ふたりはいったんデパートに入り、なんとはなしにその前に来ていた。

佐和子はウインドの前に立ち止まり、右手を頰《ほお》にあて、顔をななめに構えて考えていたが、

「オープン・サンドねぇ。なんだか分かったような分からないような、矛盾するような気がするけど、おもしろそうだわ。私、あれに決めた。それとコーヒーにするわ」

と、意を決したように言った。たしかにサンドイッチがパンの間になにかを挟んで食べるものだとしたら、オープン・サンドという名称は傑作だが、おもしろそうだからそれに決めたという佐和子の発想もご愛嬌《あいきょう》だった。

「あなたは？」

佐和子は小田切の顔を見上げた。

「そうね。ミックス・サンドとコーヒーにしようかな」

店はすいていて、ふたりは窓ぎわのテーブルに向かい合った。

佐和子が注文したオープン・サンドとは、やや厚めのトースト二枚を二つに切って、四切れのトーストにハム、チーズ、ソーセージ、野菜サラダを別々に載せてあるしろものだった。

それが運ばれてきたとき、佐和子はさてどうしたものか、としばらく迷っていたが、えいっとかけ声でもかけるように、ハムとチーズのトーストをかさね合わせた。そのとてつもなく分厚いサンドイッチを両手で持って口を思いきり大きくあけて、ぱくついた。

コーヒーと一緒に口の中のものを呑《の》みこんで、

「とってもおいしいわ」

佐和子は小児のように舌なめずりして、のびやかな声で言った。

ミックス・サンドを頬張りながら、小田切は、佐和子の飾らない性格を好ましく思い、さわやかな風が躰の中を吹きぬけてゆくような気がしていた。

3

小田切がトーヨー製薬の開発部から東京第一営業所の営業三課に配属されたのは、佐和子との婚約が成立し、結納をかわした直後の晩秋のことであった。

佐和子の落胆ぶりといったらなかった。というより歯嚙みして口惜しがった。

まるで婚約を解消したいような口ぶりで佐和子は言った。

「なんであなたのようなエリート社員がプロパーなんかやらなければいけないの。私は医者の娘ですから、プロパーをしてる人をたくさん見てるけど、みんな卑屈で、ぺこぺこ頭ばかり下げていて……。お願いだからプロパーになるのだけはやめて」

「それはちょっと偏見じゃないか。プロパーは立派な職業だし、ある意味では製薬会社を支えているともいえる。いろいろ経験しておくことは悪くないし、かえってよかったと思ってるくらいだ」

小田切はさすがにむかっとしたが、どうして佐和子がさまでプロパーを蔑視《べっし》し、疎《うと》むのか理解できなかった。

「そんなの負け惜しみよ。私はあなたがプロパーになるなんて、我慢できないわ。お願いだからことわってちょうだい」

渋谷駅に近い喫茶店の隅のテーブルで、コーヒーに口をつけるのも忘れて、そう言って下唇を嚙んでいる佐和子を前にして、小田切は途方にくれる思いだった。

「君がどう思おうが、僕はプロパーという職業をそんなふうに考えていないし、君にこんなことを言っても始まらないが、いままでのポストから離れることができて、せいせいしてるんだ。あの部長と一緒に仕事をしていると息がつまる。それに僕は青二才のサラリーマンに過ぎない。それを知ってか知らでか君は無茶をいうが、ひとたび辞令がでたらさいご、従うほかはないんだ。それからついでに言わせてもらうと、なにも一生プロパーをやっていようなどとは思わないし、ごく一時的なものだと聞いている」

小田切はわれながら、なさけないと思いながらも、ご機嫌をとりむすぶような口調になっていた。

「そんなの、あたりまえでしょう。一生プロパーをしている莫迦《ばか》がどこにいて？」

佐和子はぴしゃりと言って、うらめしげに小田切を見やって続けた。

「村富さんにあなたを紹介されたとき、アメリカのニューヨークにある子会社の社長に出向することが内定しているので、ぜひ小田切君をひっぱりたいと思っているって、そう私は聞かされたのよ。それなのにプロパーなんて、あんまりだわ」

「そんな話は聞いたことがない。君の聞きちがいか、村富さんがひとりで勝手にそう思ってただけだと思うな」

「ふざけないで」

佐和子はこめかみをぴりぴりさせながら、席をけたてて起《た》ちあがった。

トーヨー製薬海外事業部長の村富は大学が同窓のせいか、小田切に目をかけていた。事実、デュッセルドルフから帰国して間もないのに、そのうちまた海外勤務の可能性があるかもしれない旨《むね》を匂《にお》わされていたこともたしかであった。小田切自身、鼻っぱしらも強く、英会話にも不自由しない佐和子のような女なら、海外生活でノイローゼになることもなく、心強いかぎりではないか、といった打算めいた思いもあった。

しかし、喫茶店にひとりとり残された小田切は、〈先が思いやられる〉といった思いにとらわれないでもなかったが、いまは佐和子をいとおしむ気持が勝っていた。

村富のとりなしがなかったら、あるいはふたりの仲が一線を越えずにとどまっていたなら、その時点で小田切は佐和子にふられていたに相違ない。

いまでもあのときのことを思い起こすと、躰がかっと熱くなり、胸が切なげに鼓動を速める。小田切はめくるめく思いで、ひと知れず顔をあからめるのだ。

小田切の実家は静岡市内で酒屋を営んでいる。小田切は佐和子と知り合って四カ月ほど経《た》った夏に、佐和子を伴って帰郷した。見合のあと、双方の気持が家族を含めて、どうやら固まりはじめたころ、実家の両親が佐和子を連れていちど帰って来るようにうるさくいってくるので、不承不承したがったのである。

二階の八畳と十畳の客間に、ふたりの床が別々に延べてあった。湯あがりの佐和子は、借りものの地味な浴衣《ゆかた》が不思議に調和して、楚々《そそ》とした美しさをたたえていた。寝床についても、佐和子の上気した顔が眼にちらついて、小田切はなかなか寝つかれず、輾転《てんてん》反側をくりかえし、溜息《ためいき》ばかりついていた。

襖《ふすま》ひとつ隔てたすぐそこに佐和子が横たわっている――そう思うと、やたら喉《のど》が渇き、胸が苦しくなる。小田切はそっと、そこに手をふれてみた。すでに彼のブリーフは上掛けが盛りあがるほど、突っぱっていたのである。

〈徳川さんにならなければよいが……〉

などとけしからぬ思いが小田切の頭をよぎった。かつて徳川夢声というタレントがラジオ、テレビで活躍していたが、大学で寮生活を送っていた時分、誰がいいだしたのか、夢精を夢声にひっかけて「今夜は徳川さんといきたいね」「おまえ徳川さんだな」などと他愛もなくやりあっていたのを、小田切は思い出し、ひとり苦笑した。

「もうおやすみになって?」

突然、佐和子の声がした。用心深くひそめたようだったが、静寂の中でおどろくほど明瞭《めいりよう》に大きく聞こえた。小田切はどきっとした。

「どうしたの? まだ眠れないのかい」

「ええ。お部屋が広すぎて、なんだか怖いわ。鼠《ねずみ》に引かれてしまいそうよ。そっちへ行ってもいいかしら」

「うん」

生唾《なまつば》をのみ込みながら、小田切はこたえ、ふるえる手で枕《まくら》もとのスタンドをつけて、蒲団《ふとん》を隅にずらした。

佐和子が起きあがる気配がし、襖が静かにあいた。佐和子が小田切のふとんの中に身をすべりこませてきた。小田切は、はっと息をのんだ。てっきり、寝床ごと移動してくるとばかり思っていたのである。

「ごめんなさい。きゅうくつでしょう」

佐和子が押し殺した声で言った。熱い息が小田切の耳朶《じだ》をくすぐった。

佐和子が手を伸ばして、スタンドのあかりを消した。

小田切の耳に、彼自身の心臓の鼓動と、佐和子の息づかいがきこえた。ふいに、小田切は唇をふさがれた。

「私はいいのよ。あなたの好きにして」

闇《やみ》が佐和子を大胆にふるまわせたようだった。

思いがけないほどやわらかで弾力のある乳房がじかに小田切の手にふれてきた。それは、小田切の掌《て》に余った。

頭がしびれて、なにを言っているのか、なにをしようとしているのか分からなかった。もみあっているうちに、佐和子がクックッと、かすかにうめき声ともつかず声を洩《も》らした。それは、歯をくいしばって、必死にいたみに堪えているようでもあった。

やがて、ふたりはひとつにとけこんだ。落ち着きをとりもどしてみると、窓からさしこむ淡い月あかりに眼をつむった佐和子の顔がぞっとするほど美しく冴《さ》えて見えた。

4

交通渋滞や長い信号待ちのときのタクシーの乗車は、いつもながら気持をいらだたせる。五十円刻みで上がってゆくカチッというメーター音のいまいましさといったらない。精神衛生上、これほどよからぬものはないとさえ思えてくる。

小田切健吾は、クルマがものの百メートルも進むか進まない間に、その不快音を五度も聴いた。

「これじゃ、駐車場と同じだ。仕事になりゃしねぇ」

眼つきの悪い中年の運転手は、バックミラーをチラッと一瞥《いちべつ》して、ふてくされたように初めて言葉を発し、わざとらしく伸びをした。

「歩いた方が早いかもしれないな」

「冗談じゃねえよ。こんなところで降りられたら、こっちの立場はどうなるんだ」

小田切がつぶやくのを聞き咎《とが》めて、運転手がすごんだ。

運転手名《ネームプレート》には山田幸夫とある。サチオだかユキオだか知らないが、およそ体《たい》をあらわしていない名前だ、と小田切は腹の中で毒づいた。乗った瞬間から、いやな予感がした。

行き先を告げても返事がもらえないくらいは慣れているので我慢できるが、舌打ちと一緒のメーターの倒し方がいかにもやくざがかっていた。

クルマが四車線の広い道路いっぱいに氾濫《はんらん》し、身動きがとれず、さながら路上駐車場のようで、運転手がふてくされるのもやむをえないところかもしれない。だが、乗客の方はもっと切ない思いをしているのだ。

日本橋前から地下鉄へ乗るべきだったが、国鉄のスト権スト中の私鉄や営団地下鉄の殺人的ラッシュは今朝で懲《こ》りていた。小田切はタイミングよく会社の近くで空車が止まったので、これ幸いと乗りこんだのだが、いまはそれを後悔していた。すさまじいメーターの上昇もさることながら、時間がかかり過ぎる。これでは広尾の佐和子の家まで何時間かかるか見当がつかない。

クルマはやっと日比谷《ひびや》通りを抜けて、内幸町《うちさいわいちょう》のFビルを左手に右折したところだった。

小田切はクルマがIビルの前にさしかかったとき意を決した。

「運転手さん、わるいけどここで降ろしてください。時間を決められてるんでね。ここから地下鉄で行きますから」

「お客さん、こっちの身にもなってよ」

言葉は丁寧にきこえるが、すごみのある言い方だった。

「こっちはそれどころじゃないんだ」

小田切は強引にドアをあけて、百何十円かのつり銭を受けとらずに外へ出た。小田切は、さっきから吐き気がしていた。空腹時によく胃が痛む。プロパーとしてクルマを運転するようになっているので、胃下垂にでもなったのかと思ってみたり、運動不足のせいではないか、とも考えるが、あまり気にしないようにしていた。

もう七時を過ぎている。ここまで来るのに一時間以上ついやしたことになる。

霞《かすみ》ケ関《せき》駅は札止めこそしてなかったが、帰りの公務員やサラリーマンでホームがあふれていた。ホームへ入ってくる電車がどれもすし詰めで、「無理をせず次の電車をご利用ください」という声をからしたような絶叫調のアナウンスがしらじらしくきこえるほど、何台待っても乗れなかった。小田切は五台ほどやりすごしたあと、見切り発車寸前にやっと押し込まれたが、そのときにアタッシェ・ケースの角で膝《ひざ》がしらをしたたかにぶつけられるし、呼吸困難に陥ると思えるほどの詰め込みようで、広尾駅で降りるときがひと苦労だった。降り切らないうちに乗客が殺到して来るので、いったん押しもどされかけたが、小田切は死にものぐるいで突進した。まさに命がけの電車で、喧嘩《けんか》腰でタクシーをおりてきたことが悔まれたほどだ。

駅から徒歩十五分ほどの静かな住宅街に杉浦医院がある。医院の裏側のモルタルの二階家が一家の住いであった。

小田切が石門のインターホーンのスイッチを押すと、応答がなく、すぐに玄関があいて佐和子が顔を出した。

「おそいなあ。お腹《なか》ぺこぺこだよ。親父《おやじ》は、待ち切れなくて、先に一杯始めてるわ」

佐和子はわざと男の子みたいな乱暴な口調で言って、小田切を請《しょう》じ入れた。

小田切はコートを脱ぎながら、

「こっちは殺されるかと思いましたよ。タクシーは道が混んでて動かないし、実際ひどい目にあった」

「じゃあ、おあいこだわ」

応接間を素通りして、奥の和室に通された。

「ご苦労さん。こんな日にお呼びたてしてわるかった」

杉浦敏郎は、くつろいだ大島の和服姿で、炬燵《こたつ》にあたったまま上気した顔で会釈《えしやく》を返し、妻の松子は丁寧に畳に手をついて、

「いらっしゃいませ」

と、挨拶《あいさつ》した。

佐和子の母親は、村富が懸想《けそう》していた女《ひと》というだけあって、ふくよかな気品《ひん》のあるきれいな女で、五十を越しているとは思えない。

「さあ、どうぞ、楽にしてください」

松子が切り炬燵に足を投げ出すようにすすめてくれたので、小田切は杉浦と向かいあって、坐った。

「一杯いこう」

杉浦が徳利をさしむけてきたので、小田切は眼の前に伏せて置いてある猪口《ちよこ》を手にした。

「健吾さんは、ビール党なのよ」

佐和子が盆にビールを二本載せて運んできて、さっそく栓を抜いた。

小田切は酒を一杯飲んでから、杉浦に返杯して、グラスをとって佐和子の酌を受け

た。すきっ腹に酒とビールがまざって、じーんと滲《し》みわたった。小田切は最前の吐き気が嘘《うそ》のように止まっていた。

「その茶わんむし、冷めないうちにめしあがって。めずらしく佐和子がつくったんですよ」

松子がそう言って、しきりにすすめてくれたので、茶わんむしの蓋《ふた》をあけて、しずくを切った。

彼は先刻の腹部の異変をさして気にせず、茶わんむしを片づけ、切り身の焼魚もつついた。

「ウイスキーにするかい」

「ビールでけっこうです」

「そう」

杉浦がビール瓶をもちあげたので、小田切はほんの申し訳程度にグラスのビールに口をつけて、それを受けた。

「プロパーは、まだ続けるつもりかね」

杉浦がだしぬけに言った。

「まだ一年ちょっとですから。やっと仕事が分かりかけてきたところですし……」

「なにいってるの。もう一年も経ったのよ。替えてもらってもいいころだわ」

神妙にしていた佐和子が勢いづき、炬燵の中で、小田切は軽く脚を蹴《け》られた。

「私もプロパーを永くやることは感心しないな。いろいろ経験しておくのも悪くはないが、それもことがらによりけりで、君のようなエリート社員がいつまでもしていることではないと思う。さしでがましいようだが、トーヨー製薬はK大学とは多少の関係もあるようだから、私の母校だし、内科の教授はわれわれの仲間だから、なんなら手を廻《まわ》してもよいと考えているんだが」

杉浦は腕組みをして、小田切をまっすぐ凝視して言った。

俺を呼び出した用件はこれだな、そう思うと、小田切はうんざりした。

「あなた、まさか四月の結婚式まで、プロパーでがんばってるつもりじゃないでしょうね」

佐和子が小田切の肩をぶつようにして、もどかしそうに言った。グラスのビールがこぼれそうになったので、小田切はそれを炬燵の台の上に置いた。

「別にがんばるつもりはありませんよ」

「実は昨夜遅く、ニューヨークの村富さんにも電話でお願いしたんですのよ」

松子の間延びした調子がじれったいのか、佐和子が遮って言った。

「お正月休みで、暮れに帰国するので、上の方になんとか話してみるっていってたけど、あのひとはあてにならないわ。ほんとうなら、あなたも私もとっくにニューヨークに行ってたはずなのよ」

「なんです、佐和子、結婚式もあげないで、そんなことができるはずがありますか。だいいち、村富さんはそんな方じゃありませんよ」

松子にたしなめられて、佐和子は頰をふくらませ、

「とにかく、私は健吾さんがプロパーをしてるなんて我慢できないわ」

と、拗《す》ねたように言った。

これでは一家総出で、小田切に集中砲火を浴びせかけているようなものだった。

小田切はへきえきした。

プロパー、それも小田切のように開業医を相手にしているプロパーの地位が相対的に高かろうはずはないが、小田切はこの一年間、けっこうおもしろくつとめてきたし、つとめればつとめただけ成績にはねかえってくるので、張り合いのある仕事でもあると思っていた。交通事故を起こして、半身不随で一生を棒に振ったプロパーも身近にいるし、成績が上がらないのを苦にしてノイローゼになったのもいる。中小メーカーに転職したのも、腕を見込まれて外資系の製薬会社に引き抜かれたプロパーもいる。

小田切はときとして身につまされる思いもするが、プロパー稼業《かぎょう》も悪くはないと考えていた。

「われわれが出過ぎるのも考えものだが、そうしてもわるくないんなら、私なりに手を打たしてもらうが、君も一年もつとめたのだから、ともかく自分で会社のほうに配置転換を願い出てみたらどうかね」

「分かりました。話してみます」

小田切は面倒くさくなって切りあげたが、中っ腹だった。

お手伝いさんがデザートのメロンを運んできたが、小田切は食べる気がしなかった。どうして、医者の家というのはまるで温室で栽培でもしてるかのように、こうもメロンがごろごろしてるんだろう。患者やその家族がせっせと運んでくるにちがいないが、仕事中に奥へ通されればといってよいほどマスクメロンの高級なやつにありつける。それも厚めに切った熟《う》れ切ったやつと決まっている。プロパー風情《ふぜい》には勿体《もったい》ないしろものだが、犬にでも食わせるつもりで出すのかもしれない、と言ったプロパーがいたが。

「ビールでお腹がいっぱいです」

小田切はメロンを辞退した。

「健吾さん、二階でレコードきかないこと」

機嫌をなおした佐和子が、小田切に秋波を送ってきた。

小田切がとつおいつしていると、佐和子は手をひっぱった。

「さあ、はやく。年寄りの相手はこのくらいでけっこうよ」

「もう遅いから、そろそろ失礼しなくちゃあ」

小田切は時計を気にしたが、

「泊まっていけばいいじゃない。あしたは土曜日で会社はお休みなんでしょう」

佐和子はそう言い、

「国鉄がストなのに、これから帰るのは大変だ。泊まっていきなさい。あとで一局お願いしようか」

杉浦も碁を打つ手真似《まね》をして、引き止めた。

小田切はしぶしぶ、佐和子のあとから二階の彼女の部屋について行った。実際、気持がはずまなかった。

佐和子はガス・ストーブを点火し、ステレオ・レコードを操作しながら、

「あなた、昨夜《きのう》どこに泊まったの」

と、こともなげに言った。

小田切はびくっとして、

「えっ」

と、言ったきり絶句した。

ステレオ・レコードがボロディンの交響詩を流しはじめた。佐和子はプレーヤの音量を落としながら、探るような眼つきで小田切をすくいあげた。

「わるいことはできないわよ」

「僕はわるいことなんてしてないよ」

「でも外泊したことはたしかでしょう。とにかく、うんとしぼってあげるから、つったってないで、ここに坐《すわ》って」

佐和子がベッドに腰かけたので、小田切も並んで坐った。

「ゆうべ、九時ごろだったかな、会社の寮に電話したら、留守だったので、管理人のひとに帰りしだい電話をくださいって頼んどいたのよ。それにワイシャツが汚れてるし、靴下も臭いわ」

ムードをぶちこわすようなことを言われたが、小田切も炬燵に脚を入れたとき、すこし気になっていた。

「ねえ、どこに泊まったの？　白状すれば許してあげるわ」

佐和子は子供を説教するように言った。

「鈴木康夫さんていって、仕事の関係のひとの家ですよ。遅くなって電車がなくなっちゃったんで、誘ってくれたんです」

まんざらの嘘でもなかったが、うしろめたいことはないにしても美保子の名を出すのはまずいと小田切は思った。

「どうせ泊まるんなら、ウチに来ればいいのに。まさか鈴木康子さんの間違いじゃないでしょうね」

佐和子に睨《にら》まれ、小田切はたじろいだが、

「ご冗談でしょう」

と、しらを切った。

佐和子が呼吸を速めながら、躰《からだ》をぴったり密着させてきた。

小田切はいままで杉浦家に寝泊りしたことなどなかった。スト権ストのささやかな余波ともいえるが、杉浦夫妻が強引に引き止め、片意地張ってそれを振り切るのも、なにか不穏なことのように思え、小田切は昨夜の鈴木家につづいてこの夜も外泊を余儀なくされたのである。

小田切は睡眠不足で疲れているはずなのに、頭が冴《さ》えて、寝つかれなかった。佐和子との接吻《せっぷん》で、興奮がまださめやらぬのか、いつかのように佐和子が忍んでくるのではないか——小田切は想像たくましくしていたが、その気配はなかった。杉浦家の客間の天井の節目の一点に眼をすえている小田切の頭の中を一年何カ月か前の出来事が去来していた。

第三章 左遷《させん》

1

小田切が佐和子と見合したころ、西ドイツの製薬会社が開発した新薬をめぐって、日本の製薬業界は技術導入競争にしのぎを削っていた。

小田切はトーヨー製薬の東京支社の開発部の部員だったので、その渦中《かちゆう》にあったともいえる。小田切がまだトーヨー製薬のデュッセルドルフ駐在事務所の所員として現地に滞在していた時代に、その抗生物質系の新薬が西ドイツのF社によって開発され、臨床試験の結果、優れた薬効性が裏付けられたことが同国の専門誌に報じられた。その新薬に関する調査報告書をまとめ、東京支社の開発部や研究所の関係者にレポートしたが、はたしてそれから数カ月後に将来性の高い話題の新薬として世界の医学界、製薬業界で耳目を集めはじめたのである。

小田切はそのレポートを開発部に送付する直前に、所長の了解をとりつけがてら、いちはやくF社にアプローチすべきではないか、と進言したが、容《い》れられなかった。小田切は薬の専門家でもなければ、医学や薬理学的知識に長《た》けていたわけではなかったが、大学で、第二外国語としてドイツ語を選択したことも多少は与《あず》かっていたし、デュッセルドルフに滞在中の初めの一年間、夜学のドイツ語学校に通って会話の勉強に身を入れたのも役立って、医学や薬学の専門誌をひろい読みできる程度にはなっていた。

小田切が帰国して間もなく、彼の後任のデュッセルドルフの駐在員から、日本の大手製薬メーカー数社がF社に技術導入の引き合いを寄せていると連絡してきた。F社とはすでに別の薬品で技術提携を結び、原末《バルク》輸入を通じても提携関係にあるトーヨー製薬は悠然と構えていたが、「共立製薬がF社とその新薬の技術導入で、ライセンス・アグリーメントに調印した」という駐在員からのテレックスによる第二報で、さすがにトーヨー製薬の社内は色めきたった。

大阪本社から担当の筆頭専務が押っ取り刀で開発部のある東京支社にかけつけてき、開発部長、担当のプロジェクト・チームのリーダーや主査、そして海外事業部長らを交えて鳩首凝議《きゆうしゆぎようぎ》が始まった。係長の小田切も特に呼ばれて末席につらなったが、いきなり海外事業部長の村富龍夫が取締役開発部長の和田明にちらちら眼をやりながら切り出した。

「この話はずいぶん以前に、ここにいる小田切君がデュッセルドルフからレポートしてきたんじゃなかったんですか。いまごろになって騒ぐのはどうかと思いますねぇ。あのとき当然、適切な手を打っておくべきですし、手を打っていないとしたらペナルティものですよ」

会議室の面々がほうーっという顔で小田切を見やり、ややあって遠慮がちに和田の方を窺《うかが》う者もいた。

村富は、小田切に手抜かりのなかったことを、というより積極的な意味では彼はよくやったのだということをオーナー社長の信任厚い竹本専務の前で、ことさらに印象づけたのかも知れなかった。小田切は村富の好意がうれしかったし、全く黙殺されたと考えていたあのときのレポートが、いくらかは評価されていたことを知って溜飲《りゅういん》を下げる思いであった。そうした思いが正直に表情に出てしまい、小田切は口元をほころばせ、眼で軽く村富に会釈《えしゃく》した。

「そんな話は聞いていません。和田開発部長、どういうことですか」

竹本が静かに和田の方に眼を向けた。この身だしなみの良い銀髪の老人はだれに対しても丁寧な口のきき方をする。和田取締役開発部長が社長の甥《おい》に当たり、子供のいない現社長のあとを襲いかねないことを承知していて、たてている、と受けとれないこともなかったが、竹本にじっと見据えられて、和田は露骨にしかめた顔をあらぬ方に向けた。

「結果論としては、村富君のいうてることも強ち《あなが》見当外れいうわけやないが、海のものとも山のものとも知れないものに飛びつく愚は避けて当然でっしゃろう。危険《リスク》は最小限にとどめる、石橋を叩《たた》いて渡るのがトーヨーの流儀であり、社風やないですか。だいいち、共立が独占契約《エクスクルーシブ》いうんなら、村富君みたいに眼の色変えるのも分からんやないが、非独占《ノン・エクスクルーシブ》なら問題ないのとちゃうやろか。F社がウチをドロップするっちゅうんやなければ専務、あわてることはないでっしゃろ」

和田は、村富ごときがなにをぬかすか、といわんばかりに、うそぶくように言った。

この二人は、日ごろからソリが合わない。年齢の上では村富が三年も先輩で、一族意識を鼻にかけ、わがもの顔に社内をのし歩く和田に、まるで生理的に嫌悪感《けんおかん》をおぼえるといわんばかりに毛嫌いし、それをあからさまに顔に出してしまうのが村富のいいところでもあり、悪い面でもあった。小田切はそんな硬骨漢の村富が好きだったが、若輩の小田切でさえも見ていて、なにか危なっかしいように感じられる。

「たいへんな自信ですな。それならけっこうだが、あとで泣きをみることにならなければいいですね」

村富は皮肉たっぷりに言って、煙草《たばこ》のけむりを吐き出した。

「そや。万事開発部にまかせてもらおうやないの。この仕事は開発部の所轄《しょかつ》で、海外事業部にはあまり関係ないのとちゃうか」

和田が高飛車にきめつけるように言って、向かい側の村富の吐いた煙草のけむりがなびいてくるのを大仰に手を振ってよけるような仕草をした。

「私もできたらご辞退したかったんですが、竹本専務にお前も出ろといわれれば、おことわりするわけにもいきません。もっとも、原則として新規事業についてはわが部もタッチさせてもらってますがね」

村富はやり返した。和田と村富はいつもこんなふうに火花を散らすので、まわりがハラハラする。だが、両者の力関係は歴然としていた。そうした意味では、村富が必要以上に和田を意識し、刃向かうのは蛮勇といえなくもなかった。

「開発部長のように、そう落ち着き払っているのはいかがなものでしょうかね。まあ、過去のことをふりかえって、あれこれ思いわずらうのもどうかと思いますが、とにかく当社としても遅ればせながら正式にF社に対して、技術導入の申し入れをしておく必要があると思います」

竹本は、二人の部長の感情的なやりとりに等分に水をかけるように発言し、ふいに末席の小田切に視線を投げてきた。

「小田切君はドイツ駐在の経験から、F社の内部事情も多少のみこんでいると思いますが、本件について、どう考えますか」

小田切は一瞬、どぎまぎしたが、胸を張って、はっきりとこたえた。

「和田取締役のいわれたとおり、F社とわが社は業務提携、技術提携を結んでいますが、かれらのものの考え方は経済合理性を第一義的にし、従来のつながりなどはさほど重視しない傾向があるように思います。ですから、そのことにあまりとらわれない方がよろしいと思うのです。できれば社長なり専務なり会社の責任ある代表者が渡独して、一気に商談をすすめることがよろしいのではないでしょうか。本件に関する限り、なんといっても他社にリードされてるわけですから、その遅れをとりもどす必要があると思います」

竹本がかすかにうなずき、村富が拍手でもしかねないほど、上体をゆするようにして、なんどもなんどもこっくりしているのを小田切は眼の端でとらえた。それが期せずして村富寄りの発言になってしまい、そのことの小田切自身に及ぼすマイナスの効果を、彼はまったく計算していなかった。かつて、竹本専務がフランクフルトのＦ社の本社を表敬訪問したとき、小田切が案内役にたったが、小田切はそのときの光景を思い出し、竹本専務との束の間《つかのま》の交情がいまよみがえってきたような気がしていた。

「なにをアホなことをいうとるんや。社長や専務がドイツまで出かけて行くほどのことがどこにあるんや。レターですむ程度の問題やないか」

和田が白茶けた顔をぴりぴりとひきつらせて、小田切に浴びせかけた。

村富がすかさず、

「そんな悠長なことでいいんですか」

と、竹本の判断を求めた。

「専務、とにかくこの件は私にまかせてほしいですわ」

「そうですね。ただ、手紙よりはデュッセルドルフの駐在事務所から、正式に挨拶《あいさつ》させて、その上でＦ社とのネゴシエーションのスケジュールをたてるようにしてください」

和田に自信ありげに強く出られると、竹本は心もとないと思いながらも、引き下がらざるをえないようだ。

「分かってま、それに東京のＦ・ジャパンの社長にちゃんと挨拶してますよって、心配ありゃあしません」

和田は強引に会議をリードした。

2

和田取締役開発部長の名はトーヨー製薬の社内で鳴りひびいていた。ことに東京支社では和田プリンスと称せられるほどで、当人もそれを意識してかオーナー社長に次ぐナンバー2気取りで、名目上は地位の高い専務、常務に対しても〝目じゃない〟といった態度をあらわにみせていた。関西の私立大学を出て英国に留学し、キングズ・イングリッシュを話せるのが自慢で、あるとき、部下の一人が、「重役のキングズ・イングリッシュはさすがですね」と、リップ・サービスのつもりで言ったのに、「君、キングズじゃない、クアインズだよ」、と小莫迦《こばか》にしたような薄笑いを浮かべて言い、へきえきさせた。シリアスなどというものなら、セアリアス、と訂正させるので、和田との対話で横文字を出すのを憚《はばか》る社員が多くなったほどである。

いつも眉間《みけん》に深い縦じわを刻み、眼に険のある男だが、結構しゃれ者で、ベスト・ドレッサーを気取っているつもりか、スーツもシャツもネクタイも毎日とりかえ、ネクタイはクリスチャン・ディオールかセリーヌと決めていたし、視力とは無関係に派手な眼鏡をかけ、それもローデンストック製の銀色のフレームをわざわざドイツから取り寄せていた。いってみれば、気障《きざ》を絵に描いたような権力志向型の嫌味な男だが、不思議にジャーナリズム受けし、製薬業界では数少ないエコノミストで通っていた。

そんな和田の勢威を伝える恰好《かっこう》な挿話《エピソード》がある。

部内会議で、となりの部下の吐いた煙草のけむりを吸いこみ、むせた和田が顔をゆがめただけで、その場に居合わせた何人かがいっせいに喫《す》いさしの煙草の火を消したという。和田が煙草をやらないことを知らないものはいないにしても、くわえたばかりのロングホープをあわてて灰皿に捨てた者もいたというから、徹底している。それ以後、会議中はおろか、和田の前で煙草をふかす部員はいなくなったということだ。

小田切は、ドイツから帰国して開発部に配属されて間もないころ、同僚からこの話を聞いたとき、「まさか」と思わず口に出して言ったものだが、たまにある部内会議で、それとなく様子をみていて、それが事実であることが確認できた。〈これはひどい。ゆきすぎだ〉と小田切は思い、それほどヘビー・スモーカーでもなく、煙草の欲求があったわけでもなかったが、和田の話を聞いているとき、けむりをくゆらせながら、うまそうに煙草を喫って、ささやかな抵抗をこころみてみた。その会議が終わったとき、小田切は直接の上司である主査の西岡に、会議中は喫煙をつつしむように注意された。しかし、小田切はひるまなかった。

「電車やバスの中じゃあるまいし、そのぐらいの楽しみは許されていいと思いますが」

「君は部長が煙草を喫わないことは知ってるんだろう」

「ええ、知ってますよ」

西岡は二の句がつげないといわんばかりのあきれ顔で、小田切を見やったが、彼はそれが自分の落度でもあるかのように気になるらしく、会議のときに小田切がポケットをまさぐって煙草をとり出そうとするだけで、なんともあわれっぽいなさけなさそうな顔をこっちへ向けてきた。会議そっちのけで、たのむから喫わないでくれと哀願している定年間近の上司の心情が若い小田切には汲《く》み取れなかったし、のみならず、ひとりいい気になって、煙草をふかしている己《おの》が姿が和田の眼にどう映っているかに思いを致すこともなかった。

小田切にとって、和田との初めての出会いは快いものではなかった。ドイツから帰国して、開発部に配属された日に和田の部屋に挨拶に行った小田切は、

「忙しいのにいちいち挨拶なんかにこんでもええのに」

と、木で鼻をくくったような言葉を浴びせられて、すっかり白けてしまった。机に

両足を載せ、携帯用の電気剃刀《かみそり》で薄い髭《ひげ》を剃りながら、眼もくれずにそう言ったのである。

二度目に書類の説明で、部長室を訪ねたときはもっとひどかった。

「君なんかの立場で、直接わしんとこに話に来るちゅうのもええ度胸やな」

和田はジロッと三白眼を剝《む》いて言った。

小田切は啞《あ》然《ぜん》として〈なにさまのつもりか知らんが、この男、本気か〉と思ったが、主査の西岡に和田に直接説明しておくように言われたことを口に出さず、事務的に話をして、早々に役員室を引きさがった。

小田切が部内のゴルフ・コンペで、本場仕込みで腕自慢の和田をグロスでやっつけたとき、

「小田切君は、ドイツで仕事もようせんと、ゴルフばかりやってたのとちゃうか」

と、皮肉を言われた。

「素質のないひとはいくらやっても駄目ですよ。デュッセルの近くにはゴルフ場が数えるほどしかありませんし、日本人はどんちゃん騒ぎをしてうるさいので嫌われ、日本人を締め出しているコースもあると聞いていました。それに仕事が忙しくて、練習するひまなんてありませんでしたよ。素質というほかはありませんね」

小田切はゴルフのあとの懇親会で、ビールの勢いも手伝って、おおいに気勢を上げたが、和田は不機嫌そうに、そっぽを向いていた。

和田に対して歯の浮くようなお世辞を平気でいう部員の多いのに、小田切は驚かされたが、西岡がいい年して、コンペ前に練習所で、和田の打つそばから、ボールをゴム製のティに置いている光景を見たときは、こっちが恥ずかしくなって、その場にいたたまれなくなった。

和田がクラブを振りまわしている前方にひざまずくように控えて、

「ナイスショット」

などとおべんちゃらを言っている西岡を見ていると、小田切はいじましくなって練習をする気がなくなった。

箱根で行われたそのゴルフ・コンペは二十数名の小ぢんまりしたもので、前日は芦《あし》ノ湖《こ》畔の会社の寮に泊まったが、たしか西岡は浴場で和田の背中を流していたはずだ。定年前の西岡が子会社の役員の席にありつけるかどうかの瀬戸際《せとぎわ》で、懸命に上役にとりいるのも分からなくはないが、平気で背中を流させる和田の無神経さを小田切は憎悪した。

小田切は、妙なところで他人《ひと》のことが気になるようなところがあり、なにが入ってるのか大事そうにアタッシェ・ケースをやたら持ち歩くやつ、男のくせにでれでれと長湯につかってるやつが嫌いだったが、和田はそのすべてを満たしていた。重要書類でもしまっておくなら分かるが、出勤の横須賀《よこすか》線の電車の中で、アタッシェ・ケースの中からマンガ雑誌をとり出して読んでいる若い男になんどとなくお目にかかったことがあるが、まさか和田はそんなことはあるまいな、と小田切はおりふしそう思う。

和田はまかせてくれ、と啖呵《たんか》を切った手前、なんとしても西ドイツのF社から新薬のライセンスをとりつける必要に迫られていた。和田は、F社の日本の出先機関であるF・ジャパン社のクルト・フォースター社長に接近し、工作を開始した。ひんぱんに外出し、そのたびに気に入りの課長クラスの股肱《ここう》の部下を二人も従えて行くので、和田の行動は目立つが、彼はフォースター社長から好意的な感触を得ている旨《むね》をトーヨー製薬の社長以下の上層部に伝えていた。

ただ西ドイツの本社が、日本のトップメーカーの竹大製薬を技術供与先《ライセンシー》として選択したがっていること、過当競争を回避するためにも共立、竹大の二社にライセンシーを限定すべきだとする意見が本社の一部にあること――などをフォースターは和田に伝え、しかしトーヨーにもライセンスを供与できるよう自分は誠心誠意努力している、悪いようにはしないつもりだ、と気をもたせていた。

3

ある日、会社の帰りに、小田切は村富から東銀座のバーへ誘われた。七月下旬のむし暑い日で、店内の冷房で全身にべとつく汗がひいていくのが心地よかった。時間が早いせいか、もともと女の子がいないのか、若いバーテンダーがひとりいるきりの、スナックに毛の生えたような小さなバーで、カウンターと、奥にテーブルが一つあり、十人も入れば満員だった。ほかにまだ客はいなかった。小田切には初めての店だ。

「和田のやつ、やけに張り切ってるそうだが、大丈夫なのかね」

奥のテーブルに着いて、ビールをたのんでから、村富がおしぼりで首筋の汗をぬぐいながら言った。

「僕も心配してるんです。日本の出先の社長を相手にして、埒《らち》があくんでしょうか」

「まったくだ。和田はどういうつもりなんだろう。フォースターなんて、本社へ帰ればせいぜい課長クラスだろう。ライセンシーが決められる権限が与えられているとはとても思えないが、和田はそんなことも分からんのかね。あいつは何年ヨーロッパへ行ってたんだ。どうかしている」

村富は、バーテンダーがビールを注ごうとするのを、せかせかした動作で、中瓶を自分でとって、グラスにぶつけそうにしながら二つとも満たした。

「じゃあ」

「どうも」

ふたりともグラスを眼の高さにかかげてから、それを一気に乾《ほ》した。

「もう一本たのむ。そのあとは水割りだ。まだ、俺のボトルがあったと思うが、なかったらダルマをあけてくれ」

「はい、分かりました」

バーテンは冷蔵庫から、ビールをとり出す前に、棚のボトルをさがしている。

それを見とがめて、

「ビールが先だよ」

村富が大声で言った。

小田切もせっかちだが、村富のそれも人後に落ちない。いや、小田切が感心するほどひどいものだ。

「俺は、どうせアメリカの子会社に追い出される身だから、あとは野となれ山となれだが、F社の件だけはぜひともなんとか取っておきたいし、それがウチにとって絶対にプラスになることはたしかだ……」

村富はもどかしそうにピーナッツをひとにぎり手にとって、ぼりぼりやりながら続けた。

「和田の莫迦がこの件でしたたかにしくじれば社長も眼を覚ますんじゃないか、そうなることが長い目でみればウチのためになるんじゃないか、などと思わないわけでもないが、これは個人的な感情が多分に入ってることを俺としても認めざるをえない。それとこれとは別だ。しかし、あんなろくでもないやつがほんとうに社長になるようなら、トーヨーも先がみえちゃうな。いくら社長が自分の甥《おい》っ子で、両親を早く亡《な》くしたあいつを実の子供のように面倒をみてきたからといって、あんなでくのぼうに会社をまかせるとは、俺には到底考えられんし、ウチの社長はそんな甘ちゃんじゃないと思うんだ。君も先刻承知だろうが、和田は大一証券でみそをつけ、事実上大一をお引きとり願ってトーヨーへ来たようなものだ……」

村富がグラスを口に運んだのを見はからって、小田切は口をはさんだ。

「和田部長がイギリスの留学から帰って大一証券に何年かいたということは聞いてましたが、みそをつけたって、なんのことですか」

「仕事のことでチョンボをやらかしたかどうか、そこまでは知らないが、傲岸不遜《ごうがんふそん》な和田が鼻つまみものになって、大一の社長が〝もうそろそろよろしいんじゃないか〟って、ウチの社長に言ってきたそうだよ。大一はトーヨーの株主でもあるけれど、どっちかといえばトーヨーはお得意さんで、オブリゲーションを感じてるほうだが、その大一がしびれを切らしたっていうんだから、よくよくのことだ。でも、君だって和田ならさもありなんと思うだろう」

相槌《あいづち》を求められて、小田切は小さくうなずいた。

「しかし、それにしては和田部長はジャーナリズムにうけますね」

「そこがあいつのこすいところだよ。ちゃんとジャーナリズム向けにはジャーナリズム向けの顔を用意してるんだ。なんせ自己顕示欲の強い男だからね。話は飛ぶが、和田が女を囲ってるのを知ってるか」

「まさか」

小田切はビールで噎《む》せた。

「ハイヤー会社の運転手から聴いたんだ。和田は相当用心してるらしいが、運転手が話さなくたってこういう話は隠し通せるものじゃない。ハイヤー会社の運転手なんて口が固いもんだが、和田のでかい態度がよっぽど腹に据えかねてるんだろう」

「にわかには信じられないような話ですね。和田さんの机の上に、いつも美人の奥さんとお子さんの写真が飾ってあるじゃないですか」

「それは外国人がよく使う手だよ。和田はそれにかぶれてるか、カモフラージュかのどっちかだろう。阿呆《あほ》らしい」

村富は背筋に寒気をおぼえるといわんばかりに首をすぼめ、顔をしかめた。

「ま、女を囲うくらいはどうってことないさ。囲えないもの、貧乏人のひがみみたいなもんだからな。こんなくだらんことで目くじらたててるとしたら俺の男がすたるから、だれにもいうなよ」

村富は、不味《まず》そうにビールを乾した。会話がとぎれた。村富は、そんな話をした自分がおぞましくてやり切れなかった。

「それにしてもイメージ・ダウンですねぇ」

溜息《ためいき》まじりに小田切が言うと、

「もうやめろ。そんなプライベートな話はどうでもいいんだ」

村富が激しく手を振り、語気鋭く言った。

「そんなことより俺があいつを赦《ゆる》せないのは、もっとほかのことだ。和田は人間として赦せないやつだ」

村富はグラスをテーブルに戻して、伏し目がちに話すべきかどうかしばし迷ってるふうだったが、意を決して面《おもて》をあげた。

「俺が課長になりたてのころ、和田が大一証券をやめて、トーヨーへ入ってきた。いま君がいる開発部がまだ企画部といって、所帯も小さかったころだ。和田は企画部付ということで俺と机を並べたが、こっちはいくら和田が社長の親戚《しんせき》といったって後輩だし、せいぜい同格と考えてたから、クンづけで呼んでいた。それがやつにはかちんときたらしい。具合わるいことに、企画部長が調子のいい男で、和田さんって、抜け目なくサンづけしてるんだ。そんなことに拘泥《こうでい》するほど、ま、若気の至りというか、俺が力んでいたということにもなるが……」

　村富は手酌でグラスにビールを注ぎ、ついでに小田切のそれにも満たしてやり、ビール瓶がカラになったことをバーテンダーに示して、水割りを催促した。

「俺は官庁関係の窓口にもなっていたんだが、和田となんとなく張り合う恰好《かっこう》で、和田は和田で俺なんぞ問題にしてないといわんばかりの態度で、顔を売りたかったのかジュニア気どりで厚生省なんかにもよく顔を出していた。こっちは新米の課長の分際で本省の局長などと対等に口がきける立場ではないが、その点、和田は社長代理みたいなつもりだから、まったく平気でもの怖《お》じしない。俺としてはおおいに差をつけられて、内心口惜《くや》しい気持にもさせられたわけだ」

「つまり、村富さんは和田さんに出し抜かれちゃったわけですね。それでいまだに……」

「勝手に早とちりせんでくれ」

村富がはねつけるように言って、続けた。

「そのころ、厚生省の古参の課長をトーヨーに迎える話が出てたんだが、社長もその気になっていたのに、和田がなぜか反対して、この話をこわしにかかり、結局、社長も和田の意見に従って、この話は白紙に返された。一時的に厚生省とトーヨーの関係が気まずくなって、俺なんかもずいぶん苦労させられたもんだ。そこまでは、よくあることで、まあ、どうということもないが、赦せないのは、和田は厚生省の幹部に、村富が人事担当の常務にその役人のマイナス面をあれこれ吹き込んだために、まとまる話もまとまらなくなったという意味のことを、酒席かなにかでそれとなく匂《にお》わせたということだ。一課長が上の方の人事に介入できるかどうか考えてみれば分かりそうなものだが、かなり永い間、厚生省の関係者はそう思ってたらしいし、いまでもそう思ってる役人がいるかもしれない。だいぶ経《た》ってから、業界の会合で、他社の人からその話を聞かされるまで、俺はなんにも知らなかったんだから、われながら情けない。和田はそういう卑劣なことが抵抗なくできる男だよ。このことは、竹本専務には伝えたし、和田を詰問するくらいのことはしたが、〝そんな話聞いたこともあらへん〟って、やつは蛙《かえる》のつらに小便みたいなもんだったな」

　ひとむかしも以前の古い話に、村富は新たな怒りをかきたてられたらしく、カッと頬《ほお》を火照《ほて》らせた。

「よく分かりました。村富部長のウチの部長に対する態度を側から眺めていて、どうしてあんなふうにつっかかるのか不思議で仕方がなかったのですが、そんなことがあったんですか」

「つまらん、とるに足らぬ話といえばそれまでだが、和田はちょっと性悪《しょうわる》が過ぎるな」

　村富が心を鎮《しず》めるように、運ばれてきたばかりの水割りを口に含んだ。

「しかし、だれがなんといっても和田部長が次期社長になることは間違いないんでしょうね」

「問題はそこだ。そうあってはならないと俺は思うし、社長がいくら甥っ子を溺愛《できあい》してても、そこまで判断を誤ることはないと期待してるんだが……。もしそんなことになったら、えらいことだ。和田は俺がこづら憎くてしょうがないらしい。和田のウイークな面をいちばんよく知ってるのは俺だからな。あることないことを社長に言ってるに相違ないが、社長に見る目があれば、それによってむしろ男を下げているのは和田自身のはずなんだがね。和田の公私混同ぶりは、これも度が過ぎるし、目に余る。あんなのがトップの座についたら、ほんとうに社を危うくすると思うな」

村富は、心底から会社の将来を憂《うれ》えているというように慨嘆した。

「さっき、話が出ましたけど、村富さんがアメリカの子会社に出向するという話、たしか聞いたことがありますが、いちどたしかめたいと思ってたんです。噂話《うわさばなし》だと思ってたんですが、ほんとうなんですね」

「だれから聞いた？　和田か」

小田切は村富の野太い声におどろいて、ささやくように言った。

「開発部の女の子に聞いたんです」

「安心しろ。ここは俺がプライベートに飲むところで、社用では来ないことにしている。トーヨーのやつは来やせんし、まだ俺たちだけじゃないか」

村富は照れたような笑いを浮かべ、水割りをあおった。

「それにしても、女の子までとは恐れいったね。たぶん君もそう思ってるんだろうが、図星だよ。和田に追い出されるって寸法だ。竹本専務はトーヨー・USAはかつてお前が手がけた仕事だし、あそこの社長なら大栄転だ、なんて慰めてくれたが、俺の前任者は俺より二年も後輩だぜ。笑わせちゃいかんよ。たしかにトーヨー・USAをつくるにあたって俺なりに苦労したし、そのために竹本専務と三度もアメリカへ行った。ま、しょうことなしに引き受けたが、ありようをいえば、すこぶるおもしろくない。ついでにいま思い出したが、和田のやつは、むかしから俺が仕事をすると妙に不機嫌になるところがあったな。トーヨー・USAのときもそうだったが、俺がアメリカから帰ってくるとよそよそしい態度をとるんだ。初めはなんのことか分からなくて、あれこれ気を廻《まわ》したけど、そのうちにヤキモチであることに気がついた」

「オーナー社長の甥っ子にしては、ずいぶん狭量ですね。押しも押されもしない立場にいるんですから、もうすこしおっとり構えていてよさそうなものですが……」

「そこが和田の異常なところだ」

と、村富はおっかぶせるように言い、すこし自嘲《じちよう》的につづけた。

「この際、ぐずぐずいったってしょうがねえや。二、三年ニューヨークで静かにしてるさ」

小田切が、〈静かにしてられるような村富さんではないでしょう〉と、腹の中でつぶやいたとき、村富がひどくきまじめな顔で言った。

「竹本専務が次期社長になると俺は睨《にら》んでるんだが、ショート・リリーフであれなんであれ、社長は社長だ。そのときこそ奇貨おくべしで、トーヨー製薬を軌道修正するチャンスだとひそかに期待してるんだ。和田は俺より三つ年下だから四十四だろう。いくらなんでもトーヨーをまかすには早過ぎる」

「そうなるといいんですけどね」

小田切は深くうなずき、感慨をこめてこたえた。

「ところで、どうだ。アメリカへ来る気はないか」

と、不意に村富はテーブル越しに小田切の肩をたたきながら言った。

「ドイツから帰って間もないから、とやかくいうやつがいるかもしれんし、君も気がすすまんかもしれないが、俺を助《す》けてくれんか。君さえその気になってくれるんなら、竹本さんに話して、すぐにも実現したいと思ってるんだが」

冗談ともつかず言われて、小田切は思わず眼をしばたたいた。

「それが本当なら、うれしいんですがね。僕も和田さんは苦手ですよ」

「そうか。ありがとう」

村富はうれしそうに握手を求めてきた。

「しかし、そんなことできるんですか。なんだか話がうますぎるような気がしますが」

乾杯したあとで、小田切が言うと、村富は、

「おい、あんまり俺を見くびらないでもらいたいな」

と、わざとすごんでみせ、すぐに高らかに笑いとばした。

つられて、小田切も微笑した。

村富が調子に乗って口をすべらせた。

「佐和子ちゃんも、この話にまんざらでもなさそうだったぞ」

「そんなことまで彼女に話したんですか。それはひどい」

「いやいや……」

村富はあわてて言葉をにごした。

「具体的に話したわけじゃないんだ。たとえばの話だよ。それより、まじめな話、佐和子ちゃんとはどうなってるんだ。ちょっと勝気だが、あれで根は心のやさしい良い子だよ。母親ほど美人じゃないのが玉にキズだが、それでもひいきめなしにみて、十人並みとはいえるだろう。なあ、どうなんだ。早いとこツバつけちゃってくれよ。それとも、もう……」

「冗談じゃありません。村富さんじゃあるまいし」

小田切は顔をあからめた。

「これは内緒だが、あの娘《こ》の母親は俺の初恋の女《ひと》みたいなもんだ。いちばん上の姉の親友でね。俺よりだいぶ年は上だが、幼稚園のころから知ってて、子供ごころにも素敵な女だと思ったもんだ。惚《ほ》れた弱みで、昔から頭があがらない。姉を通じて、佐和子ちゃんの話をもちこまれたとき、すぐに君のことが頭に浮かんだ。君がまだ白紙だときいたときは、よし、これはいける、とそう思ったよ。医者はいやだっていうんだから、あの娘も変わってるが、おたがい気に入ってくれてよかったよ。たきつけるわけじゃないが、どうせやるんだから早いにこしたことはないぞ」

村富はなにがそんなに嬉《うれ》しいのか、フフフフッと含み笑いをして、ひとり悦に入っていた。

4

土・日曜を挟んで一週間の夏休みの二日を小田切は、佐和子とともに実家ですごして、金曜日に新幹線で静岡から帰京し、八月十一日、日曜日の夕方、ふたたび佐和子と由比《ゆい》ケ浜《はま》から沖合四百メートルで打ち上げられる水中花火が呼び物の鎌倉《かまくら》の花火大会を見物するために、鎌倉駅で落ち合った。好天と日曜日がかさなって、歩行が困難なほどの大変な人出であった。

六月中旬の土曜日に北鎌倉の明月院へ紫陽花《あじさい》を見に行ったときも通勤地獄さながらの混雑で、ふだんなら十分もあれば到着できる距離の紫陽花寺まで一時間も要するほどだった。

「観光公害もきわまれりね」と、佐和子が言ったのを小田切は憶《おぼ》えているが、花火大会の混雑ぶりも似たようなものだった。風も凪《な》ぎ、息苦しいほど暑い夜だったが、小田切は満ちたりた感情で、佐和子が躰《からだ》をぴったりと寄せてくるのをたのしんでいた。

十日ほど前に村富にけしかけられたことや、実家で同衾《どうきん》したときのことが思い出されて、花火の大輪菊も大牡丹《ぼたん》も小田切の眼にはうつろだった。

しかし、月曜日に一週間ぶりに出勤した小田切はぼんやりしている暇はなく、眼を覚まされる思いに直面した。

共立製薬につづいて、トップメーカーの竹大製薬がF社から新薬のライセンスを取得したというニュースが小田切を待ち受けていたのである。しかも、F社はライセンシーを二社に限定する模様だとある新聞は報じていた。

和田は大阪の本社に呼ばれて席にいなかった。和田はあわてふためき懸命にフォースター社長を追いかけまわしたが、つかまらず、やっと確認できたフォースターの居場所はドイツということで、しかも夏期休暇《バケーション》で、日本へ帰って来るのは九月になってからという秘書嬢の人を食った説明だった。

和田はデュッセルドルフの駐在事務所長を国際電話で呼び出して、あれこれ指示を与えたり、叱咤《しった》激励したが、要領を得ず、F社の幹部がごっそり夏期休暇で不在のため、アポイントメントもとれない体《てい》たらくであった。和田がドイツ行きを申し出たが、交渉の相手がつかまらないどころか、はっきりだれとも知れない以上、どうしようもなかった。村富と小田切の杞憂《きゆう》が杞憂に終わらなかったのである。

小田切はおおよその事情をのみこむと、果敢に行動を起こした。まず、後任の木下に国際電話を入れて、F社のライセンス部長だったベーリンガーがまだ現職にとどまっていることと、ライセンス担当副社長のシュルツェが健在なことを確認した。ベーリンガーとはデュッセルドルフに滞在中、面識があった。英語ですむところを小田切はたどたどしいドイツ語で会話し、その一生懸命さが好感をもたれ、「お前のドイツ語はまだ小学生並みだが、それでもだいぶ上達したぞ」と、ベーリンガーは褒めてくれたことがある。シュルツェ副社長の方は、竹本専務に同行して一度会ったきりだが、温厚そうな紳士で、もの分かりの悪い方ではない、という印象が残っていた。

小田切はその夜、久しぶりに辞書を引き引きドイツ語で手紙をしたためた。二通目を書き終えたときは夜中の二時だったが、それはF・ジャパン社のフォースター社長とのネゴシエーションの経緯もふくめて、トーヨー製薬がF社が開発した新薬に早くから注目していたこと、ぜひともライセンスを供与してほしい、といった趣旨のことを、多少内容を変えてシュルツェ、ベーリンガー両氏に直訴した手紙だった。ベーリンガー・ライセンス部長にはとくに念入りに、そして、「失礼をかえりみずシュルツェ副社長にも直接お願いのお手紙をさしあげました」旨《むね》を忘れずに書き添えた。

小田切は西岡に、F社に航空便で手紙を出すことを伝えたが、

「そんなことしたって、どうにもならないんじゃないかねぇ。どうも相当前から勝負はついてたような気がするが」

と、西岡はすっかり諦《あきら》め切っているふうだった。

そんな気落ちした西岡をみていると、小田切は一パーセントの確率もないかもしれない、やめておこうか、と弱気になったが、駄目でもともとではないかと気をとりなおした。小田切は女の子に頼まず、自分で郵便局へ出かけて行き、二通の封筒の重量を窓口で計ってもらい、切手を貼《は》って差し出した。

小田切がF社の首脳に宛《あ》てた手紙の波紋は小さくなかった。

九月に入って間もなく帰国したフォースターは、和田をF・ジャパン社の丸の内の

事務所に呼びつけて、すさまじい形相で、英語にドイツ語を交えてまくしたてたという。

〈悪いようにしないと言ったはずなのに、小田切の手紙で自分の面目は丸つぶれである。これでは闇討《やみう》ちにあったようなものだ。本件については本社の意向もあるので、協力するが、以後、自分としてはトーヨーとはつきあいたくない心境だ〉そういう意味のことをフォースターは和田に伝えたが、要するに、フォースターはできるだけ有利な条件でトーヨー製薬と契約するために、時間をかせぎ、じらし戦法に出たまでで、ドイツの本社に対してはトーヨーが本件に消極的だと報告していたもののようだ。フォースターは功名心にはやって、策を弄《ろう》し過ぎ、小田切の手紙でそれを暴露され、本社の心証を悪くしたということになるが、フォースターに怒鳴りあげられた和田は立つ瀬がないとばかりに、その怒りを小田切に向けてきた。

結果的には小田切の手紙がトーヨー製薬とF社の交渉を促進させる起爆剤になり、契約調印にこぎつけたのだが、和田は〈フォースターに合わせる顔がない。小田切は俺の顔にドロを塗った許せないやつだ〉と、トーヨー製薬の社内でふれまわった。

小田切は〝フォア・ザ・カンパニー〟に徹したつもりだった。和田の鼻をあかしてやろう、上役を出し抜いてやろうなどといった考えは微塵《みじん》もなかった。しかし、和田はそうはとらなかった。小田切は疚《やま》しいところはない、と胸を張っていたが、実力者の上役に疎《うと》まれるサラリーマンの末路はあわれだった。

小田切を眼ざわりなやつと考えていた和田は、容赦なく行動に移った。和田の陰湿な意地悪は執拗《しつよう》をきわめた。

小田切が新薬の申請関係で厚生省薬務局の担当官の都合をきいて、翌日の朝、出勤前に同省に立ち寄ったとき、和田から電話が入った。なにごとかと、電話に出ると、和田は「君、ほんまに厚生省さ行っとったんかいな。会社をサボったらあかんよ」などと言って、小田切を唖然《あぜん》とさせた。それに類似したことが二度三度と続くと、さすがの小田切もうんざりする。いちど小田切は目的地に着くなり、自分の方から和田に電話を入れ、なにか用事はないか、と訊《き》いてみた。別になにもない、と和田はこたえたのに、電話を切ると折り返し、すぐに和田から電話がかかったのには、返す言葉がなかった。和田の小田切いびりは開発部ではだれひとり知らぬものはなかったが、みんな無関心をよそおい、なかには、内心いいきびだぐらいに思っている同僚がいたかもしれぬ。

日ごろ、和田の唯我独尊《ゆいがどくそん》ぶりを内心苦々しく思っている開発部員も少なくないはずで、彼らは、もの怖《お》じしない小田切の態度に接し、一矢《いっし》報いたような気持でよろこんでいる面がないでもなかった。ところが、仕事のできる小田切への軽い反感と、和田への恐れから、そうした連中までが小田切に対して距離を置き始めたのである。長い物には巻かれるのがサラリーマンの保身術なら、それもいたしかたあるまい。小田切が彼らを恨んだり責めるのは筋ちがいというべきであり、むしろ小田切の方こそ身のほど知らずの思いあがりであり、エキセントリックなハネあがりで莫迦《ばか》に付ける薬はないなどと嗤《わら》われていたかもしれないのである。

小田切より一年後輩社員の堀越は無類のクイズマニアで、昼休みは週刊誌のクイズを解いていることが多いが、たまたま小田切が自席でぼんやりしているのを知ると、黙って席を立って行った。堀越などは日頃小田切とよく口をきくほうだが、そんな堀越にまでよそよそしくされては、いくらずぶとい小田切とて考え込まざるをえない。天真爛漫《らんまん》ではないにせよ、小田切はくよくよ思いわずらう方ではないつもりだが、さすがに心乱れ、平静ではいられず、嫌気がさしていた。

開発部は、新薬や化成品の企画から、関係省庁などの許認可、大学研究機関との接触など広範囲にわたってタッチしているため、相当な大所帯である。研究所で新薬を開発し、これを実際に企業化するまでに三年から五年、どうかすると十年を要することもあるが、企業化までのフォローは開発部が行う。

自主開発新薬に限らず、海外ですでに製品化されているものでも、日本で企業化する場合は基礎的なデータの収集からやりなおさなければならず、臨床試験を経て保険扱いで当該新薬が使えるようになる薬価収載までは相当長期にわたる。

もっとも、ＯＥＣＤ（経済協力開発機構）の勧告や欧米先進国の在日大使館などの圧力で、厚生省は省令を改正して、輸入薬や既存の技術導入の取り扱いを大幅に簡素化し、緩和しようとしている。輸入薬などについても動物実験からやり直さなければならないが、きたる五十二年四月から海外ですでに製品化されている薬品については、動物実験や臨床試験のデータを国内基準に該当する範囲でそのまま使用できるようになるので、外資にとってそれだけ有利になるわけだ。このことは輸入なり、技術導入する側にもメリットをもたらすが、資本の自由化によって巨大外資の攻勢に戦々兢々《きようきよう》としている日本の製薬業界にとっては、外資に対する歯止めを取りのぞかれたとみることもでき、すくなくとも歓迎すべきこととは考えていないもののようである。

いずれにしても、海外の技術なり輸入薬の探索までを含めた開発力の有無が製薬会社の将来性を左右するポイントといわれており、トーヨー製薬は開発力の優れた優良企業と世間ではみられているが、和田が開発部長に就任したとき、村富は「これでトーヨー製薬の開発部門は十年遅れる」と嘆いたという。

和田の陰湿な仕打ちを受けた小田切にも、村富の嗟嘆《さたん》が分かるような気がしていた。和田はひそかに人事部を動かして、小田切を開発部から除籍しようと企てた。ああいうやり方をされたんではチームは組めない。小田切のような一匹狼《おおかみ》的体質の男は、プロパーのような仕事が適してるんじゃないか、といった意味のことを和田は人事担当者を自室に呼んで伝えた。

小田切の知らないところで話が進んでいた。小田切はある日、西岡に会議室に呼ばれた。西岡はおどおどした声で言いにくそうに切り出した。

「いずれ部長から話があると思いますが、十月十五日付の異動で、東京第一営業所の方へ行ってもらうことになりました」

西岡は下ばかり見てそう言い、おどおどした眼で小田切を盗み見た。

「ずいぶん急な話ですね。営業所で何をやれっていうんですか」

「あのう、それがプロパーなんですが……」

西岡は、口ごもりながら言いさした。

「プロパーって、つまり販売ですね。僕につとまるでしょうか」

「私も実は経験があるんですが、販売といっても、そうむずかしいことはありません」

「西岡さんは薬剤師の資格もある専門家ですからむずかしいことはないでしょうけど、僕の薬の知識など知れてますよ」

「学術部で教育訓練もありますし、部長の話ではせいぜい二年かそこいらの期間ですから」

「分かりました。いやだと言える性質のことでもないんでしょう」

小田切はあっさり引きさがった。プロパー稼業《かぎょう》も楽ではないと思いながらも、こんなくだらない開発部長の許《もと》にいるよりは、いくらかましだろうと考えないでもなかった。そのうち村富がアメリカへ引っぱってくれるかもしれないと、あてにする気持もあった。それにしても、間が悪いことに、村富がアメリカへ前任者とのひきつぎのために出張しているのだから、相談しようもないな、と小田切は思った。

西岡は恬淡《てんたん》としている小田切が意外だったらしく、ほっとした様子だったが、うなだれて、ぼそぼそつぶやくように言った。

「小田切君、Ｆ社へ手紙を出したこと、私は知らなかったことにしてもらえませんか」

小田切は一瞬なんのことかぴーんとこなかったが、あわれみを乞《こ》うような西岡の眼《ま》差《ざ》しにぶつかったとき、すべてが読みとれた。西岡はまた、すぐに眼を伏せ、首をたれた。

「いいですよ。だいたいそんなこと忘れてましたよ」

そうこたえたものの、小田切は憂鬱《ゆううつ》だった。

そのあとで、小田切は和田に呼ばれた。

和田はローデンストックの眼鏡を外して、机に置いた。眼鏡のそばに自分の女房と娘の写真が小さな額に入れて飾ってある。

「西岡君から聞いてくれたね」

「はい、たったいま聞きました」

「君のような有能な人はいろいろ経験し、会社のあらゆる機能にタッチしてもらいたい思うとるんや」

和田はまだなにか言いたそうだったが、しらじらしいおためごかしならそのくらいでたくさんだ、というように小田切は一礼して、自席へ戻った。

村富がいったん帰国し、小田切の異動を聴いて懸命に巻き返しを図ったが、すべては後のまつりだった。彼は大阪へ飛んで竹本専務に、小田切をニューヨークに連れて行きたいと迫ったが、竹本は、

「発令したばかりでそんなことをしては悪例を残します」

と、言ってとりあわなかった。

「しかし、小田切君はこんどのことでもよくやりました。わが社にとっては優秀な人材ですから、プロパーでいつまでも置いておくつもりはありませんよ」

「それなら、なぜプロパーなんてやらせるんですか。彼は和田の失敗《エラー》を救った功労者じゃないですか。プロパーなんてクズのやる仕事ですよ。プロパーの管理でもやらせるというのなら、まだ分かりますが……」

村富は唾《つば》を飛ばしてたたみかけた。その気勢をそぎ、興奮を静めるように、竹本はからぜきをした。

「君、クズはいい過ぎですよ。製薬会社にとって欠くことのできない大切な部門です。プロパーから大成したひとがいないわけでもないし……」

村富はそれを遮って言いつのった。

「それは詭弁《きべん》です。クルマの運転をさせて、ご用聞きまがいのことを小田切君にやらせる必要がどこにありますか。プロパーなどやらして、せっかくのエリートがそれで腐ってしまったら元も子もないじゃないですか。プロパーはあくまでもプロパーで、消耗品みたいなものです。生命保険の外交員とかわるところはありませんよ。だからこそ、プロパーはプロパーとして募集するんでしょう。こんどのようなひどい人事はみたことがありません。専務、お願いですから、小田切を私のところに引き取らせてください。あれだけ能力のある男をたとえ一年や二年とはいえプロパーをやらせておくなんて、勿体《もったい》ないとは思いませんか。トーヨー・USAなら小田切の経験をいかすこともできますし、会社のためにも彼のためにもなるはずです」

村富は懸命に説いた。

しかし、腕組みして、うすく瞑目《めいもく》している竹本にじれて、村富は頬をふるわせて、かみつかんばかりに吠《ほ》えたてた。

「今度のことは、和田がやっかみ半分に意趣晴らしにやった報復人事です。これじゃまるで私的制裁と同じじゃないですか。その証拠もあります。専務はこんな不条理を黙って見過ごすんですか。なんなら、私は社長に直訴してもいいと思ってます。この際、徹底的に開発部を建て直すべきで、いわばチャンスです。和田に対して〝なるほど〟か〝ごもっとも〟を連発しているようなやつらばっかりで、なにが開発ですか」

竹本が眼をあけ、じろっと村富を一瞥《いちべつ》した。

「小田切君がエリートかどうかは、これからの問題で、小田切君が腐らずにプロパーを卒業して、這《は》いあがってくるかどうか、試金石だと私は考えています。君の気持も分からぬではありませんが、残念ながら私は人事の担当者ではないし、こういうことに口出しするつもりもありません。しかし、なるべく早い機会にせっかくの君のご指摘ですから、君のお気に召すよう努力しましょう。きょうのことは、ここだけのことにしてください。さもないと君自身にも累《るい》を及ぼすことになりますよ」

村富は冷水を頭から浴びせかけられた思いだった。村富は急に黙りこくって、ぬるくなった煎茶《せんちゃ》をのんだ。和田のにやけづらがのしかかってくるように思えた。君自身にも累を及ぼす——と竹本は言ったが、「君」ではなく「私」と言いたかったのではなかったか、と村富は竹本の胸中を忖度《そんたく》した。村富はもはやいうべき言葉を失い、口をつぐんだ。

竹本は番頭意識に徹しているが、たとえ和田明へのつなぎに過ぎないとしても、一度はこの人がトーヨー製薬のトップの座にすわるべきなのだ。いま、へたにじたばた動いて、この人を疵《きず》つけてはならない。

ぬるくなった煎茶をすすりながら、村富はそう思った。

村富は憂鬱な気持で専務室を出て行った。所詮《しょせん》、一部上場の一流会社などとはいっても、前垂れの旧《ふる》い体質から抜け切れない一族経営が連綿と踏襲されている。トーヨー製薬に限らず、製薬会社とはそもそもそうしたものと思ってあきらめるほかはないのだろうか——。

村富が専務室から出て行くのを待っていたように、社長秘書が竹本を呼びに来た。

竹本はロッカーからグレーの背広をとり出して、身づくろいし、衝立《ついたて》の鏡に顔を映して髪を撫《な》でつけてから、社長室へ出向いた。

トーヨー製薬の社長の和田広一郎は今年六十九歳で二代目だが、二代目にしてはできが良いという世評だった。和田社長が片腕ともたのむ大番頭の竹本の献身的な社長補佐ぶりが製薬業界であまり知られていないのは、竹本の地味な性格に負うところが大きいが、竹本自身意識的に出過ぎないように、目立たないように立居振舞に神経をつかっていた。

竹本は社長室のドアを閉めて、ソファーに身をもたせている和田広一郎に向き直って、鄭重《ていちょう》に一礼した。

「なにかご用でしょうか」

「まあ、かけてんか」

和田広一郎に椅子《いす》をすすめられて、竹本はまたかるく会釈《えしゃく》して腰をおろした。その革張りの肘掛《ひじか》け椅子は細身の竹本にはゆったりし過ぎて、空いているスペースの方がはるかに大きく感じられた。

「東京から村富が来てたそうやね」

「はい。ひきつぎでニューヨークに出張してましたんで、その報告です」

「そうか。あの男は明とはあいかわらずらしいやないの。できる男なのに、立場立場いうもんをもうちと考えなあ、いかんな。君を呼んだのは、ほかでもないんや。わしもいつまでも社長をやってる気はないで。いますぐいうわけやないが、適当な時期に明にやらしてもいいんやないか思うとるのや。どうや、明もここんとこようやるようになったやろ」

和田広一郎は、いかつい大きな顔を掌で撫でながら言った。白髪が後退し、額もひときわ広くなっている。

「しかし、まだまだ社長にがんばっていただかなければ困ります」

竹本は顔を心なしかくもらせた。

「人事権までいっぺんに明にわたすいうのもなんやが、会長に退いて、すこしは楽をさせてや。君もそのつもりで明をバックアップしてくれなあ困る。もちろん、まだ先のことだが、君のような偉いさんの番頭がそばにいるいうと、かえって明がやりにくいいうなら、なんなら、わしが相談役に退いて、君に会長に廻ってもらってもええ思っとる。いずれゆっくり相談に乗ってもらおう思っとるが、そのつもりでいてや」

言うだけ言うと、和田広一郎は起《た》ちあがった。

「社長、私はいつでも相談役にでもなんにでも退きますが、社長にはまだまだ……」

竹本が言いかけると、

「ここらが汐《しお》どきや思うとる。惜しまれて、やめてちょうどええのとちがうやろか。わしをこきつかうのも大抵にしてや。ちょっと昼の会食で出かけるところがあるんや、ほならこれで失礼する」

和田広一郎は、もう壁のような大きな背中を竹本にみせていた。

5

晩秋のある晩、小田切は村富に酒を誘われた。神田の大衆酒蔵で、安くて魚が旨《うま》い店なので、いつも混んでいた。鮨屋《すしや》の俎《まないた》のような肉厚な大テーブルが五台もあり、それを四方から取り囲む形になっているが、隣客と肩がすれ合うほど窮屈で、人いきれでむせかえるようだった。小田切の送別会のつもりらしく、村富は身銭を切って、ささやかながら一席もうけてくれたのである。

「小田切君、俺の力が至らず悪かった。君をトーヨー・USAへと思って、あんな大ぐちをたたいたのに面目ない。せいぜい一年か二年の辛抱だから、腐らずにがんばってくれ。君はプロパーがどんな仕事か知らんだろうが、楽じゃないし、莫迦莫迦《ばかばか》しくなると思うけど、ここはがまんのしどころかもしれない。佐和子ちゃんは医者の娘だけに、そのへんのところが分かってるから、おかんむりで、俺もずいぶんうらまれちゃってるし、ほんとのところ彼女に顔向けできないんだが、口惜《くや》しいけど、どうしようもない。俺は一月にアメリカへ行っちゃうが、君と佐和子ちゃんのことだけが気がかりだよ」

村富は深々と頭を下げたあと、そんな弱音を吐いたが、小田切はつとめて明るくふるまった。

「僕はプロパーになることなんか、なんとも思ってませんよ。気を病む方ではありませんから、心配しないでください。ちょっと、プロパーをしてるひとに聞いてみたんですが、わりと面白そうじゃないですか。同期の連中も同情的な目でみてるようですが、プロパーがどうしていけないのか僕にはぜんぜん分かりませんよ」

「しかしなあ、薬大出にしたって、むかしの薬専出たのにしても、できのいいのは研究部門とか開発部門に行く、薬局もひらけず、できの悪いのがプロパーになるって、むかしから相場が決まってるんだ。ウチは中小のメーカーとちがって歩合制は採ってないが、それでも売り上げを伸ばせば、報奨金みたいなものもあるから、実入りがいいことはたしかだ。しかし、若いうちはそれも悪くはないが、年とってからが問題だよ。外交は躰《からだ》が弱ってくるとつらいし、ウチなんかも年取ったプロパーの処遇問題は頭の痛い問題で、管理職にひきあげるにしても、そうそう席《ポスト》があるわけじゃない」

「村富部長、なにも僕が一生プロパーってこともないんでしょう。部長がアメリカへ呼んでくれるのを、あてにしないで待ってますよ」

小田切は村富のグラスにビールを注ぎながら、そう言って白い歯をみせた。

「そう皮肉を言うな。君も俺なんかにかかずらってないで、和田あたりにゴマをすっておけばよかったかもしれないな。上役と呼吸が合わないっていうのは、サラリーマンとしてはいちばん悲劇かもしれないね。どんなに仕事ができたって、フォロー勢力がなけりゃあ、出世できないことになっている。俺なんか、竹本専務が陰に陽にバックアップしてくれたから、これでももってるが、そうでなかったらとっくにつぶされてたかもしれん。専務から和田と協調するようにずいぶん言われたが、そうはいったって出来ることとできないことがあるよ。あいつが開発部長になったときほどがっかりしたことはないな。それは俺に限ったことじゃない。トーヨーで心あるものはみんなそう思ったはずだ。役員会で和田が言ってることといったら、女子社員の更衣室のロッカーが多過ぎるなどと重箱のスミをつっつくようなしみったれたことばかりだそうだ。あんなのが次代の経営者だなんて、のさばるようじゃトーヨーの先も見えたな。

それにしても、和田が俺を嫌うのはお互いさまだからいいとして、若い君まで同じレベルで見ているとしたら、まったく度しがたい見下げ果てたやつだ」

いつかも、そんな話を聞かされたことがあるな、と思いながら、小田切は肴《さかな》をつついた。

村富は所詮、トーヨー製薬では主流になれず、不平分子であり、少数派でしかない。歯に衣《きぬ》きせず上に対してもずけずけものを言う村富のようなサラリーマンは、破滅型などといわれるのが落ちだ。

「同期の連中というのが案外たよりにならないんだ。課長ぐらいまではなんとなく仲良くやれても、部長の声をきくころになると、コンペティッター意識の方が先にたって、同僚のエラーを腹の中でざまあみろ、と喜ぶようなことになる。上によくて、左右ともうまくやり、下から慕われ、しかも仕事ができるなんていうのが理想だが、そんなのはめったにいないだろうね」

「そうなると、プロパーなんていうのは、わりあい気楽なんじゃないですか。話はすこしちがいますが、生命保険の外交をやってる人で、抜群の成績をあげて、神様みたいにいわれてる人がいるらしいですね。会社がその人を役員として迎えようとしたら、ことわったそうですけど、保険の外交やってたほうが重役になるよりずっと収入はいいっていうんでしょう。雑誌かなにかで読みましたが、大会社の重役になって、おさまりかえっているのは体裁はいいけれど、それなりに気苦労も多いにちがいない、収入のこともあるんでしょうが、保険のセールスマンをしていた方がよっぽど気が楽だ、そう思ったからこそ、その人は役員のすすめを辞退したんだろう、って僕は解釈しました。ものは考えようで、プロパー稼業《かぎょう》が楽しくって、三日やったら、やめられない、ということだってありうると思うんですよ。これは一般論として言ってるんですが……」

「おい、まさか一生プロパーやってようってわけじゃあるまいな。そんなことにでもなったら、佐和子ちゃんが泣くぞ」

こんどは村富が笑った。

「分かりませんよ。こっちはそのつもりがなくても」

と、小田切が真顔で応じると、村富は表情をきびしくひきしめて、そのあとをひきとった。

「そんなことは絶対にさせないつもりだ。躰を張ってもなどといったら大時代だと笑われるかもしれないが、そのぐらいの気持はあるよ」

「そんな思い詰めたようなこと言わないでくださいよ」

三人連れの先客が起ち上がったので、小田切はそれをやりすごすために腰をあげた。村富は横着をきめこんで、腰をひいて道をあけようとしたが、結局、立たされる破目になった。

三人抜けて、そのテーブルの前の列はだいぶ余裕が生じ、楽になったが、店員が後片づけを終えるまで、話が跡切《とぎ》れた。

一段落したところで、村富はハイライトの箱から一本抜き取り、それを小田切の方に押しやった。

「いただきます」

小田切も一本抜いて、口にくわえた。

村富がマッチを擦ったので、小田切は顔を近づけて、煙草《たばこ》に火をつけた。

村富はけむりを吐いて、言った。

「二兆円産業なんて偉そうなことをいったって、製薬産業なんて所詮は旧態依然とした前垂れの前近代的産業なんだな。それが証拠に、大手のトーヨーでさえ、世襲制を改めようなんて気はさらさらないし、和田のような奴《やつ》がひょっとしたら社長になれるなんて、ひどいことになってる」

「また、和田さんですか。和田さんの話はもういいですよ」

小田切がうんざりした口調で言うと、

「まったくだな」

村富は気をとりなおしたように言って、煙草を左手に持ちかえて、ぬるくなった盃《さかずき》を乾《ほ》した。

小田切がそれに銚子《ちょうし》をかたむけて酒を満たしてやると、村富はひとくちすすって、テーブルに置いた。

「何年か前、上司をバットでなぐったエリート社員のことが新聞で騒がれたが、君も和田に対して、そのぐらいのことは考えたんじゃないのか。ひそかに心配してたんだぜ」

「ほんとうにやめましょうよ。酒が不味《まず》くなります」

村富の本気とも冗談ともつかぬ言い方に小田切も投げやりな語調でこたえて、グラスのビールを呷《あお》った。

6

二人だけの送別会の二次会は、銀座七丁目のクラブ『毬《まり》』へくりこんだ。

村富はひとりではしゃいでいた。マイクを独占し、石原裕次郎の曲を五曲も六曲も歌った。

「裕次郎は俺の音程とぴったりなんだ」

というだけあって、「村富裕次郎」になり切って、彼は歌いまくった。

「では、アンコールにおこたえして」

だれもアンコールなどしてないのに、村富は勝手に自分でアンコールして、自分でこたえているという具合で、際限《きり》がなかった。声もよかったが、詞をおどろくほど正確にそらんじていた。

そうして、村富は三十分間マイクを離さなかったが、ピアノの伴奏のアルバイト嬢が休憩時間になったので、村富も仕方なく一息入れたという具合だった。

「村富ちゃん、きょうは莫迦に乗ってるのね」

ママのまり子が席に加わった。

「ああ、どうせ俺は莫迦だよ」

「あら、なんだか掛け合い漫才みたい」

「俺はいま無性に寂しいんだ」

村富はまり子にしなだれかかった。

「来年、アメリカへ島流しだ。当分、日本へは帰ってこないぞ。この年になってチョンガーも悪くないかもしれないな」

村富は酔いが廻ってきたようだが、どこか捨て鉢な言い方であった。

「アメリカへ転勤なんて、わるくないじゃありませんか。男の方は羨《うらや》ましいわ」

テーブルを隔てた向かい側の美保子が言った。

「美保ちゃん！」

こんどは美保子の胸のあたりまで村富の手が伸びた。

「いちどでいいから、やらしてくれよ。たのむ」

「なにをやるんですか」

美保子はそれをかわすために身をよじった。しぜん、隣りの小田切にすがりつくような恰好《かっこう》になった。

「いやーだ。エッチねぇ」

めずらしく店がすいていて、女の子が四人も村富たちの席についていて、あまり見かけないホステスが黄色い声で言った。

「なにがエッチだ。じゃあ訊《き》くが君は男が嫌いか」

村富にからまれて、アイシャドーの濃い新顔のホステスは当惑したように眉《まゆ》を寄せた。

「俺は美保ちゃんを考えながら遠い異郷でマスターベーションといくか」

「なにいってんの。むこうで金髪や銀髪と悪いことするつもりなんでしょう」

まり子が村富の左手の上膊《じょうはく》のあたりをつねる真似《まね》をした。

どこかのネジがゆるんでしまったのか、躰の一部が破れてしまったのか、村富の乱れ方はとりとめがなく、小田切はこんな村富をみたのは初めてであった。

「金髪っていやぁ、小田切なんかドイツでやりたい放題やってきたんだろう。だいたいお前、三十近くにもなって、独身《ひとり》でいるなんておかしいぞ」

村富が眼をすがめて言ったが、小田切はすかさず言い返した。

「僕は部長とちがって露悪趣味ではありませんから、そういうことがあったとしてもお答えしかねます。男女関係はひそやかなものであるべきで、大っぴらにいうのはどうかと思いますね」

「ちぇっ、可愛気《かわいげ》のないやつだ。要するにむっつり助平じゃないか。勝手にしやがれ、俺ひとりコケにしやがって」

「村富部長、きょうは情緒不安定というか、ちょっとはしゃぎすぎですよ。むかしなら躁鬱《そううつ》病で精神病院へ連れてかれてるんじゃありませんか」

小田切がまじめな顔で言って、みんなを笑わせたが、村富はにこりともしないで、しばらく充血した眼で小田切をまじまじと見据えていた。

「君はどこまで醒《さ》めてる男なんだ。俺が思ってる以上に大物なのかもしれんな。こんどのことで、ちっともこたえてないのか。それともジェネレーションの違いだろうかねぇ」

感情のこもった声で村富は言った。

エリート・コースから踏み外していこうとしている俺を、村富の流儀で精いっぱいもてなしているつもりなのだろうか。それとも村富自身、主流からはずされたことの怒りがそうさせているのか——小田切はふとそう思ったが、そのことの厳しさを身にしみたところでは分かっていなかった。

7

村富は年があけると早々にトーヨー・USAの社長として、単身ニューヨークに赴任して行った。小田切が研修があけ、にわか仕立てのプロパーとして、そろそろ開業医めぐりを始めたころのことである。

二週間ほど経《た》って、村富から、羽田空港への見送りに対する礼状の絵葉書が舞いこんだが、小田切は返事を出そうと思いながら忙しさにかまけて三カ月近くもほったらかしていた。

小田切が村富に手紙をしたためたのは桜が散って葉桜の季節になっていた。どうやら仕事の要領ものみこめたし、来春には佐和子との挙式も決まったので、いくぶん弾んだ気持で、村富に近況報告をする気になったのである。

十日後に小田切の許《もと》に航空便が届いた。

小田切兄　お手紙ありがとうございました。センチになっているつもりはありませんが、わびしい独りずまいで、ぼんやりしているところへ君から手紙をいただいて、久しぶりにほんものの人間の肉声に接したような気がして、救われる思いでした。

こちらへ来てから、かなり大量のハガキの便りを日本に向けて書いたのですが、種は蒔《ま》いてもさっぱり応答がないので、さてはこうして完全に忘れ去られるのか、そういえば出発のときの羽田は百人に近い盛大な見送りだったが、あれは、いわば葬式みたいなものだったのだな、生きているうちに葬式がしてもらえるのをせめて有難いと思わなくてはいけないな、などとひがんだりしたものです。あのとき、見送り人の中に和田某の顔までまじっていたのにはまったく驚きで、いよいよもって葬式にちがいない、と思ったりしたものですが……。冗談はさておき、佐和子ちゃんとのこと、心から祝福します。まだ一年も先のことですが、一年がかりで素敵なプレゼントを考えておきます。最近は国際化時代のせいか、ニューヨークでも日本人の若いカップルやOLや学生の旅行者をよく見かけますが、新婚旅行はひとつふんぱつして、アメリカまで足を延ばしてはいかがですか。そうしてもらえれば小生の喜びこれにすぐるものはありません。

トーヨー・USAは小生が赴任する以前から小規模ながら事業も軌道に乗ってましたから、交際費もまあ潤沢といえます。多少公私混同させてもらって、VIP扱いで歓待し、ホスト・ガイド役をおおいにつとめさせてもらいますよ。一石二鳥のグッド・アイデアと思いますが、いかがなものでしょうか。なんなら旅行社にわたりをつけて、割安なキャンセル待ちという手もあります。来年のことをいうと鬼に笑われますが、佐和子ちゃんと相談して、いまから計画し、ぜひアメリカへおいでください。

ところで、プロパー稼業もだいぶ板に付いてきた由《よし》、ご同慶の至りといいたいところですが、ゆめゆめ斯様《かよう》なことはないと思いますけれど、それに甘んじないでください。このことは日本を発《た》つとき佐和子ちゃんからくどいほど念を押されており、小生としても責任があります。君からも折りにふれてデモンストレーションするくらいはあってもいいと思います。

近況報告を一つ。近頃、小生はニューヨーク・タイムズを読むのにえらく精を出しています。ほかにすることがないからというせいもありますが、それ以上に面白くてやめられないという感じです。気分が落ち着くというか、日本の新聞を読んで苛々《いらいら》させられるのと逆な感じなのです。一歩突き放して書いている感じの記事が多くて、これで現代世界の動きが判《わか》ったというような錯覚が得られるのです。

尤《もっと》も、こちらもよその国の新聞を読んでいるという無責任な気楽さがあるのでしょうね。ニューヨーク・タイムズといえば、この前の日曜日に面白い経験をしました。タイムズの日曜版というのは五キロ位の重さの厖大《ぼうだい》なものです。それが日曜日に一度に新聞販売店に送り込まれるのではなく、大部分は金曜日の朝には販売店に入っているのです。そして、残りのホット・ニュースを包含するセクションだけが日曜日の朝持ちこまれ、それで全体がセットされて売りに出されるという仕組みなわけです。従ってタイムズ日曜版は日曜日までは売りに出さないのが建て前ですが、新聞店の親爺《おやじ》に話せば、金・土曜のうちにこっそり売ってくれ、日曜日はその残りをただで渡してくれることになります。

こないだの土曜日に実は小生もそれをやり、次の日曜日にそのときセットされてなかった残りの部分を貰《もら》いに行ったところ、思わぬトラブルが出来《しゅったい》したのです。「私が昨日買ったものにはこのセクションとこのセクションがなかったから、それを寄越せ」と言っても、親爺の方は「いや、それはすでに入っていた。なかったのはこれだけだ」と言って、頑張るのです。小生はあっさり降参して「それでは改めて全部買い直す（といっても六十セントのことですが）」ということにしてしまいました。しかし、この小生のやり方は余りにおとなしくて物ぐさな日本的やり方で、アメリカ人なら金額はわずかでも徹底的に闘い抜くのかもしれませんね。

以上、ひまにあかせてつまらぬことを書きましたが、くれぐれもお躰《からだ》を大切に。佐和子ちゃんによろしくお伝えください。

一九七五年四月×日　村富　生

外国郵便特有のパラフィン紙のようにぺらぺらした罫《けい》のない用箋《ようせん》に、ボールペンで横書きした右下がりの癖のある不揃《ふぞろ》いな文字は、読み取りにくかったが、村富の思いやりが行間ににじみ出ているように思われ、小田切は心をあたためられた。

第四章　プロパー稼業《かぎょう》

1

電話を知らせるチャイムで、小田切は眼ざめた。その日、昼ごろ広尾の佐和子の家から私鉄とバスを乗り継いで、大船にあるトーヨー製薬の独身寮へ三日ぶりに帰ってきた小田切は、二階の自室にたどり着くなり、夜具の中にもぐりこんだ。昼寝をたっぷりとり過ぎたせいか頭が重く、胃のあたりもつかえたようなしこりが残っていた。あたりはすっかり暗くなり、時計を見たら五時だった。

小田切は脱ぎっぱなしのよれよれのスラックスとワイシャツで身づくろいし、セーターに腕を通しながら、一階の管理人室へ降りて行った。

「お待たせしました。小田切ですが……」

「どうかね。忙しいかね」

ひどく尊大な中年の男の声だった。

「失礼ですが、どちらさまでしょうか」

「築地《つきじ》の広岡だよ」

「ああ、広岡先生ですか。いつもお世話になっています」

「うむ。いまから来られないか。マージャンのメンバーがそろわないんだ」

「マージャンですか。電車が動いてないものですから」

小田切は尻《しり》ごみした。

「止まってるのは国鉄だけだろう。なんならクルマを飛ばして来いよ」

「二日ばかり家をあけていたので……」

小田切が言いよどんでいると、広岡は不機嫌な声になった。

「いやなら無理にとはいわん。共立の吉野君でも呼び出すから」

「いえ、すぐ伺います」

ライバルの共立製薬のプロパーをもち出されては、ひとたまりもなかった。脅迫まがいの命令調の広岡の電話をいまいましく思い返しながら、小田切は外出の仕度にかかった。

医者とのつきあいも仕事のうちであることは分かっていても、どこかで線を引かなければきりがない。医者とプロパーの力関係、プロパー稼業の厳しさは重々承知してはいても、どこまで私生活を犠牲にすればよいのか――勇気を出して、なぜマージャンの誘いを断れなかったのか。断れば広岡の心証を悪くしたろう。が、だからといって、ただちに広岡が報復措置を講じてくるとも思えない。

すこしびくびくしすぎるのだ、と小田切は自分をなさけないと思う。

小田切は大船から上大岡までバスで行き、そこから東横線で渋谷に出て、タクシーをひろった。バスも私鉄も身動きがとれないほどの混雑で、吐き気をおぼえたほどだったが、タクシーはすぐひろえた。いつもなら数珠《じゅず》つなぎになる都心の道路がわりあいすいていた。

広岡医院の院長は四十七、八歳の内科医で、いわゆるジャンキチのたぐいである。広岡夫人がそれに輪をかけたマージャン好きで、広岡医院に出入りしているプロパーはマージャンができなければつとまらないといわれているほどだが、小田切でさえ過去に四度も相手をさせられているくらいで、広岡邸の応接間をマージャン・サロンなどと称している。それにしても大船まで呼び出しがかかるとは、よほどメンバーが払《ふっ》底《てい》していたに相違ない。

小田切が押っ取り刀でかけつけたとき、サロンの雀卓《ジャンたく》はちゃんと四人で囲まれていた。小田切は拍子ぬけするより、もしやほかの製薬会社のプロパーに先を越されたのではないかと気を廻《まわ》したが、それにしては、ひとりは長髪で学生風だし、もうひとりの眼鏡の方は態度が悠然としていた。小田切が挨拶《あいさつ》すると、

「ちょっと待ってくれ、いま重要なところなんだ」

広岡がそう言って、牌《パイ》を伏せた。

「なによ、パパ。ヤミテンなんてずるいわよ。テンパってるんなら、リーチかけなさい」

下家《シモチャ》の夫人が濁声《だみごえ》で広岡を牽制《けんせい》した。目鼻だちが大づくりのうえに若造りなので、ひときわはなやいでみえる。

「そうはいかない。だんだんよくなる法華《ほっけ》の太鼓ってね」

広岡はゲームを優勢にすすめているらしく、軽口をたたいている。

「広岡先生、きょうはついてますね。ダマテンで満貫なんていうんじゃないでしょうね」

眼鏡の若い男が言った。

「つきも腕のうちだよ」

広岡は軽くいなして、つぎのツモで、リーチをかけた。

「おもわせぶりねぇ。こうなったら、こっちもおりられないわ」

夫人が危険牌をふって、広岡の顔を窺《うかが》った。

「おどろいたひとだね。正気かっていいたくなる」

「これでおりたら女がすたるわよ」

「夫婦で張り合ってりゃ、世話ねえや」

広岡の上家《カミチャ》の、なにが気にいらないのか、およそ無愛想な長髪が初めて口をきいた。

小田切の挨拶を顎《あご》で受けた男だ。「ごくろうさま」と言って、小田切を迎えたのは夫人だけだった。

夫人がリーチをかけてから二巡目に広岡に放銃した。

「あたり。一一六《いちいちろく》だ」

「あら、そんなに高いの。ついてないなあ」

「リーチ、タンヤオ、イーペイコウ、それにドラが一枚ですか。いい手ですねぇ」

眼鏡が指を折ってかぞえた。

「小田切君、いま南北戦《ナンペイ》のラス前だから、もうすぐ終わるからね。そこのウイスキーでも飲んでてくれ。息子がこれで抜けるから交替してもらうよ」

「はい。わかりました」

小田切はソファーから起《た》ち上がって、広岡の背中に頭を下げた。なるほど、この若造が医大生のドラ息子か、と小田切は納得がいった。ついでに、できの悪そうな顔してるから、さだめし裏口入学のくちだな、と腹の中でつけたした。

半チャン終わったところで、残りの点棒をかぞえながら、息子がくわえ煙草《たばこ》で言った。

「まだちょっと時間があるな。もう半チャンやるか。親子でカネのとりあいしてもしようがないけどな」

「実《みのる》、いいから替わりなさい。あんたが一緒だとやりにくくてしょうがない」

「それじゃ、ママが抜けろよ。約束の時間までまだ五十分もあるんだ」

「なに言ってんの。おまえが二位なんだから、おまえが抜けるのがあたり前でしょう」

「どうせテツマンなんだろう。あとでいくらでもできるんだから、いいじゃないか」

実が唇をとがらしてそう言ったとき、小田切はたまりかねて、

「どうぞ続けてください。僕の方はかまいませんから」

と、声をかけた。

「そう、悪いわね」

夫人があっさり受け、実はもう自分の点棒を集めている。小田切は、ひとを呼びつけておいて、と思わぬでもなかったが、腹もたたなかった。だいたい、つきあいに仕方なくやるといった程度のマージャンなのだ。

小田切は急に空腹をおぼえた。すると思い出したように胃に痛みを感じた。佐和子たちと朝食をとっていらい、なにも食べていなかった。これでは躰《からだ》に悪い、と小田切は思い、いまのうちに外へ出て、なにか食べてこようと心に決めて、それを広岡に告げようとしたとき、電話が鳴った。

「小田切君、ちょっと出てくれ」

広岡が牌をつもりながら、小田切の方をふりかえった。

「わかりました」

「急患なら外出してることにしてくれないか」

小田切が受話器を耳にあてたところだったので、広岡のその声はよく聞こえなかった。

「もしもし、広岡医院でしょうか」

かすれたような女の声がした。

「はい、そうですが、どなたさまですか」

「吉井です。先生にいつも子供を診てもらってますが、夕方から急に熱を出して、九度以上もあるんです。いまから連れて行きたいのですが、診ていただけないでしょうか」

若い母親らしく、切羽詰まったような声だった。

「ちょっとお待ちください」

小田切は左手で送話口を押さえて、広岡の方に首をねじった。

さすがにマージャンの手を止めて、みんな小田切を注目していた。

「吉井さんとおっしゃる女の方からです。お子さんが発熱して、九度以上あるから診てくださいといってますが……」

広岡が急いで手と首を振った。

「いないっていえ」

小田切がなんともいえない顔で受話器に向かった。

「あのう、すみませんが、先生、お留守なんですが……」

「いつごろお帰りでしょうか」

「あのう、ちょっとお待ちください」

小田切は口ごもった。嘘《うそ》をついている負い目で、おろおろした。

「帰りの時間を訊《き》かれましたが、どうおこたえしたらよろしいでしょうか」

「分からない、いや、相当遅くなりそうとかなんとか適当にいってくれよ」

要領のわるい奴《やつ》だ、といわんばかりに広岡がしかめっつらをした。

「それが、よく分からないのですが……」

「看護婦さんもいないのでしょうか」

小田切が答えに窮して三度目に送話口を押さえた瞬間、じれったそうに夫人が椅子《いす》から起ちあがって、電話機の置いてあるサイドボードの方へ歩いてきた。小田切が受話器を夫人に差し出すと、気がきかないわね、といいたげに小田切を睨《にら》んで、夫人はそれをひったくるようにして耳に押しあてた。

「吉井さん、ごめんなさいね。先生、ちょっと遠出してて、きょうは帰らないのよ。看護婦さんも留守してるの。申し訳ないけど、ほかを当たってくださる。それじゃ、ごめんください」

夫人はさすがに手なれたもので、いとも簡単に片づけてしまった。

「いちいちとりあってたら、こっちの身がもたんよ。医者にだってプライベートの時間がなくちゃな」

広岡はゲームを中断されて、しらけた顔で言った。

「これだから開業医も楽じゃありませんね。そこへいくとわれわれは楽ですよ」

眼鏡のフレームをこころもち動かすようにしながら、男が言うと、

「ほんとうよ。病院勤務の根津先生なんか、時間が余ってしょうがないでしょう？」

夫人が応じた。

小田切は、眼鏡の若い男が医師で、根津という名前であることが分かったが、同時に憤《いきどお》りのようなものを感じていた。「私が診てあげましょう」ぐらい言ってもよさそうだし、マージャンの時間を五分や十分割《さ》くことがどうしてできないのか。医者が二人もいて、使命感のかけらも持ち合わせていないのか、そう思うと、小田切はなんだか場違いのところへ居合わせているような気がして、身の置きどころに窮し、すごすごとソファーに戻った。

「時間がなくなるよ。早くやって」

実が催促し、みんなの気持が雀卓に集中した。

ひと区切りついたところで、夫人が言った。

「パパ、ごはんどうします？」

「鮨《すし》でもとったらどうだ」

「そうね、根津先生もお鮨でいいかしら？　わりとおいしいところが近くにあるの

よ」

「けっこうですね」

「実はどうなの？」

「俺はいい。あとで友達と食べるから」

「小田切さんもまだなんでしょう？」

やっと小田切にも声がかかった。小田切は無視されると思っていただけに、ちょっぴり気をよくしたが、またすぐに鼻じろむ思いにされていた。

「そこにダイヤル・ノートがあるでしょう。柳寿司《やなぎずし》に電話してちょうだい。広岡医院といって、適当にみつくろって、といえば分かるから、そうねぇ、大の男が三人じゃ六人前ぐらいかな」

夫人はてきぱきと小田切に指図した。

「電話が終わったら、診察室の方へ切り替えてくれ。どうせ、ろくな電話はかかってこないんだ。それから、そこのシーバスリーガルで水割りをつくってくれないか。根津君もどう？」

広岡が背中を向けたまま言い、根津が、

「いいですね」

と、こたえ、実までが便乗して、

「俺にもたのむ」

と、言った。

これではなんのために呼び出しをかけられたのか分からない、ますらお派出夫並みの扱われかたではないか。クロフェラの花村ならなんの抵抗も感じないで、いそいそこまめに立ち働くところだろうか、などと考えながら、小田切はダイヤル・ノートのY欄を眼で追った。

小田切が柳寿司に電話をかけると、

「まいどありぃー。ヒカリ抜きの特上で、六人前ですね」

巻舌の威勢のいい声が受話器にびんびん響いてきた。

小田切は三人分の水割りをこしらえながら、佐和子の言葉を思い出していた。「プロパーなんてご用聞き以下だわ」ご用聞きどころかバーテンダーをやらされてますよ、と小田切は胸の中でつぶやき、ひとり苦笑した。

こうして、小田切が神経をすり減らし、体力を消耗して、広岡夫妻に解放されたのはあくる日の昼前だった。おまけに、小田切は八千円ほど巻きあげられたのである。高いレートなので、この程度なら被害は僅少《きんしょう》といえたかもしれない。

2

月曜日は月初めにぶつかったので、トーヨー製薬・東京第一営業所は朝八時四十分から朝礼がある。二階の大フロアーはプロパーのたまりだが、三百人近いプロパーが講堂に集められ、営業所長のしまらない長広舌に耳をかたむけなければならない。

国鉄のスト権ストはまだ続いていたから、八時四十分に出勤するためには、みんないつもより一時間以上早起きしているはずで、あくびを抑えるのにひと苦労といったところだ。要するに、長山営業所長は、大いに薬を売りまくってもらいたい、ということをまわりくどく話しているに過ぎない。当人は顔をまっ赤にして、懸命にぶちまくっているつもりらしいが、いつもながら新味はない。そして最後に、前月の成績優秀者のベスト・テンを読みあげるのがならわしである。ひところ、ワースト・テンもあわせて発表していたが、プロパーの反発を買って、いつの間にかとりやめられた。

プロパー全員の売り上げ成績が過去何年にも遡及《そきゅう》して、コンピューターに入力されてある。当然、経歴も記憶されているはずだが、プロパーの価値を決める最大のファクターは売り上げ実績であり、給与も勤務年数以上にこれがものをいう。ちなみに、プロパーの盆暮れの賞与は、ここでは全額査定にひとしいといわれている。

所長訓示が漸《ようや》く終わった。小田切はやれやれといった面持で自席へ戻り、カバンの中を調べ、営業三課の黒板の「小田切欄」にチョークで行き先を書きこんでから、カバンを両手で抱えて駐車場へ降りて行った。

「小田切さん、もう出かけるの？　まだ道路が混んでて、とっても走れたもんじゃないですよ」

小田切がカバンを後部シートにおろし、両サイドのバックミラーの位置をなおしていると、背後から花村が声をかけてきた。

「やあ」

小田切は手をあげて、花村にこたえた。

「外へ出るのが商売だから、しょうがないでしょう」

「あと一時間もしたらすきますよ。そのへんでお茶でも喫《の》んで、調整しましょうや」

「そうですね」

小田切は花村にしたがった。

『チルチル』と称するその喫茶店は混んでいた。

日本橋本町は大阪の道修町《どしようまち》ほどではないにしても、製薬会社のオフィスが集中しているので、この界隈《かいわい》の喫茶店で朝っぱらから油を売っているのはプロパーぐらいではないか、と小田切は思ったとたん、花村が声をかけられた。

「花村さん、席を替わりましょう」

　ふたりがドアのそばでキョロキョロ店内を見まわしていると、すぐ近くの三人連れが起ちあがった。

「われわれはそろそろ帰ろうと思ってたところですから、どうぞ。やり手の大先輩に席でも譲っておかないと、あとが恐いですからね」

　中年の年かさの男が言った。

「申し訳ない。恩に着ます」

　花村はニコニコしながら、そうこたえた。

「コーヒーでいいですか」

「こないだから、どうも胃がもたれるんです。オレンジジュースぐらいにしておきます」

　ウエイターにそれを注文してから、

「いまの三人、みんな山藤製薬のプロパーですよ」

　花村が小声で小田切に教えた。

　診療所や医院などの出先で、他社のプロパーに出くわしたときはなんとなくバツの悪いものだが、花村ぐらいのベテランになると、そんなことは全然意に介さないようで、態度も堂々としている。

花村はハイライトを一本抜いて口にくわえ、ついでに小田切にもすすめて、内ポケットからライターをとりだした。金色の重そうなデュポン製のライターを鳴らして、それを小田切の顔に近づけ、自分の煙草《たばこ》にも火をつけて、もとのポケットにしまった。

花村は一服喫《す》ってから言った。

「今週の土曜日はなにか予定ありますか。もしなかったら、ゴルフにつきあってくださいよ。費用は僕の方でもちますから」

「ありがたい話ですけど、出勤日なんですよ。花村さんはお休みですか？」

「私も出ますよ。プレイするのは日曜日なんです。コースは伊東《いとう》の川奈《かわな》なので、前の日から出かけようってわけです。昼すぎに東京を出ればいいでしょう」

どうだ、いい話だろう、というように花村はニタッと笑った。

「泊りがけですか」

「ホテルも予約してあります。公用みたいなものですよ。おろしやの先生が三人と、みんなこれをつれてくるっていうんですがね」

花村はわるびれずに小指をたてた。

「先生たちは急行だか特急で行くことになってますが、キャディ・バッグをクルマで運んでやらなけりゃあならないし、伊東の駅まで迎えに行くことになってるんでね。それで小田切さんにお願いしたいと思ってるんです」

なんのことはない、勤労奉仕だし、それも女連れの、いささか他言をはばかるようなゴルフにかり出されようとしているらしい。

「僕はここしばらくゴルフをやってないので先生がたに迷惑をかけても悪いですから、遠慮しておきます」

「それだったら心配ないですよ。三人ともからっきしヘタくそで、私がコーチしてやってるくらいですから。だいたいゴルフは二のつぎ、三のつぎなんです」

花村は下卑た笑いを口もとに浮かべて言った。

コーヒーとオレンジジュースがテーブルに並んだ。花村はコーヒーにミルクをたっぷり入れ、砂糖もシュガー・スプーンで四杯もすくってコーヒーをかきまぜた。

そのミルクコーヒーを飲みながら、

「小田切さんにも前にちょっと話したでしょう。大学の助手かなんかになりすまして、産婦人科で診察だか手術だかしてるところをのぞかせてもらうんですよ。来週の水曜日にすごい美人の人妻だか愛人だかのなにがあるらしいんです。それを一緒に見物しようじゃないですか」

花村はでれっとした顔で言った。

「そんな付録があるんですか」

小田切は苦笑した。相当な好きものとみられているらしい。

「小田切さんなら、ちょっと若いけど、きりっとした男前だし、助手で充分通りますよ。水野君なんかにうっかり口をすべらしちゃったけど、この話内緒ですよ」

花村は、小田切が話に乗ってきたと見てとって、思わせぶりに片眼をつぶった。きりっとした顔なんて、言われたことは初めてだ、と小田切は思った。

「今週の土曜日は、実は予定がないこともないんです。ゴルフをするひとはほかにもたくさんいますから……」

「そう堅いことを言わないで、なにがあるかしらないけど、断っちゃいなさいよ。いいですね、決めましたよ」

花村は、小田切が遠慮してるとでも思ったのか、念を押した。

中小の製薬会社は固定給を抑えて、歩合制を採用しているところもあるが、トーヨー製薬ではプロパーの歩合制はとっていない。しかし、売り上げ高が一定のラインを越えた額に対して、その五パーセントから七パーセントを交際費として認めていた。小田切のようなプロパーでも多少の交際費は使えるのだから、月商一千万円を軽く突破する花村のような凄腕《すごうで》なら、月に五十万円やそこらは自由にできるかもしれない。それにしても、一流コースにおける八人のゴルファーのプレイ代とホテルの宿泊料や飲み食いを入れたら、大変な出費になるはずだ。クロフェラさん大丈夫ですか、と問いかけるように脂《あぶら》ぎった花村の顔を、小田切は凝視した。

プロパー稼業《かぎよう》には金銭的な誘惑がないとはいいきれない。試供品の扱い方一つにしても、やりようによっては自分のふところに入れることも可能である。過去に試供品のヤミ流しが発覚して、会社を馘首《かくしゆ》されたプロパーもいる、と小田切は聞いていた。

花村に限ってそんなことはあるまい、花村がその気になれば、きょうにも他社へ移籍することは可能なのだ。トーヨー製薬としても、彼を引き止めておくためにガードを固め、相応の待遇をしているはずだ、と小田切は考える。花村級のプロパーが移動することによって、当然ユーザーの相当部分もそのプロパーについて、当該メーカーから離れてしまうので、花村を引き抜かれることの損失は、計り知れない。会社は少々のことでは花村を手放すようなことはしないはずである。

会話がとぎれて、ふたりがコーヒーとジュースを片づけにかかったとき、テーブルの前にヌーッと人影が立った。ふたりが同時に顔を上げると、古賀が見下ろしていた。

「いけませんねぇ、こんなところで油を売ってちゃ」

古賀はしかつめらしく腕組みして、こもごも二人に眼をやった。ダーク・スーツにベストが板についているスマートな男である。

「花村大先生をさっきから探してたんですよ。まったく、神出鬼没というか油断も隙《すき》もないんですからね。汗かいちゃいましたよ」

古賀はそう言いながら、小田切の隣りに腰をおろした。

「それじゃ、僕はこれで失礼します」

小田切が腰を浮かせると、古賀は、

「まあ、いいじゃない。小田切君が一緒の方がかえっていいかもしれないし、どうせ、きょうは午前中は仕事にならんよ」

と、小田切の肩をおさえつけるようにして言った。

「そうですよ。まだ十分ぐらいしか経《た》ってないじゃないですか。もうすこし、ゆっくりしましょうや」

花村もサバをよんでそれに加勢した。

小田切は席を立ちそびれてしまった。

「こんなときはね、あくせくしないで大先生のご高説など聴いてるに限りますよ。ちょっと、私にコーヒー」

古賀は愛想よくそう言って、途中でウエイターの方を見て手をあげた。

小田切がプロパーになりたてのころ、管理部門の開発部から廻ってきたということからか、けむたがられ、よそものに対するような眼で見られたものである。いまにして思うと、それはプロパーとしてのある種の防禦《ぼうぎょ》本能のようなものではなかったか、と小田切は考える。小田切を経営者側のまわしものとまで見ていたかどうかは分からないが、プロパーの管理を強化し、しめつけるために小田切をして一時的にプロパーに仕立てあげたのではないか、と受けとめた者がいたことはたしかなようである。それがどうやら見当ちがいと分かって、花村や古賀が胸襟《きょうきん》を開き、仲間意識をもちはじめたのは、このごろになってからだ。プロパーはプロパーなりに閉鎖社会を構築している。

「クロフェラさん、あいかわらず引く手あまたでスカウト攻勢にあってるんじゃないの？」

古賀がテーブルの上のハイライトの箱から勝手に一本抜いて、花村の顔を覗《のぞ》きこむようにして言った。

「ウフフッ」

と、花村は含み笑いして、

「あたしゃ、トーヨーに骨を埋《うず》める気ですよ」

「それ、本気？」

「もちろん、本気ですよ」

「ン百万円の仕度金積まれても動かない？」

「ええ。そういうわけにはいかんでしょう。私もトーヨー製薬には相当勝手させてもらってますからね」

花村はコーヒーを飲み乾《ほ》してしまったので、仕方なく氷水《おひや》を口に運んだ。

「義理がたいことで」

古賀が肩をすぼめ、コーヒー・カップを手にした。

「古賀ちゃんこそ、あっちこっちから口がかかってるんじゃないの？」

「クロフェラさんじゃあるまいし、まったくあんたにあやかりたいね」

図星をさされたせいか、古賀はむせたように咳《せき》こんだが、たくみに話をそらした。

「躰《からだ》のつづく限りはプロパーをやるつもりだけど、この稼業は年を取ってからはどうかねぇ。まあ、せいぜいカネでも貯《た》めて、顔を売って問屋でもやればいいんですけどね。ワイフの実家が薬局やってるから、いざとなったら、ころがりこんでもいいと思っていますよ」

「羨《うらや》ましいなあ。こっちはなんの資格も持ってないから、死ぬまでプロパーやってなければならない……」

「クロフェラさんみたいなスーパーマンは五十になっても六十になっても勤まりますよ。まったく、ほれぼれするようないい前脚《あし》してるもんね。落とそうが叩《たた》こうがびくともしそうもない。なんたって、体力ですよ。私のようなきゃしゃなのは永持ちしない」

競馬好きの古賀は、花村のがっしりした上膊《じょうはく》のあたりをサラブレッドの前脚に見たてて、手を伸ばしてそこをつかんだ。

「小田切君もわずか一年にしてはよくやるね。上の方もびっくりしてるんじゃないかな」

とってつけたように古賀が言ったので、小田切は、変にこそばゆくなってストローを指に巻きつけながら、

「まだ駆け出しですから」

と、無愛想にこたえた。

「どこのメーカーもプロパーの高齢化に頭を痛めているみたいだね。製薬業界は抗生物質《アンチ・バイオティック》の発達で急成長を遂げ、この十年、いや二十年かな、とにかく大変な利益をあげたけど、ここのところ副作用問題などで頭打ちの状態だし、プロパーは高齢化してくるしで、いままでのようなボロ儲《もう》けは期待できなくなってるんじゃないかな。ウチだって年寄りのプロパーを整理したがってるんじゃないか。成績のあがらない年寄りのプロパーに対する上の連中のいびり方をみていると、相当陰険だからね」

「そういえばそうですね。いじいじして戦々兢々《きょうきょう》としてる人もいる」

花村がそう言って、煙草をくわえたところへウエイターがやって来た。これみよがしにコップに水を差しつぐしぐさやダスターでテーブルを拭《ふ》くさまを気にして、

「コーヒー一杯でねばられちゃ商売あがったりだね。アイスクリームでも貰《もら》いますか」

花村が言うと、ウエイターはこれが同じ男かと思えるほど、あらわに態度を変えた。

「私も、バニラを貰おう」

「小田切さんは？」

「いただきます」

「じゃあ三つだ」

花村は指を三本たてた。

ドアを背にしている小田切と古賀は気づかなかったが、二組ほど客が店内を覗いただけで引きあげたのを花村は眼にして、気を遣ったようだ。

「会社にいたたまれなくなって、中小メーカーや外資系に移ったひとがウチにも大勢いるけど、なかなか大変らしいよ。とくに外資系はひと使いが荒いらしいからね。花村ちゃんみたいなスーパーマンは別として、プロパーの末路はどうも哀れみたいだね。管理職になれるのはいいけど、その椅子《いす》は限られてるし……」

古賀はなにを言いたいのだろう、と小田切は思った。花村とはタイプは異なるが、古賀もトーヨー製薬のプロパー陣のエース的存在である。まさか優越感にひたっているわけでもあるまい。

「なんだか、話がしめっぽくなりましたね。古賀ちゃん、私になにか用があったんじゃないの？」

「そうそう。忘れるところだった。耳よりな話があるんです。G大付属病院の医局詰めの先生が近く開業するんでね、それを花村ちゃんに連絡しとこうと思ってたんだ」

「場所はどこですか」

職業意識をかきたてられて、花村は身を乗り出した。

「この話安くありませんよ。コーヒーとアイスクリームぐらいじゃすまないな。ビルのクリニックで、けっこうスペースを取ってるらしいから……」

古賀はベストのポケットに手を入れて、上体をのけぞらすようにして言った。

「分かった、分かった。早速アタックします」

花村はもう手帳をひらいていた。

古賀ぐらいのプロパーになると、大学の医学部や医科大学の人脈にも精通し、その情報網は全国的なひろがりをもち、精度も高いといわれている。都内のある大学付属病院に勤務している九州の大学出身の医師が、遠く離れているライバルの動向を知りたくてうずうずしているのをすかさず汲《く》み取って、正確な情報を提供するぐらいは朝めし前である。トーヨー製薬のプロパーは日本全国に散在しているので、その気なら情報蒐集《しゅうしゅう》もできるし、他社のプロパーとの情報交換にも精を出している。そうした意味では、花村は古賀の敵ではない。

「あんな力《りき》のない教授にくっついていたんでは、あの先生もいつまでたってもうだつがあがらないですよ。よくって助教授止まりでしょうね」などといった話を、その医師と張り合っている医師にそれとなく耳打ちしたりするのも古賀ならではの特技である。古賀のあまりの情報通ぶりに舌を巻き、つぎの瞬間、ということは自分のこともライバルに筒抜けなんだな、と頭をめぐらして、考えこんでしまった医師もいるという。

古賀のような口八丁手八丁のしたたかなプロパーは、そうそうどこにでもいるものではない。大学病院廻りは大学病院廻りなりに気苦労が多く、教授や助教授や医局長だけを相手にしていればよいというわけにはいかず、事務長や薬局とのつきあいも気骨が折れるが、古賀ほどのプロパーになれば、その豊富な知識と情報力を駆使して、ユーザー側との間に、もちつもたれつの関係がより強固なものとなるので、五分《ごぶ》以上に渡り合うこともできる。古賀が花村以上に他社の引き抜きの目標にされているのもむべなるかなといえよう。

古賀は花村にG大付属病院勤務の医師の姓名とビルの所在地などを話したあと、

「小田切君にも一つ情報を提供しようか」

と言って、別の開業医候補の名前をあげた。

「中央区なら僕のテリトリーですね」

小田切が礼を言って、うれしそうにメモをとると、

「それは、君のところの課長に話しといたから、そっちから話があるかもしれないよ」

古賀はなにくわぬ顔で言った。

営業三課長の北川に抜け目なく恩を売っておくあたり、古賀の面目躍如たるものがある。

3

小田切は昭和通りを新橋方面へ向かってクルマを走らせていた。走らせるというよりはかろうじて動かしている、やっと動いているといったほうが当たっている。昼近くになってもクルマの流れは渋滞し、信号が何回待ちなのか、かぞえきれないほどだ。

小田切は、村中医院の近くでクルマを止めた。

クルマを運転していていちばん悩まされるのは、駐車場だ。路上の違法駐車で、レッカー車で運ばれたこともあるし、罰金の憂《う》き目にあったことは一度や二度ではない。

小田切は、村中医院から百メートルほど離れている有料の路面駐車場にホワイト・グレーの小型車を止めることができた。偶然、入れかえに出て行くクルマがあったのだ。パーキング・メーターに百円硬貨二枚を投入した。往復の距離を考えても、おそらく十分か十五分で済むはずだが、用心するにこしたことはない。プロパーは相手の都合で待たされる場合は仕方がないが、そうでない以上、長居は禁物で、ぐずぐずねばってもろくなことはない。用件をすませたら、さっと引きあげるに限る。

受付で、トーヨー製薬の小田切です、と声をかけたら、用意して待ち受けていたらしく注文票を看護婦に手渡された。看護婦といっても、田舎の中学を出て、夜学の看護学校に通っているいわゆる准《じゅん》看候補の娘で、まだあどけなさを残している。この娘《こ》は住み込みで、家事の手伝いまでやらされているらしいが、もうひとり通いの古手の看護婦がはばをきかせているようだ。

小田切は待合室が混んでいたので、

「どうもありがとうございます」

と、礼を言って、引きあげた。

村中医院の玄関を出て、歩き始めたら、買い物籠《かご》を下げている若い方の看護婦に呼びとめられた。

ひとなつっこい笑顔をみせながら、小走りに近づいてきて、

「ひどいのよ。このごろのジャリどもはいったいどうなってるのかしら」

と、その娘はいきなり九州訛《なまり》のある声で言った。

「なにごとですか」

小田切はカバンを抱えなおして立ち止まった。

「まだ一年坊主《ぼうず》のくせに、女の人って、怪我《けが》もしないのに血が出るんだろう、ってしつこく訊《き》くのよ。はじめなんのことか分からなくて首かしげてたら、生理のことなのね。わたし顔から火が出たわ。末恐ろしいというより、うす気味わるいくらい」

「ずいぶんませた子ですね。どこの子ですか。性早熟性っていう病気がありますが、まさかねぇ」

小田切は、笑いながら言って歩きだした。

「ここの先生の子よ。茂っていう子。スカートはまくるし、私の寝室に入って来るし、手に負えない子なの」

「いまから産婦人科医をめざしてるとは恐れいったな」

言ってしまって、小田切は冗談が過ぎたと思ったが、はたして相手はゲラゲラいつまでも盛大に笑っていた。

その准看見習は駐車場までついてきて、まだしゃべりたそうなそぶりだった。

「そのうちまた来ます」

小田切がクルマに乗ってしまったので、一瞬うらめしそうな顔をみせた。

クルマを走らせると、娘はさかんに手を振って見送ってくれた。それがバックミラーにまだ映っていた。

〈いい娘だが、少々おしゃべりだな〉

そう思いながら、小田切はアクセルを強めに踏んだ。

久我医院の掲示板を前にして、いつもながら考えることは、世の中にはずいぶん欲張った医者がいるということである。内科、小児科、皮膚科、泌尿器科《ひにょうき》、レントゲン科、婦人科、外科とにぎにぎしく掲示板に並べたてている。学生アルバイトみたいな若い医者が二人か三人手伝いに来ているようだが、臆面《おくめん》がなさ過ぎるというか自意識過剰というか、気はたしかかと訊きたくなる。

けっこう流行《はや》っているし、薬の消化量も多く、製薬会社にとっては大切なユーザーということになるが、先輩のプロパーが「一人で何科も看板を掲げてるような医者は腕は二流三流に決まっている。そういうこけおどしみたいなのは、私は儲《もう》け主義ですと自ら告白してるようなものだ。僻地《へきち》や過疎地《かそち》ならいざ知らず、都会の真中で――。病気の怖さを知らない医者ということになる」と解説してくれたことがある。小田切もその見方はまったく正しいと首肯できるように思う。内科だけでも内分泌、消化器、呼吸器、循環器、泌尿器などに細分化されているのだから、内科の看板を出している医者でさえ、まじめに考えれば内心忸怩《じくじ》たる思いがあってもおかしくないのに、総合病院なみの看板なのだから、その無神経さには恐れ入るほかはない。

小田切は先輩のひきつぎなしに飛び込みで久我医院を開拓したのだが、三度目に初めて面会を許されたとき、四十年配の頭のつるつる禿《は》げあがった久我は小太りの躰軀《たいく》を斜《しゃ》に構えて、

「トーヨーは一流ぶってお高くとまってるからつかわなかったが、君は見どころがある。添付のつけ方によっては、ひいきにするよ」

と、しゃがれ声で言った。そのきわめて直截《ちょくせつ》なもの言いに、びっくりさせられたが、とにかく広く浅くをモットーにしている医者であり、マンション経営などにも乗り出して、そのリッチマンぶりは近所でも評判であった。見どころがある、とは妙な言いまわしだが、こういう医者を相手にして、見ようによってはその上前をはねているプロパーも因果な稼業《かぎよう》だとつくづく考えさせられる。

東京の郊外にある有名ゴルフ場の株式会員権を金づまりで手放す中小企業の経営者などにかわって、入会してくるメンバーになんと開業医が多いことか、とだれかに聞いたことがあるが、必ずしも誇張ではなく、不動産産業が下火になった現在、一千万、二千万円の大金をぽんと右から左へ出せるような者といえば、開業医ぐらいなものかもしれない。久我医師なども一流ゴルフ場の会員権を数カ所手に入れているという。

プロパーをしていると、とかく医者のいやな面をみてしまうことになるが、製薬会

社の過当競争が医者をして肥大化させていく要因の何パーセントかを占めているとすれば、製薬業界のあり方も問われて然《しか》るべきかもしれない。医師が添付や試供品として入手した薬が医療健保制度によって薬価基準に照らして値がつけられる。医師にとっては本来ゼロのものが価値を生むのだから、無限大ということになる。

小田切があれこれ考えながら、クルマを狭い道路の左端いっぱいに駐車させ、久我医院の玄関の扉をあけようとしたとき、見知らぬ男に声をかけられた。

「失礼ですが、製薬会社の方でしょうか」

小田切がノブから手を離して、ふり返ると、眼鏡の若い男が石段の下からまぶしそうにこっちを見上げていた。

この黒い大きなカバンを抱えて歩いていれば、製薬会社に決まっているというわけか——小田切はそう思いながら、

「なにか」

と、怪訝《けげん》そうに言うと、男は石段を駆けあがってきた。

「どうもどうも、おひき止めして申し訳ありません」

男は小田切の顔を見ながらなれなれしく頭を下げ、名刺をさし出しながら言った。

「私、こういうものです」

それはすべすべした上質の名刺で、アメリカ系の巨大な外資会社の社名とマークが刷り込まれ、医療器械事業部プロダクト・マネジャーの肩書と池谷征次郎の名前が認められた。資本の完全自由化によって、製薬業界に対する外資の進出も本格的なものになっている。

油断ならぬ相手だと思いながらも、小田切はそれとひきかえに自分の名刺を渡した。

「ほーう、トーヨー製薬のお方ですか。立ち話もなんですから、そのへんでお茶でも」

池谷は小田切の返事も聞かずに、石段を降り始めていた。小田切は池谷の押しの強さにあきれながらも、ふり切れず、のこのこ後からついて行った。

久我医院の近くの商店街の喫茶店で、向かい合ったとき、小田切はさすがに業腹《ごうはら》だった。だいたい見ず知らずの男にお茶を誘われて、それに従う方がどうかしていると、小田切は自分自身に腹が立っていた。自然、小田切の声はささくれだった。

「それで、私になにか」

「私は人工腎臓《じんぞう》透析器のセールスを担当してるんですが、久我医院とコネがないものですから、おたくに紹介だけでもしていただこうと思いまして。飛びこみであたってみようと思ってやってきたら偶然おたくにお目にかかったので、失礼とは思ったんですが、声をかけさせてもらいました。小田切さんは、先生のおぼえめでたいんでしょう」

失礼とも厚かましいとも思っていないような、図々《ずうずう》しい池谷の態度に、小田切は皮肉な笑いを浮かべて言った。

「それでしたら、私のような若造では無理です。世界のダイザーさんなら医薬品でも名が売れてますし、ウチのような二流会社とちがいますから……」

「とんでもない。ウチのボスなんか日本の厚生省も製薬業界も排他的だとこぼしてますよ。トーヨーさんは大手で、中央薬事審議会や特別部会のメンバーに顔は利《き》くし、強力なコネもあるでしょうから便宜を図ってもらえるでしょうが、外資には厳しいですからね。薬事審の委員でトーヨーさんの息のかかってる人が大勢いるんでしょう」

池谷はねばっこい眼を向けてきた。自分より若いのではないかと小田切は思っていたが、話しぶりから察すると、小田切より五つ、六つ年かさかもしれない。

「薬事審の審査に分けへだてがあるなんて話は聞いたことがありませんね。新薬については、ものにもよりますが、審査が厳しいですからね」

「ひどいのになると五年、十年なんてのがあるそうですね。担当の者が泣いてましたよ。アメリカで市販してる薬でも、日本へもってくれれば、厳重にチェックされるんでしょう。なにかうまいノウハウはないもんですかね。教えてくださいよ。夜、商売をしてるっていうのはトーヨーさんじゃなかったですか。薬事審の委員を抱きこんじゃって、うまいことやってるのとちがいますか」

図々しい上に無礼な男だ。小田切は口をきく元気がなくなった。こういう手合には黙るほかはない。

ウエイトレスがコーヒーとショートケーキを運んできたが、小田切は胃がもたれて手をつける気になれなかった。

池谷は、小田切の仏頂面《ぶっちょうづら》にさすがに気がさしたとみえ、おもねるような口調で言った。

「小田切さんは外資の製薬会社に関心はありませんか。ウチも人材不足で、とくに優秀なプロパーがいないものですから、いい人がいたら断られてもともとだから必ず声をかけるようにいわれてるんです。優遇しますよ。かくいう私もある商社にいたときに引っぱられたんです」

小田切は呆気《あっけ》にとられて、しばらく言葉が出なかった。

出がけに花村と古賀の話を聞いたばかりだったから、よけいびっくりした。腕のたつ花村や古賀ならそれも当然だし、外資の攻勢がいくらすさまじいとしても、まだプロパー見習いに過ぎない俺のようなものに……。プロパーの移動の激しいことは、自分の会社をみていれば分かるが、それが小田切自身に及んでくるとは想像だにしていなかった。

「実はニューヨーク駐在のときに口をかけられましてね。条件もいいし、商社よりは人づかいも荒くないだろうと思って、鞍替《くらが》えしました。プロパーの世界も面白いですね。手配師みたいなのがいて、業界紙の記者かなんかですけど、そういうのが甘言を弄《ろう》して売りこんできたプロパーをウチで採ったことがありますが、そういうのはちょっとガラが悪くってね。そのへんのことは小田切さんもご存知でしょうけど」

ケーキをむしゃむしゃやりながら、池谷はしゃべった。

どこまでその気なのか、お世辞のつもりで気をひいてみたのか分からなかったが、

「僕はキャリアのあるプロパーじゃありませんし、そのつもりもありませんから」

小田切はいつまでも池谷にかかずらっているわけにもいかないので、黒いカバンを抱えて、腰をあげた。

「ちょっと待ってくださいよ。コーヒーぐらい飲んでってもよろしいでしょう。それに、ともかく久我先生を紹介してほしいですね」

どうとったのか、池谷も中腰になって、小田切を押しとどめた。

と訊いた。

「ところで、久我医院で腎透析を扱ってるんですか」

小田切はやむをえず、カバンをとなりの椅子《いす》に戻し、先刻から疑問に思っていたことを訊いた。

池谷はやれやれといった顔で、コーヒーに砂糖を入れ、スプーンでまぜながら言った。

「久我医院もわずかとはいえベッドがありますから、腎透析に乗り出すことも考えられるわけですよ。人工腎臓は健保の適用が受けられるようになってから急速に普及し、個人病院が先を争って扱い始めてるんです。久我医院程度の構えなら、やってもおかしくないですよ。目端《めはし》の利く先生らしいし、案外、もう狙《ねら》ってるかもしれませんが、もしまだなら、知恵をつけてあげれば喜ばれますよ。先生が二週間も講習を受ければ、簡単に資格がとれるんです。なんせ儲かるんです。もちろん、医者の方がですがね。われわれ業者の方は競争が激しくて、近頃じゃ国産メーカーが乗り出してきてるんで、先発メーカーとしてもうかうかしてられませんが、先生たちにしてみれば、ちょっとした設備投資と機械を操作する助手がいればいいんですから、医師一人で五人やそこらの患者をみることはできる。濡《ぬ》れ手に粟《あわ》みたいなもんですよ。透析機械、つまり本体の方は監視装置と透析液の供給装置でできてるんですが、こいつとベッドがあればいいんです」

池谷はコーヒー・カップを持ち上げて、ひとくち飲んだ。

「なにしろ透析患者は組合保険も国民保険も被保険者、被扶養者の区別もなくみんな只《ただ》だし、患者は増える一方で、極端な話、針を差して抜くだけの手間で医者の技術料が二万円とかなんとかいうんですから、こたえられないでしょう」

顎《あご》をこころもち突き出すようにして、池谷は夢中でしゃべっている。小田切は、その顔にクロフェラさんの花村の顔をかさねてみた。

将を射んと欲すれば馬からでもあるまいが、花村などは医師にとりいるために看護婦の拭《ふ》き掃除の手伝いぐらい平気でやってのける。ここにいる池谷などもそのくちかもしれない。偶々《たまたま》居合わせただけで、見ず知らずの俺のようなものを利用しようとしているのだから、クロフェラさん顔負けの見上げた商売人根性というべきかもしれない——そう思うと、小田切はなんとなく池谷が憎めなくなってきた。

「しかし、腎透析は開業医なんかで簡単に扱えるものですか」

「家庭透析が始まろう、っていう世の中ですからね。いつだったか、病院の窓に大きな貼紙《はりがみ》がしてあるのを、駅のホームから見たことがありますよ。デパートの客寄せじゃあるまいし、腎透析治療募集ってあって、たしかそのあとに小さく職員って書いてあったかな。厚生、指定の文字もみえましたが、職員の募集は二の次、三の次で、患者を募集していることは明白です。医は算術的先生なら、ほっておく手はありませんよ」

池谷はさらに顎を上げて、記憶をたどるような顔でそう言った。

「技術料が二万円なんて、ずいぶん高いですね」

「まったくです。透析の技術料の健保の点数は、正確には二千百五十点ですから二万一千五百円です。旧《ふる》い制度の名残なんでしょうが、盲腸の手術が七千円とかいうんでしょう。それにくらべてみても、べらぼうな感じがしますが、われわれがそんなことをいえた義理ではありませんけど、ちょっとね、やっぱりどうかと思いますよ。お医者さんばっかりが得する世の中になってるんですかね」

小田切は、ともかく池谷を久我院長に引き合わせることにした。

4

小田切が池谷と連れ立って、久我医院の玄関の前までやって来たその時刻に、鈴木美保子は白金台の日吉坂上のバス停で、バスから降りたところだった。バス停の前がT大学医学研究所の正面で、門をくぐってすぐ左手の守衛所の方に顔を向けて、かるく会釈《えしやく》しながら通り過ぎる。制服制帽の年老いた守衛は必ず挙手でこたえてくれる。

美保子の夫は、医学研と称するこの研究所付属病院の二階の内科病棟の一室の窓側のベッドに臥《ふ》せっている。静かな杜《もり》の中に医学研付属病院はある。都心部ではないにしろ、その周辺にかくも広大な敷地と緑につつまれた病院が存在していることが不思議に思われてくるほど恵まれた環境である。目黒通りの自動車の騒音は、病室まで届いてこない。雀《すずめ》のさえずりが聞こえてくるくらいだ。

美保子は、果物と着替えの下着類を入れた紙袋や風呂敷《ふろしき》包みをぶら下げて、この病院に二年以上も通いつめている。楓《かえで》、松、杉、櫟《くぬぎ》、銀杏《いちよう》など深い木立ちのなかをアスファルトの道路が通っている。美保子は落葉を踏みしめながら、ゆっくりと歩いた。ここを歩いていると、四季のうつろいが手に取るようによく分かる。とりわけ桜と躑躅《つつじ》のころは見事で、日曜日など見舞客が思わぬ花見を楽しんでいる光景を眺めることがある。正門から二百メートルほど行くと、中央の部分が五階建てで、時計台のあるレンガ造りの三階建ての古びた建物にぶつかるが、時計台の向かって右側が付属病院である。もちろん戦前の建物で、安田講堂を想起させる。

康夫は黒ずんでかさかさした顔をし、おびえたような眼で美保子を窺《うかが》うが、視線が合うとすぐに自分の方からそらし、おどおどと空間をさまよわせ、弱々しく伏せてしまう。

「先生なにか言ってなかった？」

この質問を美保子はなんど聞いたかしれないが、そんなときでも康夫は決して美保子の眼を見ようとしない。

「別に聞いてません。可もなく不可もなく、というところかしら」

美保子は大抵の場合、そんなふうに答えるが、康夫は「先生に会ってくれた？」と訊《き》くこともあるので、つとめて主治医に挨拶《あいさつ》するようにしていた。

「そろそろ透析を始めますよ」

美保子が夫の主治医の山本からそう宣告されたのは一カ月も前のことだが、覚悟していたとはいえ、ショックだった。眩暈《めまい》がし、背筋のあたりがぞくっとして寒かった。美保子は二階の看護室《ナース・ステーション》から一階の外来の待合室に降りて行き、ベンチに坐《すわ》って、じっとうずくまっていた。それでも震えが止まらなかった。

美保子は病室へ行って平静でいられる自信がなかったので、夫との面会をあきらめて、いったん家へ帰った。店を休んで、ひと晩泣きあかして、翌日の午後、病院へ出直したが、いつもはいじけた夫がいとわしいのに、こんどは美保子の方が夫の顔をまっすぐに見られなかった。

「先生、なにか言ってなかった？」

「いいえ」

かすれた声で美保子はこたえた。

遠からず本人に分かることは自明だが、知らせたくない気持のほうが強かった。鈴木康夫が判で押したような質問を繰り返すのも、そのことを予期しているからにほかならない。

慢性腎炎が治癒《ちゆ》することなどありえないとは思っていても、もしかしたら、と美保子は一縷《いちる》の望みにすがっていないとはいいきれなかったが、いまとなってはそれもはかないものとなった。

美保子はその日、夫を見舞ったあと、看護室へ寄って、山本医師に面会を求めたが、学会で留守だといわれ、下永教授に会うことになった。そこに居合わせた看護婦に用件を訊かれたので、主人の病状についてうかがいたい、とこたえると、その看護婦は親切に「いまなら院長がお部屋にいるはずよ。行ってごらんなさい」と、医局のなめ前の下永教授室を教えてくれたのである。

美保子は、教授と聞いただけで、いかめしく近づきがたい存在という先入観があって、そのまま引きあげようと、いったん階段を降りかけたが、気をとりなおし、勇を鼓して下永教授を訪ねることに決めた。昨日、主治医に「そろそろ透析を始める」と宣告されたときは気が動顚《どうてん》し、口もきけなくなったが、今後の見通しについて、配偶者として知っておく必要があると考えたのである。できたら聞かずにいたい、という思いもあったが、心の区切りをつけなければ、と思いなおし、迷いながらも、おののく手で教授室のドアをノックしていた。

「どうぞ」

下永教授のものらしい声が聞こえた。

美保子がドアをあけて、部屋に入ることをためらっていると、教授が顔を出した。ずいぶん永いこと病院通いをしているのに、初めて見る顔だった。額の生えぎわが薄くなっているが、柔和な顔はつややかで驚くほど若くみえた。

「二一三号室の鈴木康夫の家内でございます。いつも夫がお世話になっております」

美保子が丁寧に挨拶すると、下永教授は、

「ああ、鈴木さんの奥さん。どうぞお入りください」

と、気さくに言ってくれ、美保子はいっぺんに気持がほぐれた。

「さあ、どうぞ。お坐りください。あいにく、きょうは山本君が留守してますが……」

下永は美保子にソファーをすすめながら言った。

美保子はその古びたソファーに恐縮しきって、両手で膝小僧《ひざこぞう》をおさえるようにして坐り、あわれっぽく向かい側の下永を見上げた。

「昨日、山本先生から透析のことを聞かされたのですが、主人の腎臓はそんなに悪いんでしょうか」

「うーん」

下永は額にしわを寄せ、うすく眼を閉じて、腕組みしたまま小さく唸《うな》った。

「われわれとしては、もうすこし足ぶみしてくれることを期待していたのですが、予想してた以上に進行が早いので、そろそろ透析を始めなければならない時期に来ていると思います。この時期をどこでとらえるか、なかなか難しい問題なんですが、鈴木さんの場合、腎機能がかなり落ちてきてますから、残念ながらもう猶予《ゆうよ》できない、そう考えてよろしいと思います」

「透析を始めますと、いずれは移植しかないと聞いておりますが」

「そこまでいくまでにはだいぶ時間がありますよ」

「五年ぐらいはもつんでしょうか」

「むずかしい質問ですね、そんなに短くはないと思いますよ。二、三年前までは人工腎臓のために、その家族の方が身上《しんしょう》をつぶしたり、なけなしの財産をはたいてしまったなどという悲惨な話をよく聞かされましたが、医療制度が改善されたおかげで、そういうことはなくなりましたね。その点、いまの患者さんは家族の方も含めて恵まれています。究極的には移植ということも考えられますが、鈴木さんはまだまだそんな段階ではありません。ご存じでしょうが、二つある腎臓の一つを取って、腎炎の患者に移植すればこと足れりといったような単純な問題ではなく、個の存在、セルフ、ノンセルフといいますが、人の躰《からだ》は異物が植えこまれたときに敵と見なして拒絶反応を示すようにできているわけです。敵と味方の識別ができなくなるようにステロイドなどを用いて抑制するわけですが、その結果、細菌に対しても敵とみなさなくなり、感染しやすくなるというマイナス面がある。一卵性双生児なら拒絶反応の心配はないでしょうが、兄弟、親子の関係でもこの個の存在という問題は残ります。また二つあるとはいっても健康な人の腎臓を一つ取ること自体大変なことで、アメリカでは死体腎の移植が進んでいますが、腎炎の患者が他人の交通事故を待っているというところにはモラルの上で問題がないとはいえないでしょう。どこまで許されるかということなんでしょうが、いずれにしてもむずかしい問題ですね」

教授はすこし喋《しゃべ》りすぎたと思ったのか、口をつぐんで、美保子の質問を待つ姿勢をとった。

「娘が一人おりますが、父親に体質が似て、腎臓が弱いというようなことはありませんでしょうか」

「その心配はありません。腎炎は後天性のものですから」

教授はなぐさめるように微笑したが、美保子のいぶかしげな表情を見てとって、急いで言いそえた。

「鈴木さんも急性腎炎の時期を経ているはずなんですが、どうも自覚してないようですね。蛋白《たんぱく》だけでなく、尿に赤血球でも出れば気がつくはずなんですが、急性の時期を見すごして、こじらせてしまうんです。急性の間にしっかり治療しておけば慢性化させることはないはずなんですよ。扁桃腺炎《へんとうせんえん》から腎炎をおこすケースもよくあるんです。溶連菌というのがくせもので、扁桃腺ぐらいと思って甘くみることは危険です。こないだもここの看護婦が扁桃腺炎で熱を出したんですが、私は二週間休ませました」

下永教授の話を聞いて、美保子はいくらか気持が楽になったが、夫の病状が悪化していることは間違いなさそうだった。

5

多くの病気は、ある日突然、暗闇《くらやみ》の中から襲いかかるような猛々《たけだけ》しさでやってくるものだが、美保子は、夫の場合もうしろからばっさり切りつけられたといった見舞われ方をされたような気がする。

大手の合成繊維会社の人事、勤労畑のエリート・コースを順調に歩き、本社勤務が定着し、そろそろ課長に昇進するところまできたので、鈴木康夫は思い切って、ローンで分譲マンションを購入した。その直後に、不治の病を宣告されたのである。

「煙草《たばこ》が不味《まず》くて喫《す》う気がおこらない」

と、訴えたのが、異変の始まりだった。夏の盛りだったせいで、食欲の減退も、顔の浮腫《むくみ》も暑さ負けぐらいにしか考えなかったが、瞼《まぶた》が重くて、朝起きるのがつらくなり、無理に出勤していたら、全身倦怠感《けんたいかん》が嵩《こう》じ、手の甲がつっぱったような感じになり、脹《ふく》ら脛《はぎ》が棒のようになって、重苦しくなってきた。

「なんだか元気がないわね。顔も腫《は》れぼったいようですけど、大丈夫ですか」

美保子に注意されても鈴木は夏バテだと思い込んでいたが、腎臓が悪いんじゃないか、という同僚のひとことで、会社の診療所で診てもらう気になった。そのときに診察してくれた会社の嘱託医が付属病院の内科医だった関係で、この病院を紹介してもらい、尿や血液の一般的な検査からPSP（フェノール・スルフォンフタレイン）試験、フィシュバーグ尿濃縮力試験、内因性クレアチニンクリアランス測定などの腎機能検査の結果、鈴木はネフローゼ加味腎炎と診断され、ただちに入院を申し渡された。

鈴木は入院当初は三、四カ月で退院できると軽く考えていたが、ステロイド系の薬剤の大量投与によっても病状は好転せず、尿蛋白の出かたや、腎臓の組織を採取する厳しい生検《バイオプシ》などでネフローゼ症候群とは関係なく、腎炎、それも慢性化していることが判明し、長期療養を強いられることになった。鈴木も美保子も半年、一年をじりじりする思いで耐えたが、病勢は進む一方で、退院の見通しのたたないまま一年半、二年と経過し、透析という苛酷《かこく》な場面を迎えようとしていた。

美保子は短大を出て三年目に鈴木と見合結婚した。年の離れているのが気になったが、とりたてて夫に不満もなく、それなりに幸福な家庭を築いてゆこうと美保子は思った。娘も生まれ、間もなく夫が管理職に手が届くというところで、つまずいたのである。

十カ月の欠勤期間が切れ、休職扱いとなり、給料が健保の六割給付と、会社の私傷病給付共済会による付加給付に切り替えられたのを機に、美保子は断腸の思いで銀座に勤めに出た。さんざん考えたあげく、マンションのローンを返済し、子供を養い、病人の世話をしながら食べてゆくためには、これしかない、という結論に達したのである。

美保子は娘の面倒をみてもらうために、立川の実家から母を呼び寄せた。夫に先だたれ、嫂《あによめ》と折り合いの悪い母の里子は二つ返事で引き受けてくれたし、兄夫婦もせいせいしている様子で、美保子一家の不幸が思わぬところで喜ばれるという皮肉な結果をもたらしたのである。美保子は、夫には友人に頼まれて喫茶店を手伝っていると修飾して伝えた。ともかく美保子は、二年近くも銀座のクラブのホステスとして、ずいぶん辛《つら》い切ない思いもしてきたが、歯をくいしばって、がんばり通した。

ホステスをしていて、客にくどかれない女がいるとすれば、よほど容貌《ようぼう》がまずいか、なにか欠陥があると考えなければならないという。美保子は男を手玉にとることなど思いもよらなかったから、しつこく迫る客に対しては、病気の亭主と子供を抱えていることを包み隠さず打ち明けて、その場をしのいできた。

それでもひるまず言い寄る男もいたが、美保子は落ちなかった。貞操堅固を誇る気持など持ち合わせていなかったが、よろめくほどの男にめぐり逢《あ》わなかっただけのことかもしれない。

「来週から透析をやることになった」

鈴木はこの日に限って仰臥《ぎようが》したまま、顔をわずかに美保子の方に向けて、抑揚のない声で言った。

美保子はどぎまぎして、返事もせずに椅子《いす》から起《た》って、風呂敷包みをほどき、洗濯したものをとり出して、枕元《まくらもと》の戸棚にしまった。ついでに汚れものを入れた紙袋と、果物を入れた包みを入れ替えた。

「君、先生から聞いてたんだろう」

「いいえ」

美保子は反射的にかぶりを振ってしまった。

見えすいているが、鈴木は追い打ちをかけず、

「そう」

と、ぽつっと言って、窓の方へ寝返りを打った。

一昨日の回診のとき、奥さんから聞いてくれたと思うが……と、主治医は言った。

忘れられる性質のものではなかった。

美保子がいつごろそれを知ったのか分からなかったが、言いづらかったのだろう、

と鈴木は理解した。鈴木はベッドから起きて、足を投げ出して腰かける恰好《かっこう》になった。

「初めのうちは様子をみるために入院したまま一週間に二回やるそうだが、そのうち通院でよくなるそうだよ」

「退院できるんですか。よかったわ」

美保子はうれしそうに言ったつもりだったが、顔がこわばり、声が震えていた。

「佳子は元気かい」

相変わらず、窓外に眼を向けたまま鈴木が言った。

「ええ」

「たまには連れて来てくれよ。退院できるといっても、二、三カ月は先のことだからね」

「分かりました」

佳子は病院へ来たがらなかった。ずいぶん以前、日曜日に母親と三人で訪ねたときも、遠くの方から遠慮がちに鈴木を眺めているだけで、言葉をかわすこともなかった。

佳子はもともと無口な子だが、それはもはや父親を見る眼ではなかった。

「こんど来るときはどうだ」

「学校がありますから……」

「夕方ならかまわんだろう」

美保子が不思議に思うほど鈴木は饒舌《じょうぜつ》で、しかも強引だった。

「あとひと月もしたらお正月で、ゆっくり帰って来られるんですから、そんなにあわてなくても。佳子もそれを楽しみにしてるんですし……」

「いいから連れて来てくれ。顔がみたいんだ」

鈴木は怒ったように言って、また、ベッドにもぐりこんだ。

同室の患者に夫婦喧嘩《げんか》でも始まったのではないかと思われはしないか、そう美保子が気づかったくらい、鈴木の声はいつになく大きかった。

暮れから正月にかけてと、ゴールデン・ウイークに、鈴木は藪入《やぶい》りみたいに外泊が許可される。

もとから寡黙《かもく》なほうだが、今年の正月に帰って来たときも、陰鬱《いんうつ》な顔で臥《ふ》せっていることが多く、テレビの寄席《よせ》中継を見ているのにニコリともしない夫に気づいて、美保子は笑うのを急いで中断した。鬱病にでもなったのだろうか、そう思うとテレビの画面から気持が離れ、顔が凍りついたように固くなり、ぞっとした。永い闘病生活で、身も心もぼろぼろになっている夫があわれだった。入院期間が永くなってくると、こらえきれなくなって医師に退院をせがむ患者が多いそうだが、鈴木は一度としてそれを口にしたことがなかったというし、美保子の前でもめったに弱音を吐かなかった。ただ、ひたすら耐えていたのだ。

テレビの寄席中継には没入できない鈴木が、食後三十分の薬の服用は絶対忘れず、医師の処方どおりきちんと服《の》んでいた。消化剤やビタミン剤などの毒にも薬にもならない気やすめに過ぎないことは分かっていそうなのに、と美保子は一層夫がいじらしくなる。いちど美保子は、帰宅した夫のボストンバッグをあけて、純白の大粒の錠剤がたくさん入っている角封筒を見つけて不思議に思ったことがあるが、気にも止めず、そのまま忘れてしまった。それは「ネルボン」という五ミリグラムの睡眠薬であった。

鈴木は、医師に不眠を訴え、それを毎晩一錠ずつ与えられていたのである。

「あなた、帰りますが、なにか持って来るものありますか」

「とくにないが、佳子、ほんとうに連れて来てくれよ」

鈴木に念を押されて、美保子はうなずいて病室を出た。

〈なぜ、急に娘に会いたいなどと言いだしたのだろう。透析を言い渡されて気がたかぶっているのだろうか〉

美保子はそんなことを考えながら、急ぎ足で階段を降りて行った。一刻も早く病院から立ち去りたいような重苦しい気分だった。

6

腎透析、つまり人工腎臓透析治療とは、半透膜による透析作用と限外濾過《ろか》作用を利用して、体液中の水分、老廃物を除去することで、俗に「ゴミを取る」と称されている。つまり透析器《ダイアライザー》によって、膜の外側に、除去してはならないブドウ糖、ナトリウム、カリウム、カルシウムなどの有用物質を一定のレベルに保ち、除去したい尿素、クレアチニン、尿酸、リン化合物、イオウ化合物などの代謝性老廃物（ゴミ）を体外に排泄《はいせつ》する、人為的に膜に物質の選択性を付与して血液を精製する方法である。

当然のことだが、実際の腎臓のようにいったん濾過したうえで選択的に再吸収するという自然の生体がもつ作用と、人工腎臓の作用とでは比較すべくもないが、濾過、再吸収の機能が不充分な腎不全患者にとって有効な手段であり、透析の開発と進歩によって、死に直面した多くの尿毒症患者が救われている。

しかし、人工腎臓透析治療が腎臓病の治癒《ちゆ》に結びつかず、単なる延命に過ぎないことも事実で、ゆきつく先は腎臓移植しかないとされている。これも臓器の提供者には限りがあり、死体腎による移植例もつたえられるが、拒絶反応のカベを破ることは至難という。

慢性腎炎の患者が透析の必要性を医師から宣告されたときに、死の宣告とほとんど同じ厳しさで受けとめるのも、やむを得ないといえよう。

いま、日本全国に腎透析治療を受けている患者が約一万三千人いるといわれ、年々増加し、ある統計では純増で年間三千人と伝えている。慢性腎炎が身体障害者福祉法の対象疾患に追加され、厚生省の指定する病院の認定を得た患者は、国庫負担で人工透析治療が受けられるよう制度化されたことが、この普及をもたらしたといえる。

この人工腎臓透析器にはフィルタープレスによる平板型《キール》、チューブを巻きつけたコイル型、中空繊維を束ねたハローファイバー型などがある。いずれも膜面積は一平方メートル前後で、量産化によってコスト・ダウンが図られつつあるとはいえ、一台何万円もし、医師の技術料などを含めると大変高額な治療となる。

しかも、高価な透析器は安全性の見地から注射器同様に使い捨てられるため、膨大な需要を喚起し、知識集約型産業の先端をゆく医療機器分野の発展にもつながった。

美保子が書物や人に聞いて得たうろおぼえの透析に関する知識を整理すると、およそ以上のようなことであった。

いつまでも悲嘆にくれているわけにはゆかない。ひとたび腎不全になったら最後、尿毒症で溘焉《こうえん》として逝《い》ってしまった昔のことを考えれば、腎透析の治療が受けられ、何年間か寿命が延びるようになっただけでも、患者とその家族など関係者にとって大きな福音ではないか、美保子は必要以上に感傷的になってはならない、と懸命に自分にいいきかせた。

病院を出ると、夕闇が迫り、目黒通りを行き交うクルマのヘッドライトがまぶしかった。

不意に小田切の顔が眼に浮かんだ。逢いたい、と美保子は切実に思った。矢も楯《たて》もたまらなくなって、公衆電話から美保子はトーヨー製薬の電話番号を廻していた。『毬《まり》』への支払いの銀行振り込みがあったときは必ずお礼の電話なり手紙を書くようにしているが、感情が揺れ動いているいまは、呼び出し音をききながら、ためらうものがあった。

「営業三課の小田切ですが」

低音の声は、まさしく小田切のそれだった。

「鈴木です。『毬』の美保子です」

美保子はうわずった声で言った。

「やあ、先だってはどうも。ほんとうにお世話になりました」

明るい小田切の声に、美保子は救われた気がした。

「こんな時間に、ご迷惑ではありませんか」

「いいえ、帰り仕度をしているところですから。僕の方こそ美保ちゃんにはすっかりご迷惑をかけちゃって、なにかお礼をしなければと考えてたんです。そうだ、いちどご馳走《ちそう》をさせてもらおうかな」

「うれしいわ。私も小田切さんにお目にかかりたいと思ってました」

これでは手ばなしではないか、と美保子は思ったが、とまらなかった。

「それでしたら、なるべく早くご馳走になりたいわ」

「いいですよ。今週の土曜日の午後はどうでしょう。出勤日なので東京へ出て来ますから、午後でしたら何時でもかまいませんよ」

そう答えながら小田切は、これで伊東行きの件はきっぱり断れる口実ができたと思った。土曜日の午後、なにもなければ花村のゴルフの誘いに乗ってしまいそうな自分が心もとなくて、歯止めをかけたかったのである。おろしやの先生方のお遊びの片棒を担《かつ》ぐ気にはなれなかったし、なにやら秘密めいた付録つきというが、ばかばかしいと思っていた。

「ほんとうによろしいの」

「いいですよ」

「それではお言葉に甘えさせていただきます。お手数ですが、お仕事がおわりましたら、ご都合のよろしいときに電話をいただけますか。家におりますが」

「そうしましょう。なんでしたら、お嬢さんも一緒にどうですか」

「ありがとうございます。でも、それではあんまり甘え過ぎますわ」

「遠慮しないで、ぜひそうしてください」

　美保子は自宅の電話番号を伝えて、電話を切った。電話ボックスを出て、病院の方をふりかえりながら、娘が一緒なら問題はないわ、と、美保子は心の中で言い訳をした。

第五章　退職勧告

1

三時過ぎに小田切から電話がかかったとき、美保子はひとりだった。

そう仕向けたつもりはなかったが、どういう風の吹きまわしか、「お天気も良いし、久しぶりに立川へ出かけてこようかね。たまには向こうの孫たちのご機嫌うかがいもしておかないと忘れられちゃうから」と、母の里子の方から言い出したのである。美保子は心の中を見すかされているような気がして、急いで眼を伏せたが、それは思いすごしで、母に他意はないようだった。

三月《みつき》に一、二度、里子は内孫との交情をあたために立川に泊まりがけで帰ることがあるが、佳子を連れて行くこともあった。佳子はすっかり祖母になつき、その日も一緒について行くといってきかなかった。昼前に学校から帰ると、昼食もそこそこにふたりは出て行った。美保子は胸がときめくようないそいそした気分で母と娘を送り出した。

しかし、ひとりになって、小田切の電話を心待ちにしている自分を意識して、美保子はうしろめたい思いで、妙に落ち着かなくなった。

「どこでお逢《あ》いしますか」

「家にいらしていただけません？」

美保子は咄嗟《とっさ》にそうこたえ、あとで胸がどきどきした。

「そうですか、お迎えに行った方がいいですか」

とりちがえたのか、気のない声が返ってきた。

「いいえ、家庭料理ではいけませんこと？　たいしたものはできませんが、たまには私もなにかこしらえてみたいのです」

「そんなの、だめですよ」

ひどく素っ気ない返事だった。

「どうしてですか」

「きょうは目的がちがいます。美保ちゃんにお礼のつもりで誘ってるんですから。それでは僕の方で場所を決めますよ。銀座四丁目の角のSビルの三階に『モンセニュール』というレストランがあります。そこで五時にどうでしょう」

「このつぎではいけませんか。できたら、きょうは私のわがままを聞いていただきたいのですが」

美保子は遠慮がちに言ったが、

「絶対だめです。それでは五時に待ってますよ」

小田切にぴしゃりと言われ、

「分かりました。仕方がありませんわ」

と、折れるよりほかなかった。

もっとも、小田切の方は張り切ってはみたものの、風邪気味で気分がすぐれず、胸がつかえたような感じが抜け切れなかった。昨夜、血痰《けったん》を吐いたので、もしや気管支炎ではと考えて、抗生物質を服《の》んで寝た。小田切は格別クスリ好きというわけでもなかったが、自社製品が手近にあるので、つい服んでしまうというのみ方で、少々のことでも抵抗なくそうしていた。

この一週間はことさらに忙しかった。新規開業のビル医者にさんざんふりまわされ、小田切はへとへとになっていた。よっぽど美保子にすこし日延べしてもらおうかと思ったほどだ。小田切は夜討ち朝駆けまがいのことをし、やっとその医師を自宅でつかまえ、開業の手伝いの仲間に加えてもらったが、ほかの製薬会社のプロパーがビルの一室に三人も押し寄せてきているのには恐れ入った。医師の開業や引っ越しともなれば、プロパーは競争で手伝いに馳《は》せ参じるというが、古賀のインフォメーションでようやくその一角にくいこむことができた。むしろ、古賀の情報は遅すぎ、あぶないところだったと小田切は、運送会社が運び込んでくる医療器械を医師の指示で片づけながら、そう思ったものである。

小田切は、美保子と食事をしているときは胸のむかつきもおさまっていたが、好物のビーフシチューにも食欲がわかず、もてあまし気味だった。

「僕は痩《やせ》の大食いで、豚胃腸といわれるくらい胃袋には自信があるんですが、ここのところ変なんです。どうも調子が出ない」

「そういえば、お顔の色もすこし悪いかしら」

美保子に面と向かって、じっと見つめられて、小田切はちょっとはにかんだような顔をした。

「風邪だと思うんですが、風邪ぐらいで食欲がなくなるようなことはないんですけど」

「でも、油断なさらないほうがいいわ。主人のことで懲《こ》りてますから、信用のおけるお医者さまに早く診てもらうに限りますわ」

「そうですね」

食事が終わって、小田切が美保子に誘われるままに上落合までタクシーで送る気になったのは、ついでに広尾まで足を延ばして、佐和子の父親の杉浦の診察を受けてみようと思いたったからである。美保子を送り届けたあと、電話で都合を訊《き》いて、タクシーを飛ばせば八時には間に合うはずだった。

実際、小田切はすこし弱気になっていた。

クルマの中で、吐き気と腹痛に襲われたが、小田切は脂汗《あぶらあせ》を額に滲《にじ》ませながら懸命にこらえた。

ウインドをすこしおろして、外に顔を向けたっきり、口をつぐんでしまった小田切の状態に美保子は気がついていなかった。美保子は冷たい風に上気した頰《ほお》をなぶらせながら、別の感慨で胸をわくわくさせていたのである。

小田切が、美保子にお茶を喫《の》んでいくようにすすめられて、それに従ったのはどうにも胸のわるさが辛抱できなくなっていたせいだ。

「みなさんお留守ですか」

小田切は、鍵穴《かぎあな》にキイをさしこむ美保子の背後から、あえぐようにそう言うのがせいぜいだった。

リビング・ルームに入って、蛍光灯の下で見る小田切の顔は青ざめていた。

「失礼します。なんだか胸がむかついて……」

小田切はネクタイをゆるめて、脚を投げ出すようにソファーに腰を沈めた。さすがにコートだけは脱いで、傍に置いた。

「胃散でも服んでおきますか。ほんとうにつらそうだわ。クルマに酔ったのかしら」

美保子は台所に立ち、コップに水を汲《く》んで胃散の缶と一緒に持ってきた。

「ありがとう。しばらく静かにしてればおさまると思います」

小田切は薄く眼を閉じて、行儀の悪いそのままの姿勢で言った。

マンション全体がセントラル・ヒーティングになっているせいで、部屋の中があたたまってきたが、小田切は腹痛のためか寒気がしはじめ、スーツの襟をかきあわせた。

美保子が絨毯《じゅうたん》の上に放り出された小田切のコートに気づいて、それをハンガーにかけているとき、小田切は胸のわるさにたまりかねてトイレへ立った。小田切は洋式の便器に顔を突っ込むように躰《からだ》を折り曲げて、吐いた。吐瀉物《としゃぶつ》に夥《おびただ》しい血を見た瞬間、眩暈《めまい》で頭がくらくらした。水を流したが、便器の縁《ふち》と蓋《ふた》の裏側を赤く染めてしまい、それが分からぬほど小田切は動転していた。

小田切はトイレから出て、ソファーに戻ったが、口のまわりに僅《わず》かに残った血に、こんどは美保子が色を失って、叫んだ。

「たいへん、血よ。口に血がついてるわ」

「トイレで少し吐きました」

「どうしたのかしら。どうしましょう」

美保子はおろおろひとりごちた。

「広尾に知り合いの医者がいるんで、いまから行ってみます」

「救急車を呼びます。広尾なんて遠すぎますわ」

美保子は医者と聞いて、救急車に気がついたようだ。

「それほどのことはありませんよ」

小田切は力なく起《た》ち上がって、コートをさがした。が、それも束《つか》の間《ま》で、二度目の吐血に襲われていた。小田切はトイレへ急いだ。

美保子はすぐうしろから走ってき、

「しっかりして」

と、言いながら、背中をさすった。

その量はさほど多くはなかったが、ほとんど鮮血に近く、ほかに吐瀉物はなかった。

「あーっ」

それを見届けて、美保子が悲鳴ともつかない声を洩《も》らした。

美保子は、長身の小田切を抱え上げるように肩を貸して、ソファーに運び、横たわらせた。そして無我夢中で、一一九番を廻していた。救急車を手配して、すこし冷静になってみると、たぶん胃潰瘍《いかいよう》か十二指腸潰瘍ではないか、と思われた。美保子は夫の長患《ながわずら》いで、病気に対する関心を人並み以上に持ち合わせているせいで、多少の知識もあった。

だとすれば、この近くでは水沼医院かしら、と美保子は頭をめぐらせた。胃腸科、外科の看板を掲げ〝顧問　胃癌《いがん》の権威、東京××医科大学××教授〟と謳《うた》っているからには、そこらの町医者よりはましかもしれない。医院の屋根の上の、その大きな謳い文句は、鬼面人を驚ろかす感がなきにしも非《あら》ずだが、胃腸科の専門医なら、開業医とはいっても腕が立つのではないか、と美保子は咄嗟に判断した。たしか、〝入院可〟の文字も屋根の看板にあったはずだ。

美保子は、一階のマンションの玄関の前で救急車を待つ十分ほどの間に、これだけのことを考えた。

派手にサイレンを鳴らして救急車が到着し、マンションの窓が一斉にひらいたが、美保子はいちいち意識している場合ではなかった。

消防署の白いヘルメットに白衣の救急隊員が二人、担架を持って救急車から降りてきた。いずれも屈強の若者だった。

二度吐血したことを手短に話しながら、美保子は救急隊員をエレベーターで八階に案内し、歩いて行くと言い張る小田切をたしなめて、担架に乗せた。

美保子は、救急車と対面したことなどなかったから、勝手が分からなかったが、用意しておいた心づけを渡そうとすると、ずんぐりした方の隊員に険しい顔で、

「そんな必要はありません」

と、一喝されて、そのやり場に困った。

「かかりつけの病院はありますか」

背の高い方が言った。

「いいえ。水沼医院に子供が怪我《けが》でかかったことがあります」

「とにかく行ってみましょう」

エレベーターに担架が納まり切らないため階段を降りて行きながら、そんな会話をしている美保子を、小田切はきまり悪気な顔で見やっていた。

救急車に美保子も一緒に乗り込んできた。

「しっかりして。もう大丈夫よ」

美保子はすっかり落ち着いていた。

小田切は意識は明瞭《めいりよう》だし、歩行困難というほどのこともないのに、救急車で運ばれるなんて大袈裟《おおげさ》すぎると、内心恥じていたが、美保子のとりはからいで、あれよあれよと思う間に、こういう破目になってしまった。ぎゅっと力をこめて握ってくる美保子の手を払いのけるわけにもゆかず、小田切はなすがままにまかせていた。

2

小田切は水沼医院で止血剤の注射と点滴などの処置を受け、絶対安静を申し渡され、そのまま医院に留めおかれることになった。四十がらみの水沼医師は、〝万一の場合は東京××医科大学の××教授にとくにお願いして診てもらうし、手術が必要なら、大学の付属病院へ転医してもらう。その判断は私にまかせてもらうが、そうなったときは、この程度の謝礼を教授とそのスタッフに出すように〟そういう意味のことを、ごく事務的な口調で美保子に伝えた。水沼医師は謝礼の額もあからさまに口にしたが、それは目を剝《む》くほど多額なもので、〝相場はこのくらいだ〟という言い方にも、美保子はびっくりした。水沼医師は美保子を小田切の配偶者か身内の者と、とっているらしかった。

万一がこないことを神に祈るほかはない、と美保子は思った。

美保子は、その夜、小田切に頼まれて小田切の静岡の実家に電話で連絡した。自己紹介するのにひどく手間取ったが、小田切の容態を母親に話すと、さすがにおろおろし、明朝一番で上京すると泣きそうな声で言った。

美保子が翌日の日曜日の昼過ぎに顔を出すと、小田切の母親はもう水沼医院にやって来ていた。静岡を六時四十八分の「こだま」の一番列車に乗って、定刻どおり八時十六分に東京に着き、タクシーでかけつけて来たということだったが、それほど迷わずに来られたのは、美保子の道順の教え方がよかったせいだと、小田切の母はくどくどと礼を言った。小田切と美保子の関係についても小田切から聞き出したとみえ、病身の夫を抱えている美保子に同情してくれた。

しかし、釈然としない面もあるのか、せんさくするような、うさんくさそうな眼を向けられているような気がして、美保子は、小田切の弟の修平が病室へ現れたのをしおに医院をひきとった。修平は母親と一緒にいったん水沼医院へ来たが、小田切から健康保険証と下着類など身の廻りのものを大船の会社の寮にとりに行くようことづかって、出ていたのである。修平はその日のうちに静岡へ帰ったが、母の栄子は残った。

個室なので、補助ベッドを用意してもらい、栄子は小田切につき添っていたが、吐血もなく月曜日の朝をむかえ、ほっとするやら拍子抜けやらで、

「私はもしかしたら、お前が死んじゃうんじゃないかと、ここへ来るまでは気が気ではなかったよ」

と、縁起でもないことを言った。

水沼医院は一週間ほど様子をみたい、ということだったので、小田切はとりあえず母に会社へ欠勤の電話連絡をさせたが、二、三日で出られるような気がしていた。

月曜日の午後、佐和子が見舞いにやって来た。すぐ退院できるから、その必要はない、という小田切の言い分を押し切って、栄子は気をきかせたつもりで、佐和子を呼び出したのである。

「どうして、こんなへんてこなところに入院したの？」

はたして、佐和子らしいストレートな言い方で疑問をぶつけられ、小田切は返答に窮した。

栄子も意表を突かれて、狼狽《ろうばい》していたが、

「ゆきがかりでしょうがなかったんだ。急だったんでね。近くの友達のところにいたから」

美保子と出くわしたらそれまでだし、べつだんうしろぐらいことはないのだから、ことの顚末《てんまつ》を縷々《るる》説明しておこうかと、小田切は考えたが、面倒くさいので、その程度にとどめた。

「鈴木康夫さん？」

佐和子はいたずらっぽい眼を向けて言った。

小田切はどきりとした。記憶力のいい女だ。

「そうなんだ。鈴木さんの奥さんがここを紹介してくれたんでね」

「ふうん」

佐和子はそれで納得したわけでもなさそうだった。

「あなたも水臭いわね。K大の付属病院でも、SS会でもパパに紹介してもらえば、いつでも入れるのよ。うちのパパはヤブかもしれないけど、K大系なら安心じゃない」

ある意味では、佐和子の言っていることが当たっていないとは言い切れない。小田切は、出身学校で人間の価値を決めかねない風潮をナンセンスだと考えているひとりだが、かつて同僚の水野も似たようなことを言ったけれど、すくなくとも東京××医科大学よりK大医学部の方がレベルが高い、といえるかもしれない。もっとも、K大といえども私立だけに、差額ベッドなどの扱いがどうなっているか、内実は知るよしもなかったが――。

「でも、よかったわ。思ってたよりずっと元気そうで」

「もう一日か二日で出られると思うよ。胃潰瘍の軽いやつだと思うけど、このぶんなら手術の必要はなさそうだし、あとは薬で治るんじゃないかな」

「そうね。ここを出られたら、あとは内科でいいんじゃないかしら。とにかく、いちどパパに診てもらって」

「うん、お願いするよ」

「潰瘍なんて、ストレス病でしょう。プロパーなんかしてるのがいけないのよ。あなたのようなエリートにつとまるわけがないわ。私の言うことを聞いてればまちがいないのよ」

佐和子は得意気に、例によって断定的な言い方をしたが、〈君の言うことを聞いていられれば、世話はないがね〉と、言いたいのを、小田切は抑制した。

「そんなものかね。あんまり関係ないと思うけど。酒を飲み過ぎたんじゃないかしら。暴飲暴食がいけなかったんだと思うよ」

「まだ、そんなことを言ってるの。いいかげんに眼を覚ましなさい……」

佐和子は姉さんぶった口調で言って、げっそりこけた小田切の顔を指で軽く突いた。

「あのね、アルコールでは潰瘍にはならないのよ。動物実験でもそれは証明されてるわ。モルモットにいくらお酒を飲ませても潰瘍にならないのに、睡眠を与えなかったりすると、てきめんに潰瘍になるそうよ」

佐和子は小田切の手を両手に包んでもてあそびながら、言った。

世間知らずのお嬢さんとの会話が嚙《か》み合うわけはないと思いながらも、小田切は、分かったというようにこっくりした。

佐和子が帰ったあと、入院後初めての食事で粥《かゆ》が出た。小田切はほとんど食欲がなく、重湯のような粥を三くちほど啜《すす》ってやめた。その直後、小田切はまた血を吐いた。

躰の方は小康状態を保っていたし、そろそろ煩《わずら》わしくなってきたので、母を帰そうと思っていた矢先のことであった。

栄子のうろたえようといったらなかった。

「息子を助けてください。いくらお金がかかっても結構ですから、お願いします」

医師にとりすがらんばかりに哀願した。

水沼医師もだいぶあわてたようだが、血圧の下降状態が異常なので、血液センターから血液を取り寄せ四百CCの輸血を行い、顧問の教授に指示をあおぐべく、何カ所かへ電話をかけて、行き先を捜している様子だった。やがて教授と連絡がついたらしく、明朝九時に東京××医科大学へ転医して、精密検査もし、また教授に診てもらえることになった旨《むね》を伝えられた。水沼医師は栄子に、教授とスタッフの謝礼に五十万円を用意するようごく事務的な口調で申し渡した。

小田切は嘔吐感《おうとかん》と貧血によるめまいが続いていたが、意識ははっきりしていた。とろとろとまどろんだかと思うと、すぐに眼が覚めてしまう。それは、母の栄子も同じで、ごそっと身体《からだ》の位置をずらしただけでも、

「大丈夫かい？」

と、うるさいほどいく度も声をかけた。

3

不安な一夜があけた。

予約してあったらしく、八時過ぎに救急車が水沼医院の玄関に横づけされた。小田切は救急車に運ばれたあとで、医師と隊員のやりとりを聞いていて、心細くなった。

「途中で出血したらどうしますか」

「かまわんから、大学病院まで突っ走ってください。こっちへ戻って来られても、ど

うしようもないからね」

厄介ばらいでもするように、水沼が言った。

「分かりました」

栄子はそれも耳に入らないほど混乱していた。水沼医師は同乗してくれなかった。

小田切はつき離されたような気がした。クルマの中で、揺れているときがいちばん切なかった。救急車が鳴らすサイレンの不吉な音が骨身にこたえた。ここで吐血したら、おしまいではないか、ふとそんな思いにとらわれ、小田切は生まれて初めて死への恐怖感でおののいた。しかし、移送中の吐血は回避することができ、病院の門をくぐり、玄関に着いたとき、小田切は助かった、と神に感謝したい気持だった。

小田切は転医後、四階の大部屋のベッドに臥《ね》かされ、ほどなく若い医師の診察を受けた。

脈拍《プルス》、血圧《ブロッド》の測定と赤血球数、血球容積《ヘマトクリット》、血色素《ヘモグロビン》などの血液検査、尿の検査が行われ、これによって出血量が測定されるが、小田切の場合、五百CC程度と推測された。

潰瘍のショックの度合を重症、中等症、軽症の三段階に分けるとすれば、小田切の症状は中等症だが、重症に近いという病院の診断であった。そのあと、小田切は血漿《プラズム》エクスパンダーおよび五パーセントぶどう糖と電解質溶液の二対一混合溶液を五百CC

ずつ点滴で注入された。

その日の夕方、美保子が水沼医院で小田切の転医を聞きつけて、その足でかけつけてきてくれたが、面会謝絶と聞いて、病室へ入るのを遠慮し、花と花瓶を置いて帰った、と小田切は母から知らされた。

東京××医科大学付属病院に入院して三日目の昼前、小田切は内視鏡室へ連れて行かれた。転医後出血がなく、止血したと判定されたので、潰瘍か否《いな》か、そして出血部位を確認する目的で、ファイバースコープによる本格的な検査を受けるためである。

鎮静剤の筋肉注射のあと、麻酔薬混入のゼリーを口に含ませられ、うがいをするように口内にひろげてから、それを吐き出した。これは、カメラの管を呑《の》み込むときに刺激による嘔吐反射を抑制するために、喉《のど》に麻酔を施すわけだが、緊張感のせいで小田切は管をくわえる前から吐き気をおぼえた。

暗室の検査台に横になり、管を呑まされたときは、麻酔の効果もほとんどなく、つらくて涙がこぼれた。

暗室の中で、白衣がちらちら動いているのが見えた。

小田切は内視鏡検査の直後、胃潰瘍の手術を要する旨を担当の医師から申し渡された。

「左胃動脈領域潰瘍だね。たいしたことはないが、切っておいた方があとあとのためにいいと思う。ほんとうはもっと早いうちに切っておけば出血なんてこともなかったはずだし、治りも早かったんだが、どうしてこんなになるまで放ったらかしてたのかね。内科医は切らせるのを嫌がるが、そのためにこじらせて、手遅れにしちゃうことがよくあるんだ。君の場合も初動捜査のミスみたいなもんだね」

年配の外科医は、小田切が内科的療法を経てきた患者だと独り合点して、そんなふうに内科医の処置のつたなさを非難した。

手術の前日から、小田切は緊張感が募って、喉《のど》が渇いて仕方がなかった。午後、大部屋から個室に移され、看護婦と母が二人がかりで全身を清拭《せいしき》し、腹部を中心に手術部の剃毛《ていもう》が行われた。下剤を投与されたが、固型物を摂取していないため便意はなかった。

手術の当日の浣腸《かんちょう》で申し訳ばかりの排泄《はいせつ》があった。小田切は早朝、グリセリン浣腸液を百CCも注入され、便器で用を足すようといわれていたが、それをふりきって洗面所まで歩いて行った。午後一時に体温、脈拍、血圧、体重などの測定を経て、排尿したあと、運搬車《ストレッチャー》で手術室へ移送され、右の鼻孔から胃管を挿入された。手術中に胃の膨満を除き、術後、胃内容が貯留して縫合部に負担のかかるのを防止するための措置である。手術台の上で、小田切は三角布で頭髪を覆《おお》われ、基礎麻酔の筋肉注射を打たれた。そのあと何本か注射され、小田切は意識を失った。

小田切が麻酔から覚醒《かくせい》したとき、病室には母の栄子が付き添っていた。酸素吸入のカテーテルも鼻孔から外され、生理食塩水液の点滴も終わっていた。

「もう心配はいらないよ。偉い大学の先生が手術をやってくれたんだよ。よかったね。いま、お父さんが先生のところへお礼にうかがってるの」

栄子は安心し切った顔で言った。

「親父《おやじ》まで来てるの。過保護だね」

「修平も来たよ。さっき帰ったけど」

「一家総動員とは恐れ入ったね……。腹が痛くてかなわん」

小田切が訴えると、栄子はこころえたもので、枕元《まくらもと》のベルを押した。

スピーカーが仕掛けてあるらしく、天井から応答があった。

「なんですか」

「患者が眼を醒ましました。お腹《なか》が痛いと言ってますが……」

栄子は天井を見上げて大きな声を出した。

「すぐ行きます」

「麻酔が切れて傷口が痛むんだよ」

栄子は小田切の方に顔を戻して言った。

看護婦が病室に顔を出した。あらかじめ用意して待機していたのか、手ぎわよく鎮痛剤を小田切の左手の上膊部《じょうはくぶ》に打った。オピアトという麻薬で、一アンプルの二分の一、〇・五CCの分量である。

その直後に、教授とおぼしき髪の薄い医師が小田切の父親の健太郎を従えて、病室に現れた。栄子が起立し、最敬礼した。

「どうかね」

医師は鷹揚《おうよう》に言って、小田切の脈をとった。

「水沼君はだいぶあわてて輸血もしたようだが、そこまでやる必要があったのかな。できたら輸血は避けた方がいいんだが、手術中は出血も最小限に抑えられたからね、輸血をせずに済んだよ。非常にうまくいった。きれいさっぱり悪い個所は取ったからね、もう大丈夫だ。早ければ二週間で退院できるだろう」

小田切はかすかにうなずいた。

「ありがとうございました」

栄子がなん度も頭を下げた。

医師は、看護婦になにやら指示して引き揚げた。

4

佐和子と美保子が三度ずつ見舞いにやって来たが、佐和子は早い時間で、美保子は出勤前の遅い時間のせいで、ふたりが鉢合わせしたことは一度もなかった。小田切は、そうなったらそうなったで、紹介し、説明すれば済むことだと簡単に考えていたが、栄子はしきりに気をもんで、美保子に遠慮してもらってはどうかなどと言いだす始末だった。

一度だけ、きわどくふたりがすれちがいになって、栄子はきもを冷やしたが、考え過ぎだよ、と小田切は笑っていた。

会社の同僚も何人か病気見舞いにやってきた。

クロフェラさんの花村が顔をみせたとき、佐和子が居合わせた。

「小田切さん、この際、ゆっくり静養しなさいよ。きれいなお嬢さんにかしずかれちゃって、会社なんかへ出る気もしないだろうけど、仕事の方はわれわれでカバーしてるから、全然心配いらないですよ。例のおろしやの先生のところ、こないだ行ってきましたけど、悪くないですねぇ。先生がちょっと手を触れるとね、ひくひくって動くんです。ああいうの名器っていうんでしょうね。もちろん、こっちはさわらしてもらえなかったけど、こんどぜひご一緒しましょうよ」

花村はあたりはばからず、うれしそうに唾《つば》を飛ばして話し、ときたま、ニヤッと佐和子の方をうかがっては、また、話し込むというふうだった。どこまで本当なのか分からないが、小田切は佐和子の手前、さすがに気がひけた。花村がひきとったあと、

「なあに、あのひと、まったく調子与三郎ね。きれいなお嬢さんなんて、お上手をいってくれたのはいいけど、おろしやの先生ってなんのこと？　まったくプロパーなんて、あんなガラの悪い人ばっかりなんだから」

そう佐和子に言われ、小田切は当惑した。

「父が肝炎のことをひどく心配してたけど、その後血液検査はしたの？」

佐和子は急に表情を固くした。血清肝炎を心配しているらしくて、来るたびにそのことを訊《き》くが、小田切は主治医からなにも聞いていなかった。試薬やわけの分からぬ薬もずいぶん服《の》まされたし、採血もかなりの頻度で行われるが、経過は良好としか聞かされず、ほどなく退院できると小田切は思っていた。

事実、小田切は二週間ほどで退院した。退院のとき、肝機能が若干低下しているが、たいしたことはないと言われていた。

小田切は静岡の実家で正月休みをはさんで二週間ほど休養し、あくる年の一月十二日の月曜日から出社した。

小田切は、いくら胃潰瘍《いかいよう》がストレス病とはいっても、それだけでなると決まったものでもなく、自分の場合は例外ではないかと考えていた。暴飲暴食のせいで、とくにプロパーをしていると医者やら問屋の連中とのつきあいが多いので、さほど強くもない酒をつい無理して過ごしてしまうのがいけなかったのだと思い、つとめて会社の寮で夕食をとるように生活態度を改めた。考えてみたら、この一年間、寮の食堂で夕食をとったことなど数えるほどしかなかったのである。

しかし、小田切が付け焼き刃で生活のリズムを変えてはみたものの、彼の肝臓は確実に蝕《むしば》まれ、黄疸《おうだん》症状がはっきり自覚できるほどになっていた。

5

小田切が白金台のT大学医学研究所の付属病院に入院したのは、二月の初めであった。

専門医が揃《そろ》い、設備も整っており、国立病院なので差額ベッドなどの心配もないから是非そうするように、と美保子が熱心にすすめてくれたのである。美保子は、小田切を水沼医院に運び込んだことを後悔もし、責任を感じていたので、わざわざ夫の主治医の山本医師から肝臓の専門医の成田を紹介してもらい、成田の外来担当日に、小田切が外来受付へ行くようにはからった。

小田切は、また佐和子になにか言われはしないかと、ためらうものがあったが、胃潰瘍の手術で実家にさんざん迷惑をかけたてまえ、私立系のK大付属病院よりも国立系の医学研付属病院の方が好都合ではないかと考え、美保子の親切を受ける気になったのである。

小田切は、血清肝炎を甘く考えていたわけではないが、最低二、三カ月は入院した方がよい、と医師に言われたときはショックだった。しかも、タイミングよくベッドがあいていて、明日にも入院するように言われたのである。

一般の外来患者が国公立系の病院へ入院するには、十日や場合によっては一カ月近くも待たされるケースが多いというが、この付属病院はT大の関係者の間でも「穴場」といわれるくらいで、比較的ベッドがあいていることが多い、と小田切はあとで美保子に教えられた。

小田切は、顔がすこし黄色くなって、身体が心なしかだるい程度で二カ月も三カ月も入院する必要があるのだろうかと首をかしげたくなったが、入院したその日の午前、ベッドに横たわるなり、点滴が始まったのにはうろたえた。ぶどう糖に栄養剤を混入した黄色い液体を小一時間かけて五百CCも腕の静脈から注入するのだが、これをやられると、只事《ただごと》ではないような不安な思いにかられる。

入院の直前に、小田切は佐和子に電話で連絡した。

「やっぱり駄目だったのね」

思い詰めたような声だった。こんな切迫した佐和子の声はついぞ聞いたことがなかったので、

「どうしたの? 元気がないけど」

小田切は逆に心配したくらいだ。

「あなたはよく平気でいられるわね」

「だって、二カ月か三カ月のことだし、いまさら気に病んでも始まらないだろう。黄疸が多少出てるから大事をとって入院するようなものの、自宅ですこし静かにしてればいいんだけど、家にいるとわがままが出ちゃうからね。ほんとうにたいしたことないんだ」

「ずいぶんイージーに考えてるようですけど、肝炎って、どんなものだか知ってるんでしょう。医学書を読み直してごらんなさいよ。あなた、それでもプロパーなんでし

よう」

つんつんした佐和子の語勢に押されて、小田切は気おくれし、一瞬返す言葉に詰まった。

「どっちにしても結婚式、すこし延ばしたいと思うんだが……」

「そんなことあたり前でしょう」

おっかぶせるように佐和子は言った。

佐和子は、小田切の電話が切れたあとで、父親とそのことで激しくやり合ったのである。

「小田切君とのことはなかったことにするんだね」

杉浦敏郎は憮然《ぶぜん》とした顔で言った。

「そんな短絡したこと言われても困るわ」

佐和子は気色《けしき》ばんだ。

「スポーツマンというふれこみだったが、あの男もプロパーなんかになったのがけちのつきはじめだな。みすみす肝炎と分かっているものに大切な娘をやるわけにはいかんよ。ドイツでは急性肝炎を法定伝染病に指定している。患者を強制的に隔離してしまうほどの徹底ぶりだが、たしか北朝鮮でもそうしてるはずだ。それほど厳しい病気なのだよ。日本でもそのくらい厳重にやればいいんだろうが、とてもベッドが足りない。血液検査などふだんはそうそうするもんじゃないから、急性肝炎にかかっても気がつかず、本人が知らないうちに慢性化してる、そういう患者の数は想像以上に多いかもしれないね。肝臓を〝沈黙の臓器〟とはよくいったもので、痛みを訴えるようなはっきりした自覚症状がないことがほとんどで、黄疸が出たりすることは比較的少ない。小田切君がどういう状態か分からんが、血清肝炎だろうし、いずれにしても厄介な病気にとりつかれたもんだ」

「そんな、躰《からだ》をこわしたからといって、掌《てのひら》を返すようなことはできないわ。私はあのひとと結婚するつもりです。肝炎といっても急性のうちに治しておけば、そんなにびくびくすることはないでしょう」

「なかなかそうもいかんのだ。やがては慢性化し、肝硬変にすすむケースが少なくないし、慢性化して、奇蹟《きせき》的に治癒《ちゆ》するものもいなくはないが、百人に一人とか二人の確率だし、肝臓につける薬もない。まだ分からんことが多過ぎる。小田切君程度の男なら掃いて捨てるほどいるよ。どうだ、気晴らしに旅行でもしてきたらどうかね」

「私は二パーセントの確率に賭《か》けるわ」

佐和子はヒステリックに言った。

「感傷的になるのはいたしかたないとしても、感情的になり過ぎてはいかんよ。頭を冷やして、落ち着いて考えてごらん。いますぐ結論を出さなくてもいいが、佐和子なら分かるはずだ。それとも佐和子は小田切君と、そのなにか、一線を越えたというか……」

杉浦は具合悪そうに言葉をにごした。

佐和子は、大きな眼をきっと見ひらいて、父親を睨《にら》んだ。

「いくらパパでも失礼よ。許せないわ」

佐和子はぷいと顔をそむけて、唇を嚙《か》んだ。

T大医学研付属病院の二階の内科病棟の二〇二号室へ、佐和子が初めて顔を見せたのは、小田切が入院して一週間も経《た》ってからであった。病気見舞いの催促をするのもへんなものだが、電話で呼び出すか、過日の電話では虫の居どころでも悪かったのか、ひどくぷりぷりしてて、とりつくしまもなかったが、いいかげん現れてもよさそうなものだが——そう思うと、小田切はじりじりしてくるが、こちらからものほしげに電話をかけるなど沽券《こけん》にかかわると考え、じっと耐えていた。

久しぶりに佐和子と顔を合わせたときは、やはり嬉《うれ》しかった。銀座に本店のある有名果実店のマスクメロンを抱えて、佐和子はやって来た。

「瓜《うり》類はカリウムが豊富だから、たくさん召し上がれ」

佐和子はそう言って、枕元《まくらもと》の棚の上に大きな包みを置き、補助椅子《いす》に坐《すわ》って病室を眺めまわし、

「窓側だとよかったわね。この部屋スチームがきき過ぎて、すこし暑いわ」

と、鼻筋に浮いた汗をパフをあてるようにハンカチでぬぐった。

「すこし太ったかしら。思ってたより元気そうだわ。手術したころにくらべたら見ちがえるようね」

「ああ、食っちゃ寝、食っちゃ寝だからね。おまけに点滴までやって栄養の補給をしてるんだから、太るわけだ」

小田切は起き上がって、ベッドを腰かけがわりにして、佐和子と向かい合った。ベッドの位置が高いため、佐和子は小田切を見上げる恰好《かっこう》になった。

「ホールへ行こうか」

「ここでいいわ。あなた横になってて」

「そう病人扱いしなさんな。このとおりぴんぴんしてるんだから。前にも言ったけど、ほんとうにたいしたことはないんだ」

「でも、あんまり軽く考えないほうがいいわよ。これからは無理はできないわ」

「君はすこし大袈裟《おおげさ》に考えてるようだね」

「そうだといいんだけど……」

佐和子は遠くの方を見る眼で、感情のこもらぬ声で言った。

小田切は、そんな佐和子によそよそしさのようなものを感じたが、神経過敏だと思い直し、話題を変えた。

「村富さんから葉書をもらったが、張り切ってやってるみたいだね」

「そうね。お正月に家に来てくれたのよ。あなたのこと、心配してたわ」

「静岡の実家へわざわざ電話をくれてね。当分、仕事のことは考えずにのんびりしてろっていわれたけど、そのとおりになってしまった」

そこで話が跡切《とぎ》れた。

「私、しばらくアメリカへ行ってこようと思うの」

突然、佐和子が言った。

「へーえ。豪勢だね。どのくらい？」

「分からないけど、ロスにお友達もいるし、ニューヨークには村富さんもいるから、向こうでアルバイトでもしながら、ゆっくりしてこようと思ってるの」

「村富さんに会ったら、くれぐれもよろしく言ってよ。新婚旅行のときには必ず来てほしいなんて、前に手紙をもらったことがあるけど、そのリハーサルってわけだね」

小田切は、佐和子が別離をほのめかしているのが分からず、ちぐはぐなことを言ってにこにこしていた。

佐和子はさすがに小田切の顔が見られなかった。口をつぐんで、下ばかり見ていた。

「そろそろ失礼するわ」

「そう。アメリカに行く前にもう一度来てもらえるとありがたいな。村富さんに手紙を書いておくよ」

佐和子は困惑したような顔で曖昧《あいまい》にうなずいた。

小田切は、もこもこしたグレーのカーディガンをひっかけて、階段のところまで佐和子について行った。

階段の前がホールになっていて、スプリングのきかないソファーが二つと長椅子が三つ、テレビに向かって並べてある。そこは西日を受けて、陽だまりになっていた。

佐和子はホールの近くの、窓のところで立ち止まって、外に視線を投げた。

同じ病室の谷口が鳩《はと》にパン屑《くず》を与えているのが、小田切の眼に入った。

「静かで、いい病院だわ。それに緑も多いし、公園みたいね」

「まったく別天地かも知れないね。夜になるとゴキブリがごそごそ這《は》いまわるのさえなければ、いうことないんだけどね」

佐和子は、小田切の話など聞いていないようだった。

「あなたに逢《あ》えなくなるわね」

佐和子が窓外に眼を向けたまま、ぼつっと言った。

6

小田切は入院二週間目に、会社の勤労課長の田宮の病気見舞いを受けた。果物籠《かご》など下げてきたが、病気見舞いというより、今後の小田切の身の処し方について、打診にやって来た、職責上、いやな役廻りを負わされているといった感じがありありと出ていた。二人は、だれもいないホールで話した。眼をしわしわさせながら田宮は言った。

「いま、君の主治医の成田先生から話を聞いてきたよ。できることなら、長期的に療養を考えた方がいいということだったが、会社へ出られるようになっても、無理はきかないそうだ」

「長期的って、どのぐらいみればいいんですかね。僕は成田先生から、それほど心配することはないと言われてるんですが。一、二カ月も入院してれば……」

「いやいや、そんな簡単なことじゃないらしいよ」

「あとで先生に訊《き》いてみますけど、おかしいなあ、そんなはずはないと思うんですが、ほんとうにそんなこと言ってました？」

「君を心配させるようでなんだし、はっきりしたことは言ってなかったが、一年や二年はかかるんじゃないかな。それでね、会社の方は、なんとか君に再起を期してもらいたいんだが、プロパーに限らず、ほかの部署にしても、会社っていうのはどこも楽じゃないからね……」

奥歯にものがはさまったような言いようだが、田宮がいわんとしていることは察知できた。

「要するに、会社をやめろというわけですね」

「とんでもない、そんなことはないが、和田開発部長が君のことを大層心配してね……」

田宮は追従笑《ついしょう》いを浮かべて、続けた。

「小田切君は、商家の出で、跡取りだし、この際、思い切ってスパッと方向転換した方が本人のためにもいいんじゃないか。家業を継いで、のんびりやれば肝臓にも負担がかからないし、それだけ永生きできるわけだから、和田さんはそんなふうに言っていた」

「そうですか。和田部長の差しがねですか。ご厚意は感謝します」

小田切は冷静に言ったつもりだが、煮えくりかえる思いだった。

「もちろん、会社としても悪いようにはしないつもりだがね」

田宮は腹がすわったらしく、ライターで煙草《たばこ》に火をつけ、一服喫《す》い込んで言った。

「君さえその気なら、つまり依願退職という形がとれるなら、規定以上のことをしてあげられると思う」

「ボロ雑巾《ぞうきん》になってしまったから、切り捨てたいというわけですか。しかし、残念ながら僕はボロになったとは思ってませんし、会社をやめる気もありません。だいたい、そんなにあっさりクビにされるわけでもないでしょう」

小田切はつっかかるように声高に言って、長椅子から腰をあげた。

「そのとおりだよ。労使協定で欠勤、休職の期間も定められてる。君の場合は入社して七年だから、九カ月の欠勤期間が認められる。その間は給料も保証されてるし、その後二年間の休職期間は健保の扱いだが、私傷病給付共済会から付加給付も出ることにはなっている」

田宮はワイシャツのポケットから小型の手帳を取り出して、くわえ煙草でメモを見ながら、ぼそぼそと言った。

「課長、どうかご心配なく。九カ月も欠勤するつもりはありませんから。その気なら、明日にでも出られますよ」

小田切は挑むように田宮を睨みつけた。

田宮は手帳をポケットにしまって、にがり切った顔で、煙草をふかしながら、

「やけみたいなことを言いなさんな。君も変にとらないで、冷静に自分の行く末を考えてほしいね。こっちは君のためと思って言ってるんだ」

「きょうはお忙しいところをありがとうございます。長いあいだご迷惑をかけて申し訳ありません」

小田切は身をひるがえし、脚を組んで長椅子に坐って、煙草をくゆらせている田宮を置きざりにしてホールを後にした。小田切は無性に腹が立っていた。彼は胸の中でたぎりたつものの捌《は》け口がなかった。

辞表をたたきつけて会社がやめられたら、どんなに気持がスカッとするだろうか、そう思うそばから、そんな莫迦《ばか》なことがあってたまるか、と、大急ぎで否定していた。

胃潰瘍《いかいよう》の手術以来、まだ三カ月も休んでいないはずだった。それなのに、家業を継

ぐように考えたらどうか、などとよくも言えたものだ。実力者の和田開発部長に嫌われていることはたしかだが、いくら和田が偏執狂的な男だとしても、ちんぴら社員の俺のようなものに、いつまでもかまけているだろうか。勤労課長の田宮がわざわざ病気見舞いにかこつけてやって来たのは、和田などの意向とは無関係に、病弱ということで会社が俺の将来に見切りをつけ、依願退職を勧めたのではないのか——。小田切は腹の中が沸騰《ふっとう》し、ひきつけをおこしかねないほど奥歯をきりきり噛みしめた。このことを村富が知ったらなんと言うだろう、そう思うと、小田切はくやし涙がこぼれそうになった。

小田切は、自分がくよくよとものごとにいつまでも拘泥《こうでい》する方ではないと思っていた。

嫌なことは早く忘れ、いじいじすまいと考えていたが、こんどばかりは、平静ではいられなかった。サラリーマンたるもの、上役の顔色をうかがい、上役にとりいり、上役の機嫌を損なわないよう精一杯尽くさなければならないものなのかもしれない。そういう意味では、俺は落第で、おそらく生意気で態度の大きい社員とみられていたに相違ないし、勤労課長に対しているときでも、病人は病人らしく、しおらしいところをみせ、ひたすら謙虚であるべきではなかったか。小田切はめずらしくあれこれ考え、たまらなくなって、またベッドから抜け出して、内科病棟の看護室へ出かけて行った。

小田切は主治医の成田に会って、くわしく自分の病状を訊いてみようと思ったのである。

午後四時をすこし過ぎたところなので、準夜勤務の看護婦《ナース》が二人、婦長からひきつぎ事項を受けているところだった。

「なあに？」

小田切がノックしてノブに手をかけたとき、内側から押されて、眼のくりっとした丸顔の看護婦が出て来た。おかっぱの頭に載せた糊《のり》のきいたナプキン状のナース・キャップがヘアピンで止めてある。気持がたかぶっているのに、小田切の眼にそれがすがすがしく映った。

小田切はいくらか気持が落ち着いた。

「成田先生にお目にかかりたいのですが」

「医局で打ち合わせ中よ。急ぐ用なの？」

「ええ」

「じゃあ、終わり次第呼んであげる。小田切君、あんまりフラフラ出歩いてちゃ駄目よ」

言葉づかいはぞんざいだが、親切な看護婦で、検温などで何度か顔は合わせている
とはいえ、名前を憶《おぼ》えていてくれたこともありがたかった。

「お願いします」

小田切がベッドへ戻って間もなく、

「小田切さん、成田先生がみえてますから、看護室へ来てください」

ベッドに備えつけた小型のスピーカーで呼び出された。

「はーい。すぐ行きます」

それはマイクロホンの機能も備えていたのである。成田は四十五、六の大柄な内科
医で、尊大でないところが患者にもうけていた。

「どうしました？」

「さっき会社の勤労課長から、先生が長期的に療養を考えた方がいいとおっしゃった
と、そんなふうに聞いたものですから……」

「長期的なんて言ったかなあ。あまり短期的には考えない方がよろしいとは言ったけ
ど、とりようによっては、まあ同じことになるのかもしれないね。小田切さん、この
病気は忍耐がいるんですよ。のんびり構えたものが勝ちなんだ。君の場合、もちろん、

それほど悪いというわけではないし、この二週間で、肝機能もよくなってますが、ちょっとカルテをみせてくれる」

成田が話の途中で看護婦の方をふり向いて、そう言うと、さっきの丸顔の看護婦がそれを用意していたように素早く黒い表紙のカルテを開いてテーブルの上に置いた。

「ありがとう」

成田はそれを小田切に示しながら説明した。

「GOTとかGPTは分かるでしょう？」

小田切が小さくうなずくと、成田にはそれがたよりなく思えたのか、

「簡単にいえば血中のトランスアミラーゼ、つまり酵素の値《あたい》をみるんですが、この値が高いということは、それだけ肝臓の細胞が破壊されてるってことにもなるわけです。君が入院の直前に測った数値はGOTが二八〇、GPTが四三〇で、正常値の七倍とか十倍もあったが、三日前の数値は一二〇と二六〇まで下がっている。ただ急性だとしたら、もっと下がっていいはずだし、TTT、ZTT、これは膠質反応《コロイド》、まあ蛋白《たんぱく》質《しつ》の血中の値をみると考えていいんだが、これもやや高いのが気になるんです。だからといって、慢性と考えるにはこれまた無理な点があり、急性と慢性の境目《さかいめ》とみるのが自然じゃないか、そうだとすれば、ここは丁寧に大事にいくべきではないか、とま

あわれわれはそう考えてるわけです」

「わずか二、三カ月の間に慢性肝炎になるものなんですか」

小田切はカルテに貼《は》りつけてある血液検査票の数字を懸命に頭の中にたたきこんだ。

「輸血のときの悪い血によるものだし、急性とか慢性を区別するのは時間の経過ではなくて、状態なんです。ただねぇ、血液検査は肝臓のすべてをうかがい知る探索方法ではないんですよ。肝炎ウイルスはまだよく分かっていない。むかしはカタル性黄疸《おうだん》なんていってたようですが、それがいまは急性肝炎といわれるようになった。AU抗原菌にしても、ウイルスの抜けがらのようなものと考えられる抗体を持ってる人は実際多くて、われわれの仲間にもたくさんいます。とくに外科医には多いようです」

成田は、ぱたんとカルテを閉じて、続けた。

「よっぽど悪ければ、カルテなんか見せませんよ。だから安心してください。ただ、何度も言うように、あわてたら損です。半年ぐらいじっと我慢すれば、よくなりますよ」

「半年もかかるんですか」

小田切は半年と聞いて内心はほっとしていたが、さもがっかりしたような声で言った。

「一年、二年なんていうのもざらですよ」

成田は笑いながら言って、

「そのうち、ちょっときつい検査をしますから、覚悟しててください」

いたずらっぽく眼をすがめた。

第六章　内科病棟二〇二号室

1

ニューヨーク駐在の村富からもたらされた航空便は、小田切健吾をして茫然《ぼうぜん》自失させ、打ちのめさずにはおかなかった。例の薄いぺらぺらした用箋《ようせん》に、横書きで書きなぐったような武骨な文字を眼で追っているうちに、小田切の顔色は変わり、胸が張り裂けそうなほど息苦しくなった。小田切は村富の悪い冗談だと思いたかった。

小田切兄、急性肝炎でご不快の由《よし》、しかもT大の付属病院へ入院なさったと聞いて、びっくりしています。胃潰瘍《いかいよう》の手術のときの不手ぎわだと思いますが、ものは考えようで、日ごろの働き過ぎの報酬に、神が休養を与えてくれたんだと思って、この際ゆっくりなさい。天の配剤です。小生などは習い性というか、コマみたいに廻ってないと駄目な方で、止まったら最後、二度と立ちあがれないのではないか、動いていなければ不安で仕方がない、そんな、われながら情けない性分です。ジェネレーションの違いもあるんでしょうが、もはや猛烈社員が流行《はや》るご時勢でもありません。とにかく仕事のことなど忘れて、のんびり肩のこらない本でも読んで、英気を養ってください。

ところで、一昨日、突然オフィスに杉浦佐和子君が顔を出し、ひとしきり君のことを話して帰りました。率直に書きますが、彼女とのことは忘れて、なかったことにしてもらえませんか。こんなつれないことをこんなふうにあっさりしたためて申し訳ないのですが、ほかに書きようがないのです。小生の苦衷《くちゅう》をご賢察ください。佐和子君なりに悩み抜いたすえの結論ということですが、それを聞いたとき、小生は彼女の心変わりを激怒し、なんと薄情な女か、と思いました。しかし、だんだん聞いてみると、どうも彼女の両親が君との結婚に猛反対しているようで、その点は電話で確認しました。小生によしなにとりはからってくれと虫のいい申し出なのですが、腹が立ちますけれど、小生にもどうすることもできないので、ともかく杉浦家の意向なり、佐和子君の考えを君に伝えるほかなかったわけです。

たとえ両親の気持が変わって、君たちのことに反対しはじめたとしても、問題は君たちの意志です。そういう意味では佐和子君の態度もけしからんと思うのですが、そんな女は君の方から振ってやりなさい。まだまだ出直しのきく年ですし、人生はこれからです。この程度のことに気を落とすような君ではないと確信しています。ともかく、いまは養生専一、つまらないことは考えずに、悠長に構えてください。蛇足ながら、君の病後については心配しないように。竹本専務が悪いようにはしないはずですし、小生も及ばずながら力になります。

一九七六年三月×日　　村富　生

村富がそれなりに気を配ってくれていることは分かるとしても、唐突に佐和子とのことはなかったことにしてくれ、などと筋道の通らぬ話があるだろうか――小田切は絶対に承服できないと思った。だいたい佐和子からなにも言ってこないという法があるか、なんとしても佐和子と逢《あ》って話したい、小田切はいくらそう思っても、アメリカにいる佐和子と逢う手だてがなかった。

三時の検温のとき、脈拍も高いし、熱もあるわね、どうしたのかしら、と看護婦が首をひねって言ったが、小田切はうわの空だった。

小田切は気持がたかぶって眠れぬ夜が続き、ベッドを軋《きし》ませて寝返りばかり打っていた。風邪をこじらせたような躰《からだ》の不調にも悩まされた。食欲もなく、生きているような気がしなかった。毎日曜日に母の栄子が静岡から病院へ出かけてくるが、頬《ほお》がこけ、ひげも剃《そ》らず、髪も伸び放題の小田切のやつれように、病勢がすすんでいるのではないか、と心配し、

「お前、まさか癌《がん》ではないだろうね」

と、本気で心配した。

そして、村富の手紙を受け取った日から六日後に、佐和子から絵葉書が届いた。


その後いかがですか。当地へ来て十日になりますが、さすがに物量の国という感じで、見るものすべて圧倒される思いです。村富さんから連絡があったかと思いますが、わがままをお許しください。私は当分日本へ帰るつもりはありません。どうかお気を悪くなさらないでください。あなたの幸福を陰ながらお祈りいたしております。くれぐれもお躰をおいといくださいませ。

完膚なきまでにぶちのめされるとは、このことだろう。小田切は徹底的にダメを押された思いだった。気を悪くするな、が聞いてあきれる。ふざけるのもいいかげんに

しろ、と絶叫したい気持だった。婚約解消がこんなふうに一方的に運ばれ、一方の意志がこうも踏みつけにされても仕方がないものなのか、と小田切は恋々として考えたが、失恋とはこうしたものなのかもしれない、つまるところ俺は振られたのだ、と自分でもいじらしいくらいの健気《けなげ》さで気持を抑制し、試練に耐えた。しかし、あまりのショックに村富の手紙までが空々しく思え、人間不信に、人間嫌いに陥りはしないか、小田切はそう自分を気づかった。

小田切は安静度三度で、入浴は禁じられていたから、週三回の入浴日には看護婦が手を貸してくれ全身清拭《せいしき》で我慢しなければならなかったが、清拭後、看護婦の眼をかすめて、浴室にまぎれ込んだ。小田切は垢《あか》を落とし、身ぎれいになりたかったのである。彼は何日ぶりかで顔も当たり、さっぱりして、ひそかにベッドに戻って、佐和子から貰《もら》った絵葉書を破いて、屑籠《くずかご》に捨てた。入浴中にそうすればいくらか気がすむだろうと、ふと考えたことを、忘れないうちに実行したのである。

あとは時間が解決してくれるはずだ――。小田切はそう思うしかなかった。所詮《しょせん》、ペシミズムは俺の柄ではない。楽天家《オプチミスト》にできているのだ、そう思い込もうとするそばから、佐和子の顔が頭の中にのさばってくる。ベッドの中でうす汚れた大きなしみのある漆喰《しっくい》の天井を凝視しながら、小田切は頭を大きく振って、それをふりはらった。

2

入浴直後の十一時の検温で、小田切は看護婦にこっぴどく叱《しか》られた。小田切は同室の患者のだれかが告げ口したのではないか、と取って、思わずきつい眼で、あたりを見廻したが、それと察したのか、看護婦は噴き出して、

「君の顔に書いてあるのよ」

と、小田切の顔を指差しながら言った。

小田切もつられて相好をくずした。勝手なことは許しません、などとすごまれたあとだったので、小田切は狐《きつね》につままれたような思いもしたが、例の眼のくりっとした丸顔の看護婦は、にっこり笑って言った。

「お風呂《ふろ》に入ったあとはお熱が上がるからすぐ分かるのよ。それに顔がてかてか光ってるでしょう。でもよかった。小田切君、元気がないんで心配してたんだ。カンニングしてお風呂に行くくらいだから、すこしは元気が出てきたのね」

笑顔がえびすさまみたいにさわやかで、笑うと頤《おとがい》が二重にくくれた。

「すみません」

小田切は神妙にルール違反の入浴をあやまったが、鬱屈《うっくつ》した思いがいくらか晴れた

ような気がした。

看護婦が出て行ったあと、小田切の並びの一つ置いた窓ぎわのベッドの谷口清司という患者が、上半身を起こし、声をかけてきた。

「小田切さん、やられましたね。佐藤良子女史、ちょっとおっかないけど、実に良い看護婦でしょう」

「ええ。佐藤さんっていうんですか。でも、おどろきました。あんなに怒られるとは思わなかったから」

「なあに、気にすることはないですよ。佐藤さんはやさしいひとで、患者のことを本気で心配してくれる看護婦ですからね。ここへ来る前はT共済病院にいたんですが、組合問題でがたがたしているときに、佐藤さんはほかの看護婦にけむたがられちゃって、なんでも意地悪されたそうですよ。それで、この病院へかわったんです。患者をほっぽり出して組合の集会なんかに出るのは良心が咎《とが》める方なんですよ」

谷口は話好きな性質《たち》らしく、ベッドをおりて、とうとう小田切のそばまでやってきて、どこで仕入れてきたのか、そんなことを言った。

小田切は、谷口がベッドの端に腰をおろしたので、椅子《いす》をすすめた。谷口は腎臓《じんぞう》病の一種であるネフローゼの患者で、ステロイド系の薬の副作用で、ぶくぶく肥えており、頬がぷくっと盛りあがり、ざんばら髪なので、浴衣《ゆかた》姿で仁王立ちになっているさまは、あんこ型の相撲の取りてきを髣髴《ほうふつ》とさせた。年恰好《かっこう》がさっぱり見当がつかなかったが、小田切はその後本人から同い年だと聞いて驚いた。話ぶりがいやに老成した感じがしたのである。

谷口は、小田切が入院してきた日から、それとなく観察していた。谷口はいままでに三度も小田切に声をかけて気をひいてみたが、たいした反応は得られなかった。

一度目は、佐和子が訪ねてきた日に、

「さっきのひと、美人ですね」

と、月並みなお世辞を言ったが、小田切は照れ臭そうに小さく笑うきりで、話の接《つ》ぎ穂《ほ》がなかった。

二度目は美保子が夫の鈴木を見舞った帰りに、初めて小田切の病室に立ち寄ったときである。

「小田切さんはもてますね。うらやましいですよ。あの人、どこかで見た顔なんですけどね」

谷口は、これまた月並みな台詞《せりふ》を吐いた。

「二一三号室にご主人が入院してるんです」

小田切はそう答えただけで、横を向いて、なにやら難しそうな本を読みはじめた。

つぎに谷口が話しかけたときは、もっともひどく、谷口は食事が不味《まず》くなるほど気まずい思いをした。それは小田切が村富からの手紙を受け取って、世界中で一番不幸な男だと自分をおとしめていたときだった。

夕食のワゴンが廊下に出ているのに取りに行かない小田切を不思議に思いながら、谷口は自分の分を運んだあとで、小田切の食事を運んでやった。

「肝臓食はいつも豪華ばんで、いいですね」

谷口はそんなことを言いながら、アルマイト製の盆を小田切のベッドの上の台の上に載せてやったが、小田切はにこりともせず、会釈《えしやく》を返しただけだった。谷口が余計なことでもしてしまったような気がしたほど無愛想で、小田切は向こうむきに寝ころんだまま、箸《はし》をつけようともしなかった。

「小田切さん、せっかくのおすましが冷めますよ。それにその茶めし、なかなか美味《おい》しそうじゃないですか」

谷口は見かねて、小田切の背中に向かって声をかけた。

「よかったら食べてください」

小田切は姿勢も変えずに、向こうむきのまま怒ったように言った。

谷口は、なにを、と思ったにちがいない。

「僕は減塩食なんで、茶めしは駄目なんです」

ひとの好《よ》い谷口は、一瞬世をはかなんだような表情をみせ、黙ってめしをかきこんでいた。

小田切は人の話が素直に耳に入るような状態ではなかった。気息奄々《きそくえんえん》としてうちひしがれていたときだったから、谷口の心づかいがわからなかった。というより、意識になかった。谷口は、この病院に一年以上も入院していて、二〇二号室では最も古株だったし、ひとりでも気づまりな患者が同じ病室に入ってくると、それが不協和音になって、同室の患者が迷惑することをよくわきまえていた。だから、なんとか小田切の気持をほぐして、病室の雰囲気をすこしでも明るくしたいと考えていたのである。それに、年寄りばかりの病室で、話相手に窮しているときに、久しぶりに若い患者が入院してきたので、内心ほっとしていた。小田切がカンニングの入浴を契機に自分の方から軟化してきたことを谷口は喜んだのである。それで、つい図に乗って話し込んでしまったもののようだ。

その日の午後の回診で、主治医の成田は型どおり打診し、胸と背中に聴診器をあて、右脇腹《わきばら》に指で触診したあとで、

「お風呂へ入ったそうだけど、なんともなかったかい」

と、さりげなく言った。

小田切は首をすくめて、うなずいた。

「だいぶ黄疸《おうだん》もとれてきたようだから、とりあえず週一度入浴してもいいことにしましょう。そろそろ点滴もやめていいでしょう。そのかわり食事をすこし変えますから、なるべく全部食べるようにしてください。小田切さんの食事票をみると、すこし食が細いようだが、がんばって食べないと、いつまでたっても退院できないかもしれないよ」

成田は最後にすごんだつもりらしかったが、顔がしまらず、ほころんでいた。

3

二〇二号室は内科病棟の一番奥で、三方が窓になっている明るい病室だった。五人部屋で中途半端《はんぱ》なつくりだが、ほかの病室とくらべてゆったりとしていた。なんでも個室を三つ設けるつもりで間仕切りしたのを、途中で方針がかわり、大部屋に改めたために、おかしな形になったという。内科病棟の病室が二号から六号に飛んでいるのは方針変更のせいで、それがどういうためなのか分明ではないが、たぶん予算の関係ではないかと思う、と谷口は教えてくれた。四は死に通じるとして、大抵の病院は欠番にしているが、この病院で三号と五号もないのはそんなわけだったのか、と小田切は納得した。二〇二号室では五人の患者が東側に頭を向け、ドアの方向に足を投げ出すかたちでベッドに臥《ね》ている。

小田切は、谷口が長風呂なこと以外はおおむねこの男が気に入った。

四、五人も一緒に入浴すれば超満員といった浴室で、初めて谷口の裸を見たとき、小田切は息をのんで、眼をそらした。胸といわず、背中といわず、太股《ふともも》といわず、やけどのひきつれのように肌が赤くただれて地割れし、正視に堪えないほど痛々しく、胸が思春期の娘のようにうっすらとふくらんでいたのである。

「小田切さんもやっぱりびっくりしたようですね。これ、皮膚線条とか皮下断裂っていうらしいんです。僕ら肉割れっていってますが、いっぺんに太り過ぎて、皮膚が追いつけないためにこんなになっちゃうんですね」

谷口は胸のあたりの肉割れの部分を指で示しながら、悠揚迫らぬ態度でつづけた。

「傍目《はため》には痛々しそうに見えるでしょうけど、当人はさほど苦にならないんです。私がこんなに太ってるのは、薬のせいなんですよ。プレドニンといって、ステロイド系の薬です。副腎皮質ホルモンですね。こいつのおかげでネフローゼは治るようになったが、副作用も相当なもんでね。それとのバランスを考えて投与するんでしょうが、蛋白《たんぱく》の出方も減ってきたので、薬の量も減らしてます」

「谷口さんは、どのぐらい入院してるんですか」

タオルに石鹸《せっけん》をこすりつけながら小田切が言った。

谷口は、頭の中で計算し、

「いちど退院してますが、通算二年と四カ月になりますかね」

と、こたえた。

「どっちにしても肝臓と腎臓は厄介ですからね。お互い、大事にしましょうよ」

「二年以上もよくがんばってられますねぇ。すごい精神力ですね。僕なんか、三カ月の入院といわれて、がっくりきてるんだから、えらいちがいです」

「なんていうのかな。病気に対してひらきなおれるかどうかですね。いまでこそ、多少ふっきれたというのか、えらそうなことを言ってますが、私も人並みにあれこれ悩みました。歯茎から出血しただけでも、それこそ吹き出もの一つでも腎臓のせいではないかとびくびくしたり、些細《ささい》なことに一喜一憂しましたが、やっと、必ず治るという確信がもてるようになったんでしょうね。うちのワイフなんか新婚一年足らずで亭主に病気になられて、ずいぶん後悔してるんでしょうけど、のんびりやだから案外けろっとしてますよ」

「奥さんがいるんですか」

「子供もいます。結婚式をあげる前に仕込んじゃって、式のときにせり出した腹を隠すのに苦労しました」

谷口はあけすけに言って、

「小田切さんはまだ独身みたいですね」

と、訊《き》いた。

「ええ」

小田切の胸に苦いものがこみあげてきた。

佐和子はそのうちひょっこり現れ、肩をすぼめて、ぺろっと舌を出し、「冗談が過ぎたかな」などと言うのではないのか。ふと、そんなはかない思いで、小田切は胸が詰まった。小田切は、その思いをふっ切るように、頭を振って、言った。

「鈴木康夫さんって腎炎の患者さんが入院してるんですが、ごぞんじですか」

「知ってますよ。二一三号室の人でしょう。さっき、われわれと入れちがいに風呂から出て行った痩《や》せぎすの人です。あの人、たしか透析が始まったんじゃなかったかな。小田切さん、鈴木さんとお知り合いですか」

「直接は知らないんですが、鈴木さんの奥さんにこの病院を紹介してもらったものですから」

小田切は、浴室の前ですれちがった土気色の顔をした陰鬱《いんうつ》な男が鈴木ではないか、と思わぬでもなかったので、谷口の話を聞いて一層気持が沈んだ。鈴木の病室へ挨拶《あいさつ》に行くべきかどうか、小田切はずっと迷っていた。

鈴木の病室を訪ねるのはよそう、と小田切は思った。

挨拶のしようがないようにも思われたし、透析患者を慰める言葉も知らなかった。

「ああ、そうでしたね。鈴木さんも永いですね。おとなしい人で、病室の人たちともめったに口をきかないそうですよ。私なんかとちがって一流の会社に勤めてるようですけど」

「谷口さんも会社にお勤めですか」

「弱電関係の下請工場で、零細企業です。僕は高卒だから、もう十年以上になります」

谷口がなんのこだわりもなく高卒です、と言ったことに、小田切はいさぎよさのようなものを感じた。

「永く会社を休んでいて、心配でしょう。健保の休職期間の関係はどうなってます？」

よくぞ訊いてくれた、というように谷口は手を休めて、こころもち躰《からだ》ごと小田切の方に向けて、うれしそうに表情をくずした。

「それがまだ休職扱いになってないんですよ。中小企業のメリットですかね」

「お先に」

そのとき、流し場の隅で躰を拭《ふ》いていた初老の男が声をかけて、浴室から出て行ったので、

「どうも」

と、谷口は応じた。

仕舞い湯で、残りはふたりだけだった。

「お前はこれまでに充分働いてくれたし、これからも健康になったらいくらでも働けるんだから、こころゆくまで休んでくれ、って社長が言ってくれるんです。ワイフも、会社は谷口ひとりぐらい一生でも面倒をみてやるから心配するなって社長にいわれて、感激してました」

「太っ腹の社長さんなんですね。羨《うらや》ましいなあ」

「そうなんです。うちの社長はここの病院の院長と高等学校のクラスメートでね、初

め共済病院に入院したんですが、いちど良くなって共済病院を退院し、またおかしくなって、社長の紹介でここへ来ました。小田切さんはやはり会社にお勤めですか」

「薬やです。トーヨー製薬なんて聞いたことありますか」

「よく知ってますよ。一流じゃないですか。この病院でもかなり使ってるはずですよ」

小田切は久しぶりの長風呂《ぶろ》でのぼせ気味だったので、あがり湯をつかわずに脱衣場にあがった。

小田切はカラスの行水のくちで、長湯は苦手だったが、きょうは谷口につき合ってしまったと思った。

小田切がパジャマを着終わったところへ、谷口が湯ぶねから出てきた。

「私はどうもパジャマが嫌いでね。小田切さんは私が負け惜しみを言ってるんだろうと思ってるんでしょう。私のサイズに合うパジャマがないこともたしかですが、こんなデブになる前から、パジャマってやつはどうも背広を着て寝てるような気がしていけません。ほんとうですよ」

谷口は汗を拭《ふ》き拭き、まじめくさった顔でそんなことを言った。

おもしろい男だと思いながら、小田切は先に病室へ帰った。

つぎの日、小田切は谷口を見直すようなことが二度もあった。

朝九時ごろから患者によって点滴注射を受けなければならないが、その日、看護婦をしたがえて二〇二号室へ現れた担当医は菅原という若い医師だった。菅原はむかしでいうインターンに毛の生えたような医師のくせに、横柄《おうへい》な口のききかたで、患者の顰蹙《ひんしゅく》を買っていた。小田切もまだ点滴を受けているときに菅原に三度、注射針を差されたことがある。小田切は血管が太くて、はっきり出る体質なので、採血などでも扱いやすいはずだったから、どんなに手先が無器用な看護婦でも注射のやりなおしなどということはなかった。菅原も点滴注射をしくじるようなことはなかったが、この若い医師は無器用で、針の差し方がいかにもぎこちなかった。それに、できの悪いタクシーの運転手みたいに、にこりともせず、そんなに嫌なら医者にならなければいいのに、と言いたくなるほど、いつもぶすっとしていた。

二〇二号室で点滴を受けているのは、谷口と小田切の間のベッドに臥ている葉山という老人ひとりだった。

菅原がドアをあけたとき、葉山はあわてて、ベッドから降りた。

「すいません。まだ手洗いへ行ってないんです」

「なにをぐずぐずしてるんだ。アナウンスがあったろう！　こっちは忙しいんだ。しようがないやつだ。早く行ってこいよ！」

菅原の居丈高な声に部屋の中はシーンとなった。

葉山はぺこぺこ頭を下げて、廊下を走って行った。トイレで用を足しながら、葉山は思わず涙ぐんだ。トイレから戻ってくるときも葉山は走った。看護室の前のトイレまで往復で八十メートルほどの距離だが、ベッドに着く葉山が眼をこすったのを小田切は見た。

谷口もそれを見のがさなかったようだ。

「先生、いくらなんでも葉山さんのようなお年寄りに対して失礼じゃありませんか。先生がどんなに偉い人か知りませんけど、もうすこし、血のかよった口のききかたがあると思うんですが」

谷口の声は落ち着いていたが、よくよく腹にすえかねたのだろう、語尾がすこし震えた。

「なんだと」

菅原は頰をひきつらせて、一歩谷口の方に詰め寄ったが、さすがに手を出すわけにもいかず、お前のような莫迦《ばか》の相手ができるかといわんばかりに、しゃくれかげんの顎《あご》をぐいとしゃくった。

葉山は血管が細く、表面に出てこないたちだったので、菅原はいつもてこずる。どんな細い静脈でもさがし出して、あざやかにスーッと針を差す医者もいるが、この日の菅原は精神状態が穏やかでなかったから、なおさら悪く、葉山の細い腕を血だらけにするだけで、どうにも注射針が静脈に命中しなかった。

「こんな思いまでして、点滴なんかやる必要があるのかね」

菅原は医者にあるまじき暴言まで吐き、

「だいたい点滴などは看護婦の仕事だろう。うちの親父《おやじ》の病院なんかそうしてるぜ」

看護婦にまであたり散らした。

「医師法違反ですから、静注《じょうちゅう》は先生にやってもらわなければ困ります」

年のいった看護婦は言い返した。

「つべこべいわずに針を替えてこいよ」

看護婦は菅原をひと睨《にら》みしてから、看護室へ戻って、点滴用の注射針を三本も持って来た。

「これだけあればなんとかなるでしょう」

それを皮肉と分からず、菅原はやっと二本目に静脈をつきとめ、瓶の輸液がひとしずくずつ落ちはじめた。

小田切は、見ているだけで肩に力が入ってどきどきしたが、ほっとした。葉山は小田切の方に顔を向けて、眼をつむって、注射針の痛みをこらえていたが、それを見ているのは実際つらかった。

菅原と看護婦が病室を出て行ったあとで、葉山が首をねじって、

「さっきはどうも」

と、谷口に礼を言った。

「とんでもない。ちょっと出過ぎたかな、と思ったんですが、あのヤブにはいちど言ってやろうと思ってたんです。おかげで胸がスーッとしました。看護婦さんの間でも、あの医者は鼻つまみものなんですよ。一緒についていた並木さんも多少は溜飲《りゅういん》を下げたんじゃないかな」

谷口は話の途中で、小田切の方に視線を向けてきたので、小田切はこっくりしてみせた。谷口は饒舌《じょうぜつ》でお人好《よ》しなだけではなかった。一本芯《しん》が通っていた。

小田切は、すこし誇張した言い方をすれば、心をゆさぶられ、感動的な気持にさえなっていた。

それから何時間か経《た》って、小田切はもういちど谷口を見直す場面に接した。

三時の検温の直後に、二一三号室の佐久間という患者が見知らぬ男を伴って、二〇

二号室にやってきた。小田切もホールのテレビの前で一緒になったときに会釈《えしやく》ぐらいはしていたので、佐久間に目礼した。佐久間は四十二、三のにやけた男だった。オールバックの髪をポマードでてかてか光らせ、きちんと櫛《くし》を入れている。毎朝、欠かさず剃刀《かみそり》で顔を当たっているのはこの男ぐらいだろう。

「二〇二号室は広くていいですね」

佐久間はだれにともなくそう言って、手近にあった丸椅子《いす》を引き寄せて、腰かけた。きちっとした背広姿の中年の男も佐久間にならって、

「ちょっと拝借します」

と、小田切のベッドの脇《わき》から丸椅子を持って行った。

その男が大型のアタッシェ・ケースを携えていたのが、小田切はちょっと気になった。

「実はあした退院することになったので、挨拶《あいさつ》に来ました」

佐久間はガウンの両ポケットに手をつっこんだままの気取った姿勢で言った。

「それはおめでとうございます」

谷口が言い、葉山も老眼鏡を外して、

「よかったですな」

うらやましそうに言った。

「僕は糖尿病で、それに肝臓の方もよくないといわれてたので、一年ぐらいは出られないと思って覚悟してたんですがね」

佐久間はポケットから両手とも親指だけ出して、

「それで、みなさんに耳よりな話があるんですよ。君、それを出して、みなさんに見せてあげなさい」

と、かたわらの男のアタッシェ・ケースを指さした。

「はい」

ぱちんと、ケースがひらいた。

佐久間は、その中から小瓶をとり出して、かざすようにして言った。

「これが実に不思議なものなんですわ。なにやら消し炭みたいな臭いがする無色の液体なんですが、ここにいる国井君と私の共通の友人にすすめられて、だまされたと思って、毎朝、起きぬけに小匙《こさじ》に一杯ずつ服《の》んでたんです。そうしたら、三日目ぐらいから朝魔羅があるじゃありませんか。おどろきましたねぇ。こっちの方はもう駄目かと思ってましたんでね……」

佐久間はポケットから右手を出して小指をたてた。

佐久間が話しているうちに、国井といわれた男はアート紙に麗々しく三色刷りしたちらし状の説明書を病室の五人に配った。みんなベッドに半身を起こして、佐久間の話を聞いていた。

そのちらしには、奇蹟《きせき》の妙薬！　驚異のアトム66！　という大見出しが踊っていて、医学界、薬理学会の権威が挙《こぞ》って推奨！　という一号活字で、××博士や〇〇教授の推薦文が紹介されてあった。

「それ、高血圧にも効くのかね」

ドアに向かって右端の渡辺という老人が訊いた。

「とにかく万病に効くらしくて、一部では大変反響を呼んでるようですよ。ここにも書いてあると思いますが、阿蘇《あそ》山の麓《ふもと》のなんとかいうところしか採れない天然物が主成分ですから、とれる分量も限られているらしくて、だれもが買えるものでもないらしいんです」

佐久間が説明すると、

「いくらするんだい」

小田切の右隣りの角川が勢いこんで言った。この男は六十近い職人肌の男である。

「一本八千円です。ただ、ここだけの話にしてください。手持ちの在庫がなくて、ここにあるだけしかないんです。九州の製造元から取り寄せるのに、どうかすると四、五カ月かかることがあるんですよ。それに数に制約がありますから」

国井が麗々しく紫のビロードの化粧函《ばこ》に納めた「アトム66」を角川のところへ運んだ。角川はサイドテーブルの抽出《ひきだ》しから財布をとり出し、すぐに八千円を出しかねない様子だった。

「朝鮮人参《にんじん》とかローヤルゼリーみたいなもんかね」

角川に国井が応えた。

「そんないいかげんなしろものではありませんよ。医者に見放された人が奇蹟的に助かった例をたくさん知ってます」

「とにかく僕が恰好《かっこう》のサンプルです。三カ月半で退院できるなんて、主治医の藤岡先生も不思議がってるんですから」

佐久間も口を挟んだ。

小田切が、

「僕にも一本見せてください」

と、言ったとき、谷口が処置なしだ、といった顔でベッドから降りて、佐久間の前まで歩いて来た。

「あなたがた病院のだれかにことわって、この病室へ入って来たんですか。そんないかがわしいものを売りつけようたって、そうはいきません」

「失敬な。いかがわしいとはなんだ。僕たちは親切で」

「なんの恨みがあって、そんないいがかりを。君にそんなことを言う権利があるのかね」

佐久間と国井が血相を変えて口々に言いたてたが、谷口はひるまなかった。

「そんな強がりを言っていいんですか。それじゃ先生に来てもらいましょう」

「分かったよ。あんたの頭がこれほど固いとは思わなかったよ。若造のくせに……」

佐久間は捨て台詞《ぜりふ》を吐いた。

「院長の許可が得られたら、またいらっしゃい」

谷口は余裕綽《しやく》々《しやく》としていた。

佐久間と国井が這々《ほうほう》の体《てい》で退散すると、角川が谷口に食ってかかった。

「まさかこれだけの立派な先生がたがすすめてるんだから、インチキじゃないでしょう。谷口さん、あんたすこしお節介をやきすぎるよ」

佐久間たちが回収しきれずに置いていったちらしを、角川はさも心残りだといいたげに二つに折って、折り目のところをなんども引っぱった。

「冗談じゃありませんよ。そんなものインチキに決まってるじゃありませんか。もし、これがホンモノだとしたら、病院なんか必要ないでしょう。あなたがたはなんのために入院してるんですか。小田切さんまでがなんですか」

谷口は角川と小田切をこもごも見やって、言った。

小田切は顔から火の出る思いだったが、こじつけを承知で言った。

「なんといったらいいかなあ、八千円ぐらいなら、だまされてもいい、むしろ騙《だま》されてやろう、といった気持なんですよ。精神的なもののプラス・アルファが期待できるんじゃないか、そんなふうに考えてみたんですが、やっぱりいけませんかね。僕は、最終的に『アトム66』を買ってたかどうか分かりませんけど……」

しゃべっているうちに、佐久間と同室の鈴木はきっと、得体の知れぬ液体をつかまされたのではないか、と小田切は思った。

「いけませんね。そりゃ気持の上でいくらでも理屈はつきますけど、あれを買う手はないと思いますね。そのくらいなら、まだ聖書を読むなり、お経かお題目を唱えてた方がましですよ。以前、いま小田切さんが臥《ね》てるベッドにO大の工学部を出た四十七、八の化学会社のエンジニアが臥てたんですが、その人が病室の方角がどうの、こうのとやたらかつぐんです。自然科学を専攻したひとほど案外非科学的なものに弱いんですかね。その人、肝臓癌《がん》であっけなく死んじゃいましたがね」

皮肉のつもりなのか、谷口はそんなことを言って、ベッドへ入った。

そんな谷口が浮かぬ顔をしていることがあった。谷口の女房が帰ったあと、

「世の中そう甘くはありませんね」

谷口はぼやくように言った。

「どうしました？」

「ワイフが実家《さと》に子供をあずけて働きに出たいっていうので、どういうわけか訊《き》いてみたら、会社の専務が〝いつまでも会社をあてにしてもらっても困る。奥さんもそろそろ働くことを考えたらどうか〟って家に電話をかけてきたそうです。そろそろ会社を馘首《くび》になるんじゃないかって、ワイフが心配してるんですが、考えてみれば、私も会社に甘えすぎてたかもしれませんからね」

「しかし、それは思い過ごしでしょう。健保の休職期間だってあるでしょうし……」

小田切は、慰めるつもりで、勤労課長が病院へ訪ねてきたときのことを谷口に話してきかせた。

「大企業もけっこう厳しいんですね」

「組織が大きくなると、どうしても杓子《しゃくし》定規になりますから。もちろん、僕はまだ欠

勤扱いで、給料も貰《もら》えるし、そう簡単に会社をやめるつもりはありませんよ」

しかし、後日、谷口は会社の社長の見舞いを受け、それは専務が勝手に言ってることで、会社はお前を見捨てるようなことは絶対にしないから安心しろ、と言われ、愁《しゅう》眉《び》をひらいたようだ。

4

「アトム66」の一件以来、二〇二号室の空気は一変し、みちがえるほど明るいムードになった。ほとんど口をきくことのなかった葉山や角川がよくしゃべるようになった。

谷口が菅原医師に一矢《いっし》報いたことも与《あずか》っていたことはたしかである。

渡辺茂という文部省の役人だけがなかなかみんなとなじまなかったが、オーダー専門の洋服店を経営している職人あがりの葉山などは、谷口に心酔し、分からないことはなんでも谷口に尋ねるという傾倒ぶりだった。

渡辺は証券関係の専門紙を病室に取り寄せて、株の研究に余念がなかった。まだ古希をむかえるまでには間がありそうだが、それにしても六十を過ぎたと思える老人が朝から晩まで、病院のベッドの中で新聞や経済誌を読みながら、株の研究をし、毎日のように証券会社に電話を入れて、株を動かしている図は、なにやら鬼気迫るものがある。六十を過ぎて現役の国家公務員ならば、いわゆるノン・キャリアということになるが、けっこう渡辺には見舞い客も多かった。渡辺は大量に届けられる見舞品のほとんどを家族のものに持って帰らせていたが、配膳《はいぜん》室の冷蔵庫は、渡辺のために備えてあるかのように二〇二号室の庫内の置き場所を占領していた。その大型の冷蔵庫は、庫内が部屋単位で利用できるように区分されていたのである。二〇二号室の枠を渡辺が独占してしまうために、他のものが利用しようとすると、つい別の病室の枠内にはみ出すことになり、苦情が看護室にもちこまれることになる。

それで一騒動もちあがった。

看護室から再三再四、冷蔵庫の食べものを整理するようにいわれていた渡辺は、なま返事をくりかえすばかりで、それを実行しようとしなかった。

「冷蔵庫を整理しますから、一応自分のものを取りに来てください」

昼前に看護婦がそう伝えに来たときも、渡辺はたかをくくって、知らぬ顔の半兵衛を決めこんでいた。渡辺はカーテンをひいて、株の研究に没頭しているところへいきなり、看護婦にカーテンをあけられて、怒り心頭に発したようだ。

「渡辺さん、昼間はカーテンを閉めないようにしてください。冷蔵庫のこと分かりましたね」

看護婦が念を押して、病室から出て行くと、渡辺は乱暴にカーテンを引いて、遮断した。

看護室でたまに冷蔵庫を整理することがある。そうしなければ、退院した患者が庫内に忘れて行ったものがいつまで経っても放置されたままであったり、ときには腐臭を発したり、カビの生えたりするものも出てくるので、月に一度ぐらいは大掃除をする必要があった。

渡辺がしまいこんでいるマスクメロンやグレープフルーツの果物類と雲丹《うに》の瓶詰が退院患者の忘れものと一緒に流し場に残った。看護婦が催促に走ったが、渡辺はそれも黙殺した。しびれを切らした気短な看護婦がそれを捨ててしまった。渡辺は血相を変え、半狂乱になって、わめきちらした。

渡辺が看護室に、もとどおりにして弁償しろと怒鳴り込んだとき、それを処分した若い看護婦は蒼《あお》くなった。

「あなたが勝手をするために、みんなが迷惑してるのよ。何度も何度も注意したはずだし、きょうも、配膳室に取りに来るようにいったのに、あなたは来なかったわね」

昼食時で、看護室には佐藤良子と当の若い看護婦の二人しかいなかった。

「俺はそんなこと聞いてないぞ」

渡辺は全身をぶるぶる震わせて強弁した。

「どうして、そんな嘘《うそ》を言うんですか。それじゃ二〇二号室の人たちに聞いてみましょう」

佐藤は、二〇二号室の谷口のブザーを押した。

「あっ、谷口さん、お食事中ごめんなさい。悪いけど、小田切さんと二人で看護室へ来てくださる」

谷口も小田切も察しはついていた。

「なにごとですか」

谷口が看護室のドアをあけて言った。

「お騒がせしてごめんなさいね。渡辺さんが冷蔵庫のことで文句をいってるの。二度も三度も整理するようにお願いしたのに聞いてないっていうのよ」

「渡辺さんが耳が悪くなければ聞こえたはずですね。いちばん端の私のところへもよく聞こえましたから」

「ほら、ごらんなさい。小田切さんはどうでした？」

「もちろん、聞いてましたよ」

「渡辺さん、これでもまだ聞いてないなんて言い張るつもり？」

「うるさい。とにかく弁償してくれ」

渡辺はドアを蹴《け》とばすようにして、看護室を出て行った。

「弁償しろって、捨てちゃったんですか」

谷口がおかしそうに口を押さえた。

「すみません」

若い看護婦が身をちぢめて言った。

「けっこう、けっこう。あの人にはそのくらいやらなければだめですよ。いいクスリです」

谷口は小田切と顔を見合わせて、うなずき合った。

「でも、これで済むかしら」

「そんな心配するなんて、佐藤さんらしくないですね」

「谷口さん、ひとごとだと思って喜んでるけど、渡辺さんに逆恨みされてもしらないわよ」

「そうか。食いものの恨みは怖ろしいからね」

「いいわ。あとで主治医の成田先生に報告しとくから。ほんとうにごめんなさいね」

谷口と小田切は看護室を出て、病室へ引きとった。

「渡辺さん、なにかいってきますかね」

「まさか、谷口さんとつかみあいしても歯がたたないでしょうから、そんなことはないでしょう」

「あの人は病院でも手を焼いてるんですよ。もう退院してもいいっていわれてるのに、すべったの、ころんだの言って、出ようとしないのです。あれで国家公務員で、高給とってるんだから、日本は役人天国ですよ」

「ちょっと変わってますね。こないだ棚の雑誌の位置がおかしい、だれがいじったんだってわめいてましたよ」

「ちょっとどころか、相当ひどいですよ」

ふたりが二〇二号室へ戻ると、渡辺はカーテンを閉めてふて寝していた。

渡辺が国家公務員共済病院を追い出されるようにして、医学研の付属病院に転医してきたことを、さすがの谷口も知らないようだった。

その日は水曜日だったので、午後一時半から院長回診が行われる。付属病院の院長は下永啓三という内科医の教授だった。温厚そうな学究肌の教授で、谷口にいわせると日本でも指折りの名医ということになる。

どういうわけか、病室の順序が二〇二号室が二〇一号室より遠くに位置し、それから、三、四、五号がなくて二〇六号、二〇七号と看護室に近づくにつれて部屋番号をかさねていくようになっていた。下永教授の回診は二〇二号室の谷口から始まる。

一時十五分ごろ、看護婦がカルテと食事票、体温、脈拍などをグラフにしたものを台の上に載せて行く。ベッドを横にまたぐようにして置いてある台は、高さを調節でき、車もついているので、至極便利なしろものだ。この上で、食事をとるようになっている。

台の上のカルテを看護婦の眼をかすめて盗み見るのが患者にとって、一つの楽しみでもある。もっとも、盗み見たところで、理解できることは少ない。

院長回診は、教授にそれぞれの主治医と看護婦が三、四人、それに若い見習い医師をしたがえてくることもあるので、かなりの大部隊になる。そこに裸をさらすのだから、患者は緊張する。小田切は初めての教授回診のときは、小水をもらしかねないほどテンションがかかった。

その日の教授回診で、小田切に朗報がもたらされた。

下永教授はカルテに眼を通しながら、

「だいぶいいところへきたな」

と、つぶやき、聴診器を小田切の胸にあてて診察したあと、肩をたたいて言った。

「黄疸《おうだん》は完全にとれたようだね。もう、ひとがんばりだな」

「そろそろ退院できますか」

小田切は教授の言葉に鼓舞されて、そう質問した。

「もうちょっと、がんばろうよ。成田君、生検《バイオプシ》はいつやるの」

下永教授は、成田医師の方をふりかえった。

「肝機能も落ち着いてきましたから、来週か再来週にはやりたいと思ってます」

「組織の検査をして、その結果を見て決めよう。退院はまだ早いな」

教授はそう言って、角川のベッドへ移動した。

渡辺のところで、一悶着《もんちゃく》起き、教授は眼を白黒させて、主治医や婦長に助け舟を求める場面にみんなが固唾《かたず》をのんだ。

「心電図の結果も悪いところはありませんから、あしたにでも退院していいですよ」

診察を終えた教授にそう言われて、渡辺はこめかみに青筋をたてた。

「この病院はドロボウの看護婦をやとってるのか。それで都合が悪くなって、病人のわしを追い出そうとしてるんだな」

渡辺はメロンやグレープフルーツを看護婦に食べられたのだと、誤解しているようだった。

「なんのことかね」

だしぬけにかみつかれて、下永教授はおとものグループをきょろきょろ見廻した。

「しらばっくれるな」

渡辺がわめいたのと、佐藤良子が教授の前にすすみ出たのがほとんど同時だった。

佐藤看護婦の話を聞いて、

「僕にやつあたりされても困るよ。婦長、メロンぐらいどこにでもあるでしょう。返してくれ、と言ってるんだから返してあげたらいい。成田君、明日中に退院の手続きをとるように」

話にならないというように、下永は言い、おしまいのところでは笑いをこらえているふうだった。

みんながどっと哄笑《こうしょう》した。渡辺がいきりたって、なにか言ったが、笑い声にかき消された。

第七章　最期《さいご》の団欒《だんらん》

1

都内で小児科医院を開業している池辺が医学研付属病院の二〇二号室に訪ねてきたのは、土曜日の夕方だった。

夕食を終えて、小田切と谷口は食器類を片づけようと、ワゴンの上に戻しに廊下に出た。

「すけそう鱈《だら》がきょうも出ましたね」

「安くて、貴重な蛋白《たんぱく》源なんでしょう。毎食卵がついてるけど、アメリカじゃ鶏卵は有害食品に指定されてるはずですよ」

谷口が、だれにきいた知識なのか、そんなことを言った。

「まさか」

「ほんとうですよ。卵の黄身はコレステロールのかたまりですからね」

谷口が自信ありげに言ったとき、小田切は看護室のあたりをうろうろしている池辺に気がついたのである。池辺はコートを脱いで手にさげていた。

小田切は懐《なつ》かしさが胸にこみあげてきたが、まさか池辺が自分のところへ見舞いに来てくれたとは考えなかった。

小田切はアルマイトの盆をワゴンに載せて、池辺のところへ小走りに近づいて行った。

「先生、どこへおいでですか」

「おうっ、どこへって、見舞いに来たんだよ」

「どなたかここへ入院してるんですか」

「なにを言ってるんだ。君のところだよ」

「ほんとですか」

「悪かったみたいだな」

「とんでもない。でも、びっくりしましたね。池辺先生にお見舞いに来ていただけるなんて。感激です」

小田切は病室へ池辺を案内した。

「どうぞ、おつかいください」

谷口が気をきかせて、自分の椅子《いす》を池辺にすすめてくれたので、小田切も椅子に坐《すわ》ることができた。

「ここは、むかし伝研、つまり伝染病研究所といわれてたところだよ」

池辺は病室にぐるりと眼をやって、椅子に腰をおろした。

「再起不能だなんて、聞いたからね。知らないわけじゃないから、いちどぐらいと思ってきたんだが、とてもそんなふうには見えないな。元気そうじゃないか」

無愛想で、口数の少なかった池辺が人がちがったようによくしゃべる。小田切が顔を接近させると、すこし臭《にお》った。一杯ひっかけてるらしい。

「再起不能なんて、だれが言ったんですか」

「君の後任の男だよ。たしか高木とかいったかな」

「ああ、高木君ですか。若い男でしょう。営業四課にいたんです。けしからんやつだ。このとおり、再起不能どころかそろそろ退院できそうです」

「しかし、肝臓は絶対に無理は禁物だよ。休めば休むほど、あとあとのためにいいんだ」

池辺は禿《は》げあがった広い額の汗を手の甲で拭《ぬぐ》って、背広の内ポケットから、お見舞い用ののし袋を取り出して、腰を浮かして、ベッドの台の上に置いた。

「先生、困ります」

「恥をかかせるなよ。ほんの気持だ」

「どうも、申し訳ありません。心配をおかけして」

小田切は低頭した。

「薬はなにを服《の》んでるのかね」

池辺は台の上のむき出しの薬に眼をやり、もういちど腰を浮かして、それを点検した。

「四種類、九錠とは豪勢だな。ステロイドのような強い薬はないね。あたりさわりのない薬ばかりだし、毒にはならんが、こんなにたくさん服むと腹がくちくならないか。増血剤もあるね。血色も悪くないようだが」

「胃潰瘍《いかいよう》で出血してますから」

「そう。僕はインターンのとき、黄疸《おうだん》にかかってね。いまでいえば流行性肝炎なんだろうが、おふくろが蜆《しじみ》のエキスを毎日のませてくれたっけ。風呂《ふろ》へ入れるようになってからは湯舟に蜆を入れた布袋を紐《ひも》にぶらさげて浮かべてた。いま考えてみると、結局、黄疸が治ったのは蜆のおかげだと思わざるをえない」

「蜆が肝臓に効くっていうことは昔からいわれてますね」

「僕にも因果関係はよく分からないが、経験的にも間違いないみたいだね。薬を補助的に服むのはいいが、特効薬ではありえない。医者がこんなことをいうと笑われるかもしれないが、蜆を研究して、一つ論文でも出すかな」

池辺は細い眼を一層細めた。

「来週、生検《バイオプシ》があるんです」

「ほーう。モルモットというわけか。病院に入ったら、そのくらいは覚悟しなくちゃあな。ここは名だたる医学研だしね」

「モルモットですか」

小田切は眼を瞠《みは》った。

「冗談だよ。しかし、とにかくのんびりするに限るよ」

「そうするつもりです。この際ですからね。サラリーマンはそうそう休めませんから」

「その意気だね。君が元気なんで安心したよ」

「高木君にへんなデマを飛ばさないように言っといてくださいよ」

「ああ、こんど会ったら忘れずに伝えておこう」

小田切が池辺を玄関まで見送って、病室へ戻ると、谷口がさっそく話しかけてきた。

「いまの人、お医者さんですか」

「そうです。小児科の先生で、うちのお得意さんなんです。僕がプロパーとして新規に開拓したんですよ」

「プロパーって……」

「薬やのセールスマンです。ちょっと訳があって、僕も一年ちょっとやらされました。まだ営業に籍があるから、プロパーですかね」

「それじゃ、小田切さんはいずれにしても薬については詳しいわけですね」

「それがぜんぜんわからないんです。僕は薬科大や薬学部とは縁がないんですよ」

「いまのお医者さん、面白いこと言ってましたね。蜆の話には感心しました」

谷口は寝ころんで、本を読んでたつもりだが、それが頭に入らず小田切と池辺の話を残らず聴いていた。

「それにモルモットの話、ちょっとぎくりとさせられますね。私も腎《じん》生検を二度やってますが」

「あれは悪い冗談ですよ。あの先生、皮肉やなところがあるから」

「さあ、そうとばかりはいえないかもしれませんよ」

谷口はすこし深刻な顔をした。

小田切は、再起不能という言葉にひっかかっていた。だれかが故意に流したのか、単に高木の冗談なのか、勤労課長の来院も手廻《てまわ》しがよすぎるような気がする。まさか会社の席がなくなっている、なんてことはあるまいが、一日も早く退院して出社したい気持だった。

2

うららかな春の日曜日だった。T大学医学研究所の構内は木々の若葉が匂《にお》うようにあざやかで、そろそろ桜が芽を吹きはじめている。

鈴木美保子は、母の里子と娘の佳子を連れて、医学研の正門を通り抜けた。守衛が挙手で会釈《えしやく》にこたえてくれるのも、いつもと変わらなかった。

こうして、三人連れで夫を見舞うのは久しぶりで、去年の暮れはとうとう実現せず、そのうち正月休みになり、夫は病院から帰ってきた。

昨夜、康夫は、佳子を必ず連れてくるようにとわざわざ電話をかけてよこした。佳子は拒んだが、母にたのんで三人一緒にということで承知させたのである。佳子はひとりで留守番してもよい、と言い張るほど病院へ行くのを嫌がった。

六日前の月曜日に、美保子はひとりで病院に来たが、康夫の顔色はいよいよ冴《さ》えず、死期が近づいているようにさえ思えた。

美保子は、自分の腎臓の一つを夫に提供することを考えないではなかったが、いつぞやの下永教授の話を思い出すまでもなく、献身的にそう申し出たところで、詮無《せんな》いことを承知していたから、そんなそらぞらしいことを言うつもりはなかった。夫の血液がA型で、自分のそれがO型では所詮できない相談だった。腎臓移植が拒絶反応との闘いであることは周知の事実であり、一卵性双生児なら、パーフェクトではないにしろ、ほぼ安全といわれている。ついで兄弟、両親という順序になるが、康夫はひとりっ子で学生時代に父親を、就職してから母親を亡《な》くしていた。身近に臓器の提供者が皆無の状態だったのである。

美保子は母と娘を玄関の前で待たせて、病室へ夫を呼びに行った。紅茶を魔法瓶に詰め、サンドイッチを用意してきたので、芝生の上でそれをひろげるつもりであった。

康夫はぐずぐずいうかな、と心配したが、パジャマの上にガウンを羽織って黙って付いてきた。

「しばらく来なかったけど、元気そうだわ」

里子が見えすいたお愛想を言うと、鈴木は寂しそうに笑った。

「たくさん作って来たのよ。たくさん召し上がれ」

「食事をしたばかりだからね」

美保子は、ポリエチレン製のシートを桜の木の下に敷いて、サンドイッチをひろげたが、鈴木は食べようとせず、佳子をじっと見据えながら煙草《たばこ》ばかり喫《す》っていた。

「あなた、ひとつぐらい食べてくださいよ。あんまり張り合いがないわ」

美保子が眉《まゆ》を寄せて言うと、

「うん」

鈴木はなま返事をして、野菜サラダのサンドイッチをつまみあげた。

「この子は勉強がよくできるわね。百点ばっかりよ。だれに似たのかな。お父さんかな」

里子が魔法瓶の紅茶を紙製のコップに注ぎながら言ったとき、鈴木は初めて微笑《ほほえ》んだ。

「佳子ちゃんは、学校へ行くの好きか」

「うん」

サンドイッチを頬張《ほおば》って、こっくりした。

鈴木はまた嬉《うれ》しそうに顔をほころばせた。

その眼がうるんでいるのを美保子は見て、視線をそらした。

「勉強はなにが好きなの」

鈴木はオカッパの娘の頭に手を載せて訊《き》いた。

佳子はそれをうるさそうにいやいやをして、はらった。

「こくごとさんすうと、それから、しゃかいとりか。おんがくもずがも好き」

「それじゃ全部だね」

「うん」

父娘の対話は何年ぶりだろう、いや、初めてのことかもしれない、と美保子は思い、胸が熱くなった。

「もうすぐ二年生だね」

「そう」

こんなに、佳子がうちとけたこともなかった。連れて来てよかった、久方ぶりの一家団欒《だんらん》になった、と美保子はしみじみ思った。

鈴木は正門まで見送りにきた。鈴木と佳子は手をふりあって、別れた。

「お母さん、あったかいから、散歩がてらに目黒の駅まで歩きましょう」

バス停の前で美保子が言った。

医学研の正門のすぐ前がバス停で、鈴木が、門のそばにしょんぼりと佇《たたず》んで、翳《かげ》りのある顔で、じっとこっちを見ているのが美保子にはなぜか切なかった。いつまでも夫の視線を受けているのが気になって、逆の方向に歩くことにした。美保子は初めから、実はそうするつもりだった。

鈴木が手をふったので、美保子は佳子にそれを知らせた。佳子はなにやら気まり悪気に小さく手をふって返した。迎賓館の前まで来たとき、美保子は立ち止まった。

「お母さん、ちょっと忘れものを思い出したわ。佳子を連れて、先に帰ってくださる」

「どうしたの？」

「蜆を忘れたのよ」

「そういえばそうだね。でも康夫さんに飲ましていいもんかね」

美保子はちょっともじもじした。

「そうじゃないの。前に話したでしょう、小田切さんが肝炎で医学研に入院してるのよ」

「おまえ、小田切さんに持ってきたのかい」

里子は複雑な顔をしたが、承諾した。

「せっかく持ってきたんだから、行っといで」

美保子はそのことを忘れてたわけではなく、きり出す機会を待っていたのである。

美保子は、正門のところまでひき返して、もしや鈴木がまだそのへんにいるのではないか、と気づかったが、鈴木は病室に帰ったようだった。

病院の玄関まで来たが、美保子は胸がドキドキしていた。この三週間ほどの間、美保子はなんとなく小田切の病室へ行きそびれていた。

二一三号室の夫を見舞って、その足で奥の二〇二号室を訪ねることに抵抗があるのはいかなる心理状態だろう、小田切とは単に客とホステスの関係でしかないと美保子は思うのだが、それが言いわけにほかならないことを心の奥底で意識していた。

美保子は、一計を案じて、二階の内科病棟の廊下を通らずに、わざわざ地下一階に降りて行った。地下一階はレントゲン室や動力室、それに物置きがあるだけで、ここで顔見知りの患者に出くわすことはまず考えられなかったし、夫が地下一階の廊下をうろついていることもあり得なかった。美保子は呼吸を整え、顔と首すじの汗をハンカチで拭ってから階段を昇って行った。

地下一階の突き当たりに階段のあることを美保子は知っていた。地下一階から一階まではコンクリートの階段で、そこから上は木製にかわる。美保子は二〇二号室の前で、そっと背後を振り返ったが、廊下に人影はなかった。

美保子はノックと同時にドアをあけて、急いで躰《からだ》をすべりこませた。ベッドに寝そべって本を読んでいた小田切は美保子を認めるとあわてて、ベッドから降りた。

「鈴木さんの奥さん」

小田切はさすがに美保ちゃんとは言わなかったが、調子の外れた声になった。

「小田切さん、お元気そうね」

「おかげさまで、よくなりました」

小田切はこんなことなら髭《ひげ》ぐらい剃《そ》っておくべきだった、と思わず口のまわりをさすっていた。

小田切は美保子に椅子《いす》をすすめながら言った。

「鈴木さんの方はいかがですか」

「相変わらずです。なんにも言ってくれないので、さっぱり分かりませんが、透析をしてるくらいですから、いいことはないのでしょう」

「テレビの前にも来てないようだし、僕、まだ挨拶《あいさつ》もしてないんです」

小田切は頭をかいた。この病院を世話してくれた美保子に対しても礼を失していると思えるが、いまさら病室へ出向くのもどうかとためらっていた。

「それでけっこうよ。小田切さんのこと主人に話してませんから。お店のことも主人に内緒なんです」

美保子は顔が火照《ほて》った。この病室を訪ねたことも鈴木に伏せてあることを暗に伝えたつもりだが、そのせいで身内がカッと熱くなった。

「それでしたら僕は気が楽です。鈴木さんにも奥さんにも借りがあるようで、気にしてたんです」

「私の方こそ、小田切さんにはご迷惑をかけどおしで、申し訳ないと思ってます」

「どうしてですか」

「水沼医院などにお連れしちゃって……。あのときの処置が悪かったんでしょう」

「だからこそ、命拾いしたのかもしれませんよ。奥さんには、三上先生との一件以来、だいぶ借りがたまっちゃってますね。そのうち、まとめて返します。といっても、いまのところは返すあてもないんですが」

小田切は微笑した。その明るい笑顔に美保子はほっとする思いだった。

テレビでも見ていたのか、谷口が巨躰《きょたい》をゆするようにして病室へ帰ってきた。

「こんにちは」

美保子が鈴木夫人であることを承知してるのか、谷口は威勢のいい声で挨拶した。

美保子は黙ってお辞儀をした。

「これ、召し上がっていただけます？　こんなもので、恥ずかしいんですけど」

美保子が手提げから茶色の清酒の二合瓶を出して、ベッドの上の台に置いた。

「なんですかこれ、まさかお酒じゃないでしょうね」

「蜆《しじみ》を空炊《からだ》きして、しぼりとった蜆汁です。母が肝臓にはこれがいちばんだと申しますの。お塩でうすく味つけしてあります。へんなものでごめんなさい。ほんとうに恥ずかしいわ」

「小田切さん、蜆に縁がありますねぇ」

谷口が横からウインクして、くちばしを入れた。

「ほんとう、おどろきました」

小田切はうなるように言って、深くうなずいた。

「どうなさいました？」

美保子が心もとなさそうに、小田切の顔を見上げている。たいへんな失敗をしでかしたような気がしていたのだ。

「いやあ、これが欲しかったんですよ」

小田切は瓶をとって、コルクの蓋《ふた》をあけて匂《にお》いをかいだ。

「おいしそうな匂いではないけど、薬だからしょうがないですね。実は、奥さんが見えるちょっと前に母が帰ったんですが、こんど来るときにこいつを持ってくるように頼んだところなんです。きのう池辺さんっていうお医者さんがお見舞いにみえてくれたんですが、その先生が経験的にも肝炎には蜆がいちばんだって、すすめてくれたんです。こんなに早く、これにありつけるとは思いませんでした」

「それなら、よかったわ。私、なにか余計なことをしたのかと思って……」

「その反対です。あんまりタイミングがよかったので、奥さんが池辺先生と連絡をとってるのかと思いましたよ。あとで、寝る前にさっそく飲ませていただきます」

「そんなものでよろしかったら、いつでも持ってきますわ」

「ありがとう。でも母に頼みましたから。毎日曜日に持ってくるって、張り切ってました」

美保子はほっとした。昨夜、一升ほどの蜆を空炊きしながら、夫と小田切の顔を不思議な感情で交互に思い浮かべたことを美保子は頭の中で反芻《はんすう》していた。

3

鈴木は病室の窓から、美保子が急ぎ足で病棟の方へ向かってくるのを眺めていた。

どうしたのだろう、なにか忘れたのかな、と考えてみたが、思いあたることはなかった。

下着の着替えもここにあるし、汚れものは渡したはずだった。

五分、十分、二十分と待っても、美保子が現れないので、ベージュ色のスーツをまさか見間違えるはずはないと思いながらも、人違いだったのか、俺はどうかしているんだ、と思いなおして、なにげなく窓外に眼を転じて、二度びっくりした。美保子が背中をこちらに見せて、小走りに遠ざかって行くのをはっきりとらえることができたのである。鈴木は追いかけて、それを確認しようとも思わなかったし、電話するまでもないと思った。

鈴木は、美保子が水商売、それもバーかクラブに勤めていることをうすうす感づいていた。セックスに淡泊ともいえない美保子が孤閨《こけい》を守り通しているなどとは考えていなかったし、そんなことはどうでもよいという気がしていた。鈴木は、この一年間、死ぬことばかり考えていた。むしろ、いままで生きていることが不思議なことのように思えた。

せめて娘に逢《あ》えたことで、思い残すことはない――。佳子、と鈴木は視界から去って行った美保子に向かって、つぶやいた。

きょうこそ、決行しようと、鈴木は思った。

鈴木はこの一年間に「ネルボン」という睡眠薬を三百錠ほど溜《た》め込んだ。ネルボンは直径十ミリ、厚みが三ミリ程度の乳白色の大粒の錠剤で、スイスのエフ・ホフマン・ラ・ロシュ社が開発したベンゾジアゼピン誘導体のニトラゼパム製剤といわれるものである。ネルボン一錠中にニトラゼパムを五ミリグラム含有しているが、ネルボンと全く同質の睡眠剤がこれもロシュとの提携によって日本の製薬会社から別のブランド名で医家向けに販売されている。いずれも年間何億円もの売上高を誇っているという。ネルボンは副作用が少ない睡眠導入剤、誘導剤として医家に買われ、不眠を訴えれば大抵の病院で簡単に投与してくれる。

鈴木はネルボンの効能や安全性、副作用、それに化学構造式や性状を知る由《よし》もなかったし、それがロシュ社によって開発されたことなども知らなかった。ただ、やたらと強い睡眠薬で、三百錠も服用すれば確実に致死できると信じていた。

鈴木は不眠を訴えるようになってから、就眠前に一錠あてネルボンを透析が始まるまでの間、欠かさず投与されていた。鈴木はこれを服《の》まずにひそかにボストンバッグの会社の角封筒に溜めていた。

あるとき、看護婦の佐藤良子に、

「鈴木さん、できたら睡眠薬なんか服まない方がいいのよ。無理して、眠らなくてもいいんじゃないかしら。人間の躰は疲れたら眠れるようになってるんだから、夜眠れなければ昼間寝ればいいでしょう。この眠り薬は強いクスリだし、副作用がまったく無いなんて考えられないわ。すこしイージーに出しすぎると思ってるくらいよ。私なんて、準夜や深夜のときに、どうやったら居眠りせずに起きてられるか、そればかり考えてるのに。眠ろう眠ろうとしないで、せっかく起きてるんだから、なにか考えよう、そんなふうに気持を切り替えてみたらどうかしら。それに人間一晩や二晩睡眠をとらないくらいで、死んだりしないから大丈夫よ」

消灯時間の前にこんこんと言われた。

その夜、不思議なことに鈴木はそれを服まずに熟睡できた。佐藤看護婦の話の中の「強い睡眠薬」という言葉が印象に残った。

何日か経《た》って、佐藤が準夜の担当だったとき、また言われた。

「やっぱり服まなくちゃだめなの？　困った人ね。私と替わってほしいわ」

鈴木は佐藤をあざむいてるようで気がとがめたが、計画を変更するつもりはなかった。

「これ半分にしたらどう？　一錠は多過ぎるわ」

こんなに親身になってくれる看護婦はいなかった。鈴木は佐藤良子に心の中で詫《わ》びながら力なく笑った。

鈴木は決行の日、夕食をとらなかった。昼間、妻や娘とサンドイッチを食べたのが最後だった。彼は、以前、便秘のときに貰《もら》っておいた下剤をかけて、腹の中をからっぽにしておいた。空腹なら睡眠薬の吸収性もよく、失敗の可能性も少なくなると計算したのである。鈴木はその夜八時ごろ、ボストンバッグから、角封筒をとり出し、塩化ビニール樹脂のフィルムで密閉してある錠剤を一錠一錠裸にする作業にとりかかった。他の患者はNHKの大河ドラマでテレビの前に釘《くぎ》づけにされているので、八時四十五分までは病室へ戻ってくる気づかいはなかった。

ボストンバッグから「アトム66」の小瓶が出てきた。鈴木は三、四日この正体不明の液体を飲んでみたが、莫迦《ばか》らしくなってやめた。

もしや、と一瞬たりとも考えた己れの莫迦さかげんを自嘲《じちよう》した。

鈴木はつねづね身のまわりをきちんと整頓《せいとん》していたので、この際あわてることはなかった。八時四十分、鈴木は魔法瓶と角封筒をもって洗面所へ行った。ふるえる手で魔法瓶に水を満たして、トイレに入った。洋式の便器の蓋をして、その上に坐《すわ》った。全身がわなわなと震え、魔法瓶の水を蓋のコップに注ぐとき、ぶつかりあって、カタカタ音をたて、水がこぼれた。鈴木は二十錠ほどのネルボンをわしづかみにして、水と一緒に一気に服んだ。甘口の錠剤でもともと服みいい薬だが、極度の緊張感で、吐き気を覚えた。

彼は眼をつぶって、吐き気がおさまるのを待った。そうして、鈴木は百五十錠ほどの睡眠薬を魔法瓶一杯の水で時間をかけて服んだが、とても三百錠全部服み切れなかった。彼は突きあげてくる吐き気を両手で口を抑えて、懸命に耐えた。鈴木が排尿をすませて、病室へ戻ると、他の二人もベッドについていた。

やがて室内灯が消え、廊下の淡い灯りと、カーテンの隙間《すきま》から洩《も》れる月明かりだけになった。

鈴木の異常に気がついたのは佐藤良子だった。準夜の看護婦は見落としたが、深夜担当の佐藤は午前二時に見廻ったときにそれを発見したのである。

看護婦によって、そのやり方に相当差がある。おざなりにドアをあけるだけのものから、病室に入って、患者一人一人のベッドを点検するものまで、さまざまだが、佐藤は入念にチェックする方だった。

彼女は以前、ハンガーにかけたガウンをカーテン・レールにつるしている患者をみつけて、ハッとしたことがある。首つり自殺を防止する目的で、きゃしゃにしてあるのかどうかつまびらかではないが、カーテン・レールなどに人間がぶら下がれるはずはないと思ってはいても、深夜、懐中電灯のひかりの輪がその影をとらえたときは、ぎょっとして、足が竦《すく》んだものだ。朝六時の検温のとき、佐藤はガウンをカーテン・レールにぶら下げた患者に注意した。

看護婦の勤務体制は三交代制になっている。日勤が朝八時から午後四時まで、準夜が午後四時から午前零時まで、深夜が零時から朝八時までが勤務時間だが、ひきつぎがそれぞれ三十分ずつあるので、それだけ実働時間がふえる。それに頭のてっぺんから爪先《つまさき》に至るまで着替える時間をみなければならないし、勤務時間が不規則で傍でみる以上に激職なので、胃《い》潰瘍《かいよう》や十二指腸潰瘍で倒れる看護婦が少なくない。そのためにローテーションがくずれ、日勤と深夜が重なったりすることもままあるという。

この日、佐藤良子は日勤と深夜が続いていた。日・祭日の日勤は通常の日勤と異なり、二人だけで準夜、深夜並みだから、それだけ神経も遣い、オーバーワークにならざるをえない。午前一時の見廻りのときはどうにも調子が出ず、二一三号室の異変を見すごしたが、二時のときに気がついた。鈴木の鼾《いびき》のかきかたが普通ではなかった。懐中電灯を照らしてみると、眠りの浅い患者はひかりから逃れるように寝返りを打つものだが、それもなかった。ふだん見かけない窓際《まどぎわ》の棚の上の角封筒が懐中電灯の輪に入った。佐藤はその中に百五十錠ほどのネルボンを見出《みいだ》し、屑籠《くずかご》いっぱいの包装の残骸《ざんがい》を確かめて仰天した。室内灯をつけて、鈴木のほっぺたをぴたぴたと二度、三度たたいてみたが、反応はなかった。高鼾は間断なく続き、筋肉がぐったり弛緩《しかん》していた。もはや自殺を図ったことは疑う余地はない。

佐藤は二一五号室以降の点検を中断し、看護室へとってかえした。仮眠している同僚の若い看護婦をゆり起こし、内科病棟の医師が詰めている宿直室へ急いだ。

ノックしても応答がないので、部屋の中に踏み込んで行った。室内灯をつけて、

「先生、急患です」

良子は息を切らせながらも大声を張りあげた。

後頭部を見せていた医師が反転して、もぞもぞと上半身を起こした。

「なんだ？」

菅原医師が今晩の宿直であることは前もって分かっていたはずなのに、佐藤は錯覚でいまはじめて気づいたように思った。

「救急車か？　外科じゃないの」

大口をあけて、あくびと一緒に菅原が言った。

酒臭い息が佐藤の鼻をついた。半分ほど残っているジョニ黒の角ばった瓶と金ラベ

ルの食べさしの蟹缶《かにかん》が足もとの卓袱台《ちゃぶだい》の上に載せてあった。

「二一三号室の鈴木さんが自殺したんです」

「まだ生きてるのか」

これもあくびまじりだった。

「はい。睡眠薬を大量に服んでるようです」

「二一三号室の鈴木って、透析をやってるやつだろう。死にたいやつは死なせてやればいいんだよ。どうせ永くはないんだ」

「先生、そんなひどいこと言わないでください」

「冗談だよ」

菅原は不機嫌そうに言った。どうやら眼が覚めたようだ。

「とにかく、すぐに診《み》てください」

良子は、菅原が悠長に煙草《たばこ》をくわえたので、せきたてた。

「分かったよ。すぐ行くから胃洗滌《せんじょう》の用意をしてくれ。それからリンゲルもな」

「分かりました」

血管を確保するためにも点滴は欠かせなかった。佐藤は、同僚の並木を動員して、てきぱきと必要なものを準備し、二一三号室へ向かった。佐藤は菅原が来るまでに、鈴木の血圧を測った。七〇まで低下していた。ほどなくやって来た菅原に佐藤はその旨を伝えた。

「血圧《ビーディ》が七〇まで下がっています」

「睡眠薬ってなにを服んだんだ？」

「ネルボンです」

「どのくらい服んだか知らんが、そんなもので死ねると思ってるのか」

菅原は聴診器を耳にあてながら、鈴木に向かって浴びせかけた。

良子があわてて、鈴木のパジャマのボタンを外し、胸をはだけた。鈴木は穏やかな寝顔で昏々《こんこん》と眠っていた。

「包《パッ》み《ク》の感じでは三百錠ぐらいじゃないかしら」

屑籠を調べたのか、並木が間延びした声で言った。

二一三号室の一号ベッドの異変で眼を覚まされた二号、三号ベッドの患者が起き上がってきた。

「起こしちゃって、ごめんなさい。たいしたことはないのよ。すぐすみますから、ベッドに入ってて」

佐藤が言ったが、両隣りの病室からも人が動く気配がした。

「ほっといてもいいくらいだが、せっかく用意したんだから胃洗滌と点滴をやっておくか」

菅原は聴診器を耳から外して言った。

「ネルボンなんかバケツ一杯服んだって死にゃせんよ。莫迦なやつだ。そんなに死にたけりゃ、透析をやめるか、首でもつればいいんだ」

菅原が吐き捨てるように言った。その言いぐさに、良子は頭に血が逆流する思いだった。こんな非常識で無神経な医師の言動をまともにとりあっていたら、気が変になってしまうと、自分にいいきかせて、心を静めた。彼女はネルボンという睡眠薬の致死量を知らなかった。体重にもよるのだろうが、それにしてもこれほど大量に服薬した患者を放置しておけるはずがなかった。まして相手は、心身ともに傷ついている慢性腎炎の患者なのだ。

「いったいどうやってこんなにネルボンを集めたのかね」

「毎晩一錠ずつ与えてたから、それを服まずに溜めてたんでしょう」

佐藤はつっかかるようにこたえた。

「覚悟の自殺か、一年がかりの自殺なんて、心理学的にあり得るのかね」

「家族のかたに知らせたほうがいいでしょうか」

「そんな必要はないだろう。主治医は山本だろう。山本に話しとけばいいよ」

先輩の医師を呼び捨てにする、どこまで増長すればよいのだろう、と佐藤はあきれた。

この病院の医局に詰めている者がT大医学部の出身者とは限らないが、菅原はその一人だと聞いている。こんな傲岸不遜《ごうがんふそん》で、情感不足な男がやがて助教授となり教授に昇進する日が来るのだろうか。それともお愛想の一つも言えるようになって開業医にでもなり、金儲《かねもう》け主義に徹するのか。どっちにしても医者としての資質を疑い、適性の欠如を感じないわけにはいかない。良子は本郷のT大医学部の付属病院やT共済病院に勤務していた時代にずいぶんくだらない医師を見てきた。鉗子《ペアン》、メス、ピンセット、鋏《はさみ》など開腹手術用器具を学生に見せるからといって一式持ち出したまま返さない助手もいたし、製薬メーカーと気脈を通じて、しょっちゅう飲み歩いている医師も知っているが、菅原のように居丈高で非常識な医師はそうお目にかかれるものではない。

4

病院の朝は六時の検温から始まる。深夜の看護婦二人が手分けして、体温計を患者に配り、配り終えると直ちに回収を始める。絶対安静の患者を除いて検温が終わったものから洗面所へ洗顔しに行く。

二〇二号室に体温計を配りに来たのは並木だったが、回収は佐藤に替わっていた。二人とも寝不足のために眼がはれぼったく、肌がかさかさしている。朝一番に見る看護婦の顔は決して健康的とはいえなかった。

良子が小田切の脈をとっているとき、烏《からす》が啼《な》きながら、東の空を通り過ぎてゆくのが窓越しに見えた。

「烏の啼き声はみんな違うそうよ」

「そうですかね。僕には同じように聞こえますが」

「よく聞いてみると、なんだかすこし違うような気がするわ。たしかシートンだったかしら、『動物記』の中で、それを書いてるでしょう。啼き声を五線紙に譜で表して、烏が仲間のあいだでコミュニケーションしてることを。仲間どうしで、お話ししているわけね」

「ふーん、そういうものですか」

感心したように、小田切の右隣りの角川が言った。

小田切はシートンの『動物記』を読んでなかったが、佐藤良子の話で、気持をそそられた。なんて感じのよい看護婦だろう、小田切は角川の手首に指をあてて、腕時計の秒針を追っている良子のふくよかな横顔を眺めながら、心のぬくもりを感じていた。谷口が早々と洗面所へ立ってしまい、この場に居合わせないことが至極残念なことのように思えた。佐藤ファンで感激居士《こじ》の谷口は、この話を聞いたら、どんな顔をするだろう。直接聞かなかったことを口惜《くや》しがるだろうか。ともかくあとできかせてやろう、と小田切は思った。

小田切は初めて佐藤良子に会ったとき、顔に似合わずきつい一方の看護婦だという印象を持ったが、いまや、それを全面的に訂正するのみか、谷口以上に佐藤ファンになろうとしていた。

つんつんして無愛想な、まるで間違って看護婦になったとしか思えないようなものも見受けるが、この病院は比較的良質な看護婦を揃《そろ》えている。国立病院のせいか、准《じゅん》看はひとりもいない。どうかすると正看は病棟に婦長を含めて二人か三人で、あとは准看かその見習いでお茶をにごしているような病院が多いといわれている。ひと昔前までは、病院経営にとって最大の課題は看護婦を確保することにあったという。質を問うような贅沢《ぜいたく》はいっていられなかった。絶対量の確保さえおぼつかなかったのである。遠く九州や沖縄の果てまでスカウトに出向き、中卒の女子を見習いとして採用し、夜学の看護学校に通わせて、准看の資格をとらせている病院がいまでも少なくない。

医師法違反を承知で准看の見習いに静脈注射をやらせている病院のことを考えれば、医学研付属病院などに入院できる患者は恵まれている。まして佐藤良子のような看護婦にお目にかかれたのだから、患者冥利《みょうり》に尽きるのではないか、と小田切は妙な感心の仕方をしていた。

七時の朝食をすませ、八時を過ぎたころ、日勤の看護婦が大挙病室へ押し寄せてくる。ベッドを手箒《てぼうき》で掃除をするために、みんな三角布でマスクをしていた。

月曜日はそれにシーツ替えが重なるので、一層大がかりな清掃部隊だ。歩行を許されている患者は、いっときいやでも病室から追いやられる。ホールのテレビの前が盛況なのはそのためだ。八時十五分から八時三十分までの朝の連続ドラマの時間は座席が足らず、立見席まで患者で溢《あふ》れる。小田切や谷口のような若い者は少ないので、なにやら肩身が狭かった。

老人が幅をきかせ、さながら老人ホームのおもむきを呈していた。

ホールは、喫煙室でもあり、患者たちの情報交換の場でもある。患者同士で病室を訪問しあうことは禁じられているので、他の病室の患者と対話できる場所はここしかない。宿痾《しゅくあ》にかんするなけなしの知識や聞きかじりの情報を披瀝《ひれき》し、開陳して誇示しあう場所でもある。患者の中には医学書を読みあさり、手掌紅斑《しゅしょうこうはん》がどうの、ガンマーグロブリンがどうのと専門用語を駆使して、話し相手をケムにまくのもいる。

小田切が鈴木の自殺未遂を聞き及んだのもここであった。谷口が二一三号室の患者から聞いた話として耳打ちしてくれたのである。小田切は、昨日、鈴木の妻の美保子の見舞いを受けていただけにびっくりした。一命はとり止めたが重態と、話は尾ひれが付いて伝わっていた。美保子はその悲報をどう受け止めたろう。なんとかその後の鈴木の容態を知りたいと小田切は思った。佐藤良子にならば、気やすく訊《き》けそうだが、彼女は深夜あけで、看護婦宿舎で寝ており、いつ出てくるか見当がつかなかった。

小田切は思いあまって、採血のときに看護室であまりなじみのない看護婦に訊いてみた。月曜日は採血日で、検血のため七CCから二〇CCほどの血液を採取される。

「あんたに関係ないでしょう」

看護婦は忙しさも手伝って、いい顔をしなかった。

「鈴木さんの奥さんの紹介で、この病院に入れてもらったものですから……」

小田切は一瞬たじろいだが、あきらめなかった。いらぬことを言ってしまったかな、と考えないでもなかったが、この際仕方がない――。

「心配しなさんな。たいしたことはないいんだから。だれがそんなこと言ってるの。しようがないひとたちだなあ」

看護婦は、小田切の右腕にチューブを巻きつけ、静脈を浮き上がらせて、無造作に針を差した。そして採取した血液を注射器から試験管に入れ替えながら、面倒くさそうに言った。そして、もう次の被採血者の名前を廊下に向かって呼びあげていた。

小田切は病室へ戻って、手帳に控えてある美保子の家の電話番号を確認して、一階の外来待合室へ降りて行った。二階病棟のホールにも公衆電話が備えてあるが、そこでは他の患者に聴かれてしまうので、電話ボックスの中からかけようと思ったのである。もう病院へ向かっているかもしれないが、留守なら美保子の母親にでも訊いてみるしかない、と考えながら電話ボックスの中に身を潜めた。

古びた木製の電話ボックスで、ドアがぴったり閉まらず、外来患者が見ているテレビの音声が侵入してくるが、電話の話を聴かれる心配はない。

「朝早く恐縮です。小田切といいますが、奥さんお願いします」

「少々お待ちください」

美保子とそっくりの声だが、母親のようだった。

美保子は不在ではないらしい。小田切は初めのうち、奥さんと呼ぶことにてれがあったが、いまはなんでもなくなった。

「もしもし、お待たせしました」

「小田切です。昨日はどうもありがとう。ゆうべさっそくいただきました。けさも飲みましたが、なかなか強烈なものですね。鼻につんとくるんです。でも、おかげさまでとたんに肝臓がよくなったような気がします」

「わざわざご丁寧に恐れ入ります」

明るい声だった。小田切はおやっと思った。

「病院からなにか連絡ありました？」

「いいえ、どういうことですか。主人がなにか……」

小田切はどぎまぎし、しばし絶句した。病院から美保子に知らせがないということは、とりもなおさず鈴木の容態が心配したほどではないことを示しているようにも思える。それとも、単に連絡が遅れているだけのことなのか、小田切は咄嗟《とっさ》に判断しかねた。

「もしもし……」

と、催促の声がした。

「いや、そういうことではないんです。とにかく昨日のお礼がいいたくて……」

しどろもどろ答えたものの、われながらとんちんかんだと思わざるをえなかった。

「小田切さん、主人になにか話しまして？」

怪訝《けげん》そうな声だが、美保子は小田切と鈴木が接触したと勘違いしたようだ。

「いいえ、鈴木さんにはまだお会いしてません」

「そうですか。それでしたら黙っててください。別に隠し立てするようなことではありませんが、主人にはお店のことも話してませんので」

「分かりました。退院したら、ゆっくりお礼をさせてもらいます」

「あら、もう退院できるんですか」

「もう一、二週間で退院できると思ってるんですが、そのときはまた電話します。じゃあ、これで失礼します」

小田切はやや唐突に電話を切った。おかしな電話だと美保子は首をかしげているだろうな、と思いながら電話ボックスを出た。たいしたことはない、と言った看護婦の説明がどうやらほんとうらしい、よかった、と小田切は愁眉《しゅうび》をひらいたが、美保子に無用の心配をかけてしまったようで、電話をしたことを後悔した。

外来待合室は、一般の総合病院ほどではないが、座席はほとんどふさがっていた。この病院は内科、外科、人工臓器移植科、放射線科の四科しか設置しておらず、余り人に知られていないせいか、外来患者が二時間も三時間も待たされるようなことはなかった。

第八章　ジャスミンの香り

1

三月下旬の夕刻、小田切の病室にトーヨー製薬東京第一営業所の長山所長と北川営業三課長の二人づれがやって来た。北川は果物籠《かご》をベッドの脇《わき》に置いて、

「来よう来ようと思いながら、忙しくてね、つい延び延びになってしまった。きょう、所長に君のことを訊《き》かれて、恐縮しちゃったよ。所長に怒られて、遅ればせながらやって来たわけだ。所長じきじきに君のお見舞いに行くっていわれるんで、私はちょっと用があったんだが、おともしないわけにはいかないんでね」

と、弁解がましく、そして長山におもねるようにうすら笑いを浮かべて言った。

「小田切君、だいぶよさそうじゃないか」

長山が鰓《えら》の張った大きな顔を、ぐっと近づけて、小田切をじろじろ無遠慮に眺めま

わして言った。その見事な鰓をもじって、プロパー仲間では「エラゴン」で通っている。長山は太り過ぎで、階段を昇って、二〇二号室へ来るまでがつらかったらしく、肩で息をしていた。

小田切は緊張した。営業所長と営業三課長が雁首《がんくび》をそろえて来たからには、なにかあると考えなければならない。過日、来院した勤労課長の顔と、和田開発部長の顔が頭をかすめた。

そのとき、お食事の用意ができました、という看護婦の甲高い声が廊下から聞こえた。小田切はそれを谷口に頼んで、二人をホールへ案内した。小田切はむかしからゆっくり歩くことが苦手で、さらに気が張っているせいで自然急ぎ足になった。後からついてくる長山は息を切らしている。

「もうすこし、ゆっくり歩かんかい。お前、病人なんだろう」

ホールのテレビの前の長椅子《いす》に坐《すわ》るときに、長山が息をはずませながら、ぼやいた。

「この調子ならそろそろ退院できるかな」

北川がそう言って用件を切り出した。

「小田切君が抜けてから営業三課の成績がガタ落ちでね。所長に毎日お目玉をくってるんだ。霞《かすみ》が関《せき》の三上クリニックの発注が三分の一以下に減ってるし、高木君では荷が勝ち過ぎて君のあとはつとまらんようだ。君は花村君みたいにずば抜けた成績をあげてたわけじゃないが、コンスタントに上位の方にいたし、所長も私も見直してるんだよ。やっぱり一流大学を出てるくらいだからどこか違うってね。それでね、一日も早く現場へ復帰して失地挽回《ばんかい》を図ってほしいっていうのがわれわれの切なる願いなんだけど、とりあえず、三上クリニックと、あと三カ所ほど落ち込みの大きいところへ電話だけでもしてもらって、なんとか盛り返してもらいたいんだ」

「三上クリニックだけでも頼めんか。あそこは、診療所のわりには大口だからな。外出できるんなら、ちょこっと行ってもらえればそれに越したことはないんだがね」

長山が口を添えた。まだ、ぜいぜいと息づかいがあらい。

「だれも君がただめし食ってるなんて思ってやしないが、それで会社のために一役買えるんなら、君も気がすむだろう」

北川の言いようは多少ひっかかるが、小田切は自分の存在意義《レーゾンデートル》を認められたようで、悪い気はしなかった。

「お役にたてるかどうか分かりませんが、とにかく三上院長と事務長に電話してみます」

「そうしてもらえるとありがたい。どうも竹大が火事ドロみたいに君の廻《まわ》ってたところを伸ばしてるみたいなんだ」

北川はリストアップしてきたメモ用紙を小田切に手渡した。

「そういえば、こないだ勤労課長がお見舞いに来てくれましたよ……」

小田切は長山と北川の反応をうかがったが、

「そうかね」

と、北川が素気ない返事をしたきりだった。

和田・田宮のグループと長山・北川の線につながりはないのだろうか。小田切はいくらか拍子抜けする思いだったが、会社もそう冷たいばかりではなく、鬼もいれば仏もいると気をよくしていた。

長山と北川は、小田切と別れて、待機させてあるハイヤーに乗り込んだ。

「営業三課の成績がガタ落ちとは、君も言ったもんだね」

クルマの中で長山が話しかけた。

「ちょっとオーバーでしたかな。そのかわり、小田切も張り切ってやるでしょう」

北川は襟足のあたりをたたきながら、ニヤニヤした。

「田宮君の話では憔悴《しょうすい》してるってことだったが、案外元気だったね」

「しかし、肝臓をやられ、おまけに胃潰瘍《いかいよう》ときては救い難いですな」

「プロパーが病気しちゃあ、おしまいだ。和田プリンスに憎まれてるようだから、小田切はプロパーとして大成するほかないし、この一年で頭角を現しかけたが、その目もなくなったかもしれんな」

「小田切はどうしてプリンスに嫌われたんですかね」

「よく知らんが、村富なんかに従《つ》いていればそれもいたしかたなかろう。村富はプリンスの神経を逆撫《さかな》でするようなことをずいぶんしてたらしいからな」

「しかし、村富さんは竹本専務にはいいっていう話でしょう」

「しかし、どっちにしたってトーヨーではプリンスに睨《にら》まれたら、もたんよ」

長山は猪首《いくび》を躰《からだ》にめりこませるようにすくめて、手刀で首筋のあたりを切る真似《まね》をした。

「坊主《ぼうず》憎けりゃ袈裟《けさ》までものくちですか」

北川も身を縮めるようにすぼめた。

「小田切の実家はなにか商売をやってるっていう話だから、まあ、のんびり家業でも手伝うんだな」

「企業っていうところはコスト意識に徹しているわけですから、いつまでも病人を抱えて面倒をみるわけにはいかない。そうなると、おちおち病気もできませんね」

「そう杓子《しゃくし》定規でもあるまい。会社に対する貢献度とか、情状酌量の余地はあるだろうし、組合もあるから、簡単に首を馘《き》るわけにもいかんだろう。これは一般論の話で、小田切については、まあ、勤労課長にまかせておくさ」

黒塗りのハイヤーが目黒通りから、桜田通りへさしかかったころ、小田切は夕食をあとまわしにして、三上クリニックに電話を入れていた。

「受付の高山さんをお願いします」

「私、高山ですけど」

「あ、失礼しました。トーヨー製薬の小田切です」

「まあ、めずらしいわねぇ。どうしてたの？　生きてたのね」

「もちろん、生きてますよ。ちょっと病気をしただけです」

「会社やめたんじゃなかったの？」

「とんでもない……。そのうち顔を出しますよ」

「でも、再起不能なんて聞いたから……」

「高木でしょう、そんなデマを飛ばすのは。それより三上院長はいらっしゃいますか。ちょっと電話で失礼なんですが」

「いるわ。ちょっと待ってね」

小田切は、待たされているあいだにあれこれと考えた。昨年の十一月の末、国労、動労のスト権ストの最中に、三上と飲んだときに酒乱の三上に手を焼いたことがあった。あのときのことを三上が根にもって、逆恨みしているのではないか、と気を廻した。

「先生、忙しくて手が離せないそうよ。またにしてくださいって」

ふたたび電話口に出てきた高山雪江の返事は、はたして期待を裏切るものであった。

やっぱり電話では駄目かもしれない。会って話さなければ、と小田切は思い、メモのリストをパジャマのポケットにしまった。ほかの医院に電話をかける意欲を喪失していた。

小田切は病室に帰って、冷たい吸いものをすすりながら、早く退院して出社したい、と切実に思った。

とにかく、あした主治医に外出許可を願い出よう、と小田切はそう思いながら腕時計に眼をやるとまだ六時前だったので、食事をそこそこに切りあげて、看護室へ向かった。

折りよく、成田医師が居合わせた。

「いまから回診に行くところだけど、なにごとですか」

小田切が思い詰めたような顔で、外出許可を求めたので、成田は眼をしわしわさせて言った。

「会社の用があるんです。午後一時から三時間ほどで結構です」

「わかった。あとで外出許可証を書いておくよ」

成田は簡単に了承してくれた。

2

あくる日の昼過ぎに、小田切はインターホーンで看護室に呼ばれた。きちんとネクタイを結んで、外出の仕度をして出向くと、佐藤良子が手ぐすね引いて待ち受けていた。

「あら、なんですか、まだ外出の許可証も出してないのに。気が早いのね。主治医だけの判では だめなのよ。看護婦の判も要るの。どうしようかな。押すのやめておこうかしら」

小田切は、良子が茶目っけを発揮しているのかと思ったが、良子は気まじめな顔で、

「ほんとうに、よんどころない用なの？」

と、訊いた。

「もちろんですよ。僕でなければ務まらないことなんです」

小田切はテーブルを挟んで、椅子に腰をおろし、力をこめて言った。

「余人をもってかえがたいってわけなのね」

そう言われると、小田切はきまりが悪かったが、ゆきがかり上、うなずくほかはなかった。

「会社のご用って、なあに？　教えてほしいなあ」

良子はテーブルに頬《ほお》づえを突いて、あやすように言った。

さいわい昼食の時間で、看護室は良子ひとりだったので、小田切は話してみる気になった。

良子と話していると、なにかこう心がなごみ、おおらかな気持になってくる。

「おどろいたわねぇ。小田切君がプロパーとは」

良子は丸い眼を一層大きく見ひらいた。そして、すぐに眉《まゆ》をひそめ、

「でも、ひどい話だわ。君は安静を要する重症患者なのよ。だからこそ入院してるんでしょう。いまがいちばん大事なときなのに、のこのこ出歩くなんて。そんな用事を君に頼むなんて、会社のひとたち、ほんとうにどうかしてるわ。許せないな」

「そんなことないですよ。僕はこのとおり元気になったし、そのぐらいあたり前です。

ちょっと、顔を出せばすむことですから。頼まれたというよりも僕の方から買って出たんです」

小田切は、懸命に弁解した。

良子は、やわらかい眼差《まなざ》しで、小田切を見上げ、しんみりした口調で言った。

「君はすこし向こうみずなところがあるみたいね。会社を思う気持は立派だけど、もっと自分の躰を大切にしなくちゃいけないな。会社へかけた迷惑はあとでいくらでも返せるんだから。ねえ、きょうのこと、なんとか断れないの。なんなら、私が会社のひとに電話してあげようか。それとも、あしたなら代休だから、そのなんとかいうクリニックに行ってあげられるんだけどな」

「冗談じゃないですよ。霞が関まで、ちょっと散歩に行くだけじゃないですか」

「それじゃ、きょうは一軒だけにしてちょうだい。一時から四時までになってるけれど、なるべく早く帰って来てね。夕方近くになると寒くなるから、風邪でもひくと大変でしょう」

良子は、まだ割り切れないといった顔で、首をしきりにひねりながら、外出許可証に判を押した。

「これを守衛所に見せて、写しの方を守衛さんに渡して、帰りに判をもらってから、私に返してちょうだい」

　良子は噛《か》んで含めるように言って、二枚つづりの外出許可証をようやく小田切に手渡した。そして、玄関まで小田切についてきた。

「もう一度だけ念を押すけど、ほんとうに一軒だけにして早く帰って来なければ駄目よ。無理をしないでね。タクシーで行くんでしょう」

「ええ、そうします」

「おカネは持ってるの？」

「大丈夫ですよ」

　小田切はおふくろのおしつけがましさのようなものを感じながらも、それとも違う甘ずっぱい気持になっていた。

　三十メートルほど歩いて、なにげなく振り返ったら、良子がまだ佇《たたず》んでこっちを見ていた。

　小田切は、なにか不思議に胸が騒いだ。小田切は自然急ぎ足になった。

「もっとゆっくり歩きなさい」

　良子の声が背後でかすかに聞こえた。

　小田切は目黒通りでタクシーをつかまえ、霞が関へ出て、三上クリニックへ直行した。

忙しくて会えない、とすげなく門前払いをくいそうになったが、小田切はねばった。このままおめおめ引き退《さ》がれるか、と居直った気持だった。二時間近く待たされて、やっと三上院長に面会を許された。受付の高山雪江が見るに見かねて、何度となく院長にとりついでくれたのである。

事務長も同席し、五分たらずの面会だった。

小田切は夢中でしゃべった。なんとか、トーヨー製薬との取引関係を元の状態に戻してほしい、と訴えたが、三上は考えておこう、とひとこと言ったきりだった。

三上が起《た》ち上がったので、小田切も仕方なく腰をあげた。

「君、いつから出られるのかね」

ぶすっとした顔で三上が言った。

小田切は直立不動の姿勢でこたえた。

「一カ月もすれば会社へ出られると思います」

「そう。でも、酒は駄目なんだろう」

三上は、それを最後に院長室から出て行った。

ビルを出たとき、小田切は急に疲労を感じた。久しぶりに娑婆《しゃば》に出て外気にふれ、気が張っていたが、一段落してみると、気持がゆるみ、脚ががくがくするほど疲れを覚えた。小田切はこの際だからもう一軒と考えたが、三時をまわったところだったので、あきらめてタクシーをひろった。良子との約束を忠実に守ったかたちになり、病院の守衛所で外出許可証をチェックしてもらうとき、なんだかきまりがわるくてかなわなかった。

小田切が病室へ帰ると、谷口がラジオのイヤホーンを外して、ベッドからおりて出迎えてくれた。

「どうでした？　疲れたでしょう。脚がなまってるから、すこし歩いただけでもくたくたになるんですよ」

看護室で血圧を測りながら良子も似たようなことを言っていたな、と小田切は思い、谷口の眼とぶつかり、なぜかどぎまぎした。

「看護婦の佐藤さん、あれでいくつぐらいなんですかね」

スーツを脱ぎ、ネクタイを外し、パジャマに着替えながら小田切が言った。

「関心がありますか。小田切さんは独身だし、権利はあるわけですよね。私が独身なら佐藤さんにプロポーズしてたでしょうね」

谷口はイヤホーンを外して、ベッドの上に起き上がった。

「なんなら、訊《き》いてあげましょうか。年は、たしか三十一か二で、われわれよりちょっと上ですけどね」

谷口は茶化しているのか、小田切の心の中を見すかして本気で言っているのか分からないような言い方だったが、小田切はどうしようもないほど胸が高鳴った。

3

その週の水曜日の院長回診のとき、小田切は下永教授に、

「そろそろ退院させてください」

と、申し出てみた。

昨日の午後の回診で主治医の成田にも頼んでみたが、色よい返事がもらえなかったので、教授に直訴に及んだのである。主治医回診は水曜日と日曜日を除いて毎日あるが、時間は一定していない。このごろ小田切は毎日のように退院をせがんでいる。

「もう、ちょっと。もうちょっとがんばろうよ。ここは大事なところだからね」

下永教授は先週も先々週も同じことを言った。違うところは、もうちょっとと言ったときに右手の親指と人差し指で一センチほどの隙間《すきま》をつくって、ちょっとを強調したところだけだ。

「それに、来週の月曜日に生検《バイオプシ》をやってもらうよ。そうだったね」

教授は成田医師の方を振り返って念を押した。

生検の件は昨日、成田医師から聞いていた。

見舞いに来た池辺医師の話を気にしていたわけではなかったが、小田切はできたら生検を回避したいと思っていた。まさか、生体実験などと物騒なことをいう気はないが、食欲もあり、倦怠感《けんたいかん》もなく、体調はすこぶる良いと小田切は思っていたから、生検の必要はないと考えたのである。それに、この検査を受けたら最後、一週間は確実に退院が延びると考えなければならない。

下永教授がおともをしたがえて二〇二号室を出て行ったあとで、成田医師が引き返してきて、

「あんまり退院退院いいなさんな。悪いようにはしないから、僕にまかせてくれよ」

と、いつになく厳しい表情で言った。成田は、小田切が教授に直訴したことで、感情を害していた。

小田切が午後三時の検温が終わって、ベッドで雑誌を読んでいるところへ、美保子が顔を出した。

「きょう、主人が退院することになりましたの。それで、ご挨拶《あいさつ》に伺いました」

かたい顔で美保子は言った。

小田切はベッドから出て、会釈《えしゃく》を返した。

「それはおめでとうございます。よかったですね」

「退院してからも透析で週二度かよわなければなりません。べつに良くなったわけではないので、あまり喜べませんわ」

「でも、大事にならなくてよかったですね」

思わず言ってしまって、小田切は口を押さえた。

「小田切さん、先日お電話くださったでしょう。主人のことだったんですね。山本先生からうかがいました。くれぐれも注意してほしいって、厳重に釘《くぎ》を差されましたわ。主人はなにもいいませんし、それ以来、口をきこうとしないのです。ただ、私が日曜日に小田切さんのところへ伺ったことを、遠まわしにいうんです。どなたか主人の耳に入れた方がいらっしゃるらしいんですよ。それで、主人には残らず全部白状しました。白状なんて、悪いことはしてませんけど」

「そうですか。やっぱり僕の方から鈴木さんのところへ挨拶しなかったのがいけなかったな。いまからでも、ちょっとご挨拶しましょうか」

「そんな必要はありませんわ。それより蜆《しじみ》汁は続けてますの？」

「ええ、母がせっせと運んでくれますからね。そのせいか、躰《からだ》の調子はいいですよ」

「小田切さん、退院なさったら、お店の方へでもお電話くださいね」

「お店の方は当分つづけますか」

「病人と子供をかかえて、それよりほか仕方がありません」

すこし、蓮《はす》っ葉《ぱ》な言い方だった。

「そうですか。当分禁酒ということになるでしょうけど、そのうちジュースでも飲みに行きますよ」

小田切はつとめてくだけた調子で言ったつもりだったが、表情がこわばっていた。

透析患者を夫にもつ美保子の気持を思うと、こっちの方が滅入《めい》ってくる。

小田切が美保子をドアの外まで見送ってベッドに戻ると、谷口がそばまで来て、ささやいた。

「あの人、小田切さんに気があるみたいですね」

「冗談じゃないですよ。相手は人妻です。不謹慎ですよ」

「そんな大きな声を出さなくても聞こえますよ。でも、絶対に間違いない」

両隣りの老人ふたりがニタニタしながら、こっちの方を見ているのを小田切は意識した。

「いまの人、まったく別嬪《べっぴん》だね。あの顔はたしかに小田切さんに惚《ほ》れてる顔だな」

角川がひやかすと、葉山までが尻馬《しりうま》に乗った。

「たしかにそんな感じですね」

「小田切さん、今夜あたり夢精するんじゃないか」

角川が悪乗りして、つづけた。

「谷口さんや小田切さんの若さで、あっちの方はどうやって処理してるのかね。まさかインポじゃないだろうに」

角川は飲食店を経営しているとかで、言うことがえげつない。三度目だという女房も若づくりで、たまに見舞いに来ると白粉《おしろい》の匂《にお》いをぷんぷんただよわせ、伝法な口調で亭主をやりこめている。

「たまにはマスかいてるのかい？　俺なんぞはこの年になるまでダブルヘッダーができるのが自慢だったが、さすがに肝臓悪くしてからそうもいかない。内糖尿外《うちとうにょうそと》ぴんだよ」

「内糖尿外ぴんて、どういうことですか」

谷口が真面目《まじめ》くさって訊いた。

「ほんとうに知らないのかい」

「ええ」

「そんな真剣な顔で訊かれると、あんべえ悪いなあ。まったくつきあいにくいよ……」

角川はベッドから脚を投げ出して、つづけた。

「あのね、うちの女房には糖尿だから魔羅が役に立たないって逃げまわってるくせして、外ではぴんぴん立って、浮気してるやつのことをいうんだ」

小田切と谷口は苦笑しいしい顔を見合わせた。

小田切さん、ちょっと、と合図するように谷口が目配せして、病室から出たので、小田切もそれに従った。

ふたりは屋上へ出た。ガウンを着ているが、風が冷たい。病棟の裏庭が広場になっていて、職員がキャッチボールをやっているのが見えた。

「佐藤さんの年、調べておきましたよ。秘中の秘なんだそうですが、ある看護婦からききだしたんです。いくつだと思います？」

「三十一か二でしょう。谷口さんがそう言ってたじゃないですか」

「それがね、三十三なんです。まあ、似たようなもんですがね。小田切さん、僕と同じだからちょうどでしょう。むこうは三月生まれで、三になったばっかりだから、三つの年齢差といえるわけですよね。悪くないと思いますよ。たしか、三つ年上の嫁は金《かね》の草鞋《わらじ》で捜しても、もらえっていうでしょう。山本周五郎の『しゅるしゅる』という短篇の中に出てくるんです。なんだか羨《うらや》ましくなるような話だな、小田切さんと佐藤さんが結ばれるなんて。妬《や》けてきますよ」

谷口はコンクリートのフェンスに躰をもたせかけて、遠くを見ながら言った。

どこまで本気なのか、と小田切は谷口の話に懐疑的だったが、こんな屋上まで呼び出すからにはあながち冗談ばかりではなさそうだった。自分で愉《たの》しんでいるようなところもあったが、谷口はせいぜい応援してるつもりらしい。

「だけど、かりに僕が佐藤さんに想《おも》いを寄せていたからって、佐藤さんだって都合があるでしょうし……」

小田切も谷口の顔を見ずに、視線をあらぬ方へさまよわせて言った。

「佐藤さんの気持をひっぱり出せるかどうかは小田切さん次第でしょう。佐藤さんの立場がまったく白紙であることはたしかです」

谷口はそれだけ言うと、くるっと背中を向けて、小田切を置き去りにして、屋上から消えて行った。

4

金曜日の午前十時ごろ、二〇二号室の空いている五号ベッドに急患が担《かつ》ぎ込まれた。松本泰造という五十歳前後のその患者は、全身疾患で、脱水状態だった。病室は緊迫した空気につつまれ、無駄口をたたくものもいなくなる。

医師や看護婦が病室を出たり入ったりし、病院全体が緊張しているようだ。下永教授も顔をみせた。リンゲルの点滴が始まり、酸素吸入器が病室へ運び込まれた。病室のドアに〝松本泰造殿　面会謝絶　主治医〟の貼《は》り紙が出された。松本の女房が付き添っているが、おろおろうろたえるばかりで、まるで夢遊病者のようだった。

松本は某私立病院の腹部外科でかつて胆石の手術をしたことがあった。下痢をこじらせて躰の不調が続いたので、近所の開業医に診てもらったが、さっぱり要領を得なかった。

そのうちに発熱し、黒い便が出るようになり、食事がとれず、脱水状態に陥ったので、その私立病院の腹部外科と連絡をとり、外来で診察を受けた。そこでベッドに横になり、点滴を施され、抗生物質も投与されたが、病室が空いていないことを理由に、家で臥《ね》ているように指示された。松本はせめて内科に連絡して、内科医に精密検査をしてもらいたいと思い、恐る恐る頼んでみたが、腹部外科の医師の返事は、その必要はない、とつれなかった。病勢は進み、手遅れになるところを医学研の付属病院に担ぎ込まれたのだが、たまたま会社の役員が下永教授と懇意にしていた手づるで、きわどいタイミングで一命をとりとめたのである。大腸菌が衰弱している躰内を暴れ廻り、腎盂《じんう》腎炎、敗血症を併発したというが、そこまでつきとめるのにまる三日を要した。その腹部外科が内科に廻すなど適切な処置をとっていれば、これほど危ない目に遭わずにすんでいたかもしれない。内科と外科医の連携の悪さ、縄張り争いめいたことは医師の世界ではよくあることで、このことは医者の過信と傲《おご》りとみることもできよう。

松本が虫の息で二〇二号室の五号ベッドに臥かされた直後、点滴の最中に尿失禁してシーツを汚し、それをぎすぎすした感じの若い看護婦が咎《とが》めて、付き添いの夫人をなじった。

「奥さんがついててなんですか。ちゃんとおむつをしてよ」

夫人のうろたえようといったら、傍でみていても気の毒なくらいだった。

若い看護婦がぷりぷりして出て行ってすぐに、替りのシーツとゴム製の下敷きを持って病室へ入ってきたのは佐藤良子だった。

「申し訳ありません。ほんとうに申し訳ありません」

夫人はなんども頭を下げた。

「奥さん、そんなこと気にする必要はないのよ。病人ならあたり前のことなんですからね。それに、私たちのミスなの。ごめんなさい。ラバーシーツを敷くのを忘れて」

良子は患者の頭や脚をかわるがわる持ち上げて、手ぎわよくゴム製の下敷きとシーツを敷き終わった。

「山本先生が主治医に決まりました。先生にまかせておけば心配ないわ。教授も山本先生も全力を尽くしてくれますからね」

良子は終始、微笑を絶やさず、やさしく夫人を励ました。

小田切は胸をどきつかせながら、熱い眼差《まなざ》しで良子の所作を観察していた。劇的な場面を見たような気がして、小田切の胸に熱いなにかが駆けめぐった。

看護室の隣室のベッドが空き、たった一日で松本は二〇二号室から出て行った。二一七号室は目が離せない急患、重患用の二人部屋であった。小田切は、夜中でも宿直の医師や看護婦の出入りが激しく、寝不足ぎみだったので、ほっとしないでもなかったが、多少心残りでもあった。松本がこの病室に臥ている限り、佐藤良子が顔を見せる頻度も当然ふえるはずだったから。

5

土曜日。小田切は出血凝固時間、アレルギー反応など生検《バイオプシ》にそなえた諸検査を受けた。

そして、日曜日。小田切は十一時の検温で、佐藤良子が当直であることを知った。

良子は、小田切の脈拍《プルス》を測りながら、

「すこし速いわね。どうしたのかしら」

と、眉《まゆ》を動かした。

「そりゃあ、そうでしょう」

谷口がすかさず口を挟んだので、小田切はいよいよ脈拍を速めねばならなかった。

小田切はどうしようもなく心がときめいてしまう。

勝手なもので、佐和子とのときにも、こんなことはなかったような気がしている。

「谷口さん」

小田切は顔を赤くして谷口の方を睨《にら》んだ。

谷口はニヤッと笑った。良子も、葉山も角川にもなんのことだか分からないから、
みんなきょとんとしている。

「小田切君、二十分ほどしたら看護室に来てね。お腹《なか》を剃毛《ていもう》するから」

そっぽを向いて、谷口が、

「チャンス、チャンス」

と、ひとりごとにしては高い声を放った。

良子が谷口を横眼で見ながら言った。

「なんだかしらないけど、ひとりではしゃいでるようだから、ついでに谷口君も生検《バイオプシ》してもらったらどう？」

「松本さんの具合どうですか」

小田切はなにやら息が詰まって、かすれたような声になった。

「峠は越えたんじゃないかしら。すこし落ち着いてきたようよ。君も心配してくれてたのね」

「よかったですね。奥さん、ほっとしてるでしょう。ずいぶん心配してたみたいだから」

「ほんとう。でも、まだ油断できないわ」

良子の笑顔が病室から消えてから、小田切は時計ばかり見ていた。十八分経《た》ってから、看護室に出向いた。看護室は、当直のもう一人の看護婦の姿が見えず、良子ひとりだった。谷口にけしかけられたわけではないが、チャンスだと小田切は思った。まさに天の配剤かもしれない。

「そこに横になってちょうだい」

診察台に臥かされ、小田切はメスでも入れられるみたいにドキドキした。

胸をはだけると、良子は、

「最近、胃潰瘍《いかいよう》の手術をしたのね。道理で、肌がすべすべしてるはずだわ。手術の跡もわりあいきれいで、手ぎわよくやってるわ」

と、言って、臍《へそ》と右脇腹《わきばら》のあたりにシャボンを塗った。

「くすぐったいけど、じっとしててね。前に経験してるでしょう」

良子は屈《かが》んで、剃刀《かみそり》で薄い体毛を剃《そ》り落としながら言った。

「いまからびくびくしてるようじゃ、しょうがないなあ。手術のときはどうだったの。わりと弱虫なのね。ついでにお臍の垢《あか》もとっといてあげよう」

良子は小田切の臍にオリーブ油を湿して、ゴマ状の垢をやわらかくし、アルコールをふくませた脱脂綿で、清拭《せいしき》した。そして、剃毛した腹部を消毒した。

「さあ、終わった。もういいわよ」

大きな伸びをした。

小田切は衝動的に起きあがって、良子の腕をつかんだ。

「なあに」

良子は不意をつかれて、ぎょっとし、大きな黒眼がちな眼を剝《む》いた。

「お願いです。退院したあともつき合ってください。君は素敵なひとです」

小田切は考えに考えた挙句のはてに、間の抜けた陳腐な台詞《せりふ》を吐いてしまった。

「どういうことなの？」

「僕は本気だ。君といろいろ話したいことがたくさんある。結婚してもらいたいと思ってるんだ」

小田切はすこし冷静になってみると、やはり気恥ずかしかった。

三十づら下げた男の求愛にしては、幼稚で唐突すぎるように思えて、ぶっきらぼうになった。

「小田切さん、あなた私の年を知ってるの？」

こんどは、良子の方が混乱し、顔がべそをかいたようにゆがんだ。

「やぶからぼうに結婚だなんて、からかわないで」

その声の調子が乱れていた。

「こんなこと、冗談で言えますか。もちろん、君の年も知ってるし、僕は真剣だ。いますぐ返事をくれなんて、無茶はいわないが、とにかく、僕がそう考えていることを忘れないでほしい」

攻守所を変え、小田切は平静をとりもどしていた。

「驚いたわ。どうしたらいいのかしら」

良子が口ごもりながらひとりごちたとき、同僚の看護婦がノックもせずに看護室に入ってきたので、小田切は、

「ありがとうございました」

と礼を言って、くるっと背中を向けた。

壮快な気分だった。もう、思い残すことはない、よくやった、と小田切は自分を誉《ほ》めてやりたいような気持にさえなっていた。よしや良子にふられたとしても、やるだけはやったのだからあきらめもつく、と小田切は思った。

良子は、小田切が嵐《あらし》が過ぎ去るように看護室を出て行ったあと、放心状態で、「食止表」を渡し忘れたのに気がつくまでにかなり手間どった。食止表とは、検査のために一時食事を制限したり、中止することを徹底させる目的で、担当医師の指示に従って看護室が患者に提示するハガキ大のメモである。小田切宛《あて》のそれには「食止表　二〇二号室　小田切健吾殿　腹腔鏡《ふっこうきょう》検査のため昼食食止して下さい。検査当日は一〇時

より飲食物は一切召上がらないで下さい。看護室」と記してあった。二〇二　小田切健吾　腹腔鏡　昼食　一〇の文字は良子がペンで書き込み、あとは印刷されたものだ。

良子は、十一時に測った患者の体温と脈拍《プルス》をそれぞれのカルテに写しかえながら、自分がなにをしているのか分からないほど心を激しくゆさぶられていた。寮生活者は、日曜日の当直どきでも交代で寮へ帰って、寮の食堂で昼食をとるのがならわしだが、食事をとる気がしなかった。良子は通いの看護婦が控え室で弁当をつかっている間もしばらくぽかんとしていたが、思いたって食止表の余白に、鉛筆を走らせた。

消しゴムの付いている鉛筆で、「小田切君」と書いたが、鉛筆を逆さまにして、「君」を消して、「さん」に書き直した。「小田切さん　私も真剣に考えます。ですから、貴方《あなた》もよく考えてください。私を買い被《かぶ》らないでくださいね。後で幻滅するだけですから」と良子は走り書きして、それを四つにたたんで白衣のポケットに入れた。

看護室から病室へ戻った小田切は上気した顔を無理矢理にひきしめて、谷口の方をなるべく見ないようにしていた。

小田切は、谷口が話しかけたい風情《ふぜい》で、ちらっちらっとこっちを窺《うかが》っているのを背中に感じていたが、横を向いて、ベッドで本を読んでいた。しかし、眼が活字を上すべりするだけで、良子のことばかり考えていた。昼食のときも、気むずかしい顔で、黙々と飯をかきこんだ。どうしたのだろう、と谷口がすこし気を廻したくらい小田切はとりつくしまもないといった感じで、谷口を寄せつけなかったが、彼は谷口と話をしたい気も一方ではしていた。ただ、やたらにきまりが悪かった。佐和子のことが心のかたすみに残っていただけに、小田切はよけい自分に照れていた。

小田切は三時の検温が待ち遠しく、ときおり枕《まくら》もとの腕時計に眼をやった。時間の経つのが遅いように思われた。何度かトイレにも立ったが、良子に出会わず、ホールで時間をかけて煙草《たばこ》を喫《す》っていても、すぐ近くの看護室から出てきたのは、ほかの看護婦だった。

「検温三十分前には静かにベッドについていて下さい」と、入院した日に看護室で渡された「入院中の心得」には記されてあるが、小田切はもぞもぞして、ひとつも静かにできない心境だった。気が気ではなかった。ところが、体温計を配りに来たのも、回収にきたのも良子ではなかった。そのために、小田切は三度もトイレとホールへ出向かなければならなかった。

夕食まぎわに不意に良子が病室に現れた。

「食止表を渡すのを忘れてたわ」

良子は心なしか緊張した表情で、食止表をひろげながらベッドのそばまでやって来

て、それを小田切の枕元に置いて、

「あしたの朝の食事はひかえめにして下さい」

と、こわばった口調で言った。

小田切がこっくりすると、良子はちらっと八重歯をみせたが、それきりで部屋から出て行った。

食止表の書き込みを見て、小田切の心臓はどきんと音をたてた。

小田切は二〇二号室を飛び出し、階段をかけ降りた。良子がひきつぎを終えて、帰りがけに病室へ寄って行ったとすれば、二〇二号室からすぐの階段からいったん地下一階へ降りて、そこから外へ出て、寮へ帰るはずだった。

廊下にそのうしろ姿が見られないので、それしか考えられなかった。

相当勾配《こうばい》のある土地に病棟が建てられた関係で、病棟の東端の地下一階が地上に面していた。

一階から地下一階までの階段の途中で追いついた。けたたましい足音に良子が振り返り、立ち止まって、まぶしそうに小田切を見上げた。

小田切のあらい息遣いが良子の耳にも伝わってきた。

「だめだなあ、そんなに急いじゃ。君はまだ病人なのよ」

顔をくもらせ、いつもの口調で良子が言った。

その瞬間、新たに発生した小田切との関係を失念したもののようだ。

「ええ」

小田切は神妙にこっくりした。

「ありがとう。それを言いたかったんだ」

小田切は息を整えるために、一呼吸おいて言った。

良子は、はにかんだように眼を伏せた。

「あなた、本気なのね」

「あたり前だよ」

「そう」

良子が面をあげ、小田切を凝視した。ふたりは、階段を一段あけた上と下で、数秒間、相手の顔を見詰めあうかたちで立っていた。

「あしたの検査、すこしつらいけど、がんばってね」

良子が背中を向けた。

小田切が病室に戻ってくると、谷口がドアの外に立っていた。

「どうなんですか。首尾は？　イエスですか、ノーですか……」

谷口は小田切の前に立ちはだかって、返事を聞くまでは部屋に入れないといわんばかりに迫った。

「ノーじゃないと思う。でも、まだよく分からない」

「うーん。けっこう」

谷口はうなるように力を込めてそう言い、にこっと笑って、握手を求めてきた。

小田切は気恥ずかしそうに谷口の祝福を受けた。

「衷心よりおめでとうをいわせてもらいます。私もすごく嬉《うれ》しいですよ」

谷口は先輩ぶって言ったが、真実うれしそうだった。

小田切はニューヨークの村富に手紙を書こうと思いたった。いつだったか村富に近況を報告したときもそうだったが、気持のはずみが小田切をしてペンを執らせた。げんきんなもので、そのときのことを小田切はすっかり忘れていた。事実、小田切は佐和子への想《おも》いがふっきれたような気がしていた。

拝啓　お元気にご活躍のことと思います。私もやっと元気をとりもどし、そろそろ仕事がしたくなりました。村富さんからお手紙をいただいた当初は、やはりショックで奈落《ならく》の底に突き落とされたような気がしました。しかし、いまは違います。

彼女とのことは縁がなかったのだと思うほかありませんし、私も案外しぶとくできているのか、薄情なのか、妙にさばさばした心境です。いずれ近々ご報告することもあるかと思いますが、心身ともに立ち直っているようですから、どうかご懸念《けねん》なきようお願いいたします。

過日、長山所長と北川課長がお見舞いに来てくださいましたが、ご両氏ともプロパーとしての私を評価してくださってるようなので、意を強くしています。村富さんはプロパーに対して多少異なったお考えをお持ちのようですが、私はこの商売も捨てたものでもないと思っておりますし、すくなくとも二年や三年は勤めなければ、せっかくの経験もいかされないと考えています。もっとも、田宮勤労課長はご親切にも「躰《からだ》のためにも家業を継いだほうがいいのではないか」と言ってくださいますが、私にはそのつもりはありません。まだまだトーヨーで働けると思いますし、働かせてもらわなければ困ります。

あす、腹腔鏡と称するちょっと大がかりな検査があり、生検《バイオプシ》で肝臓の組織を採取されるそうですが、ほんとうはそんな必要もないのでしょうけれど、医学の進歩の一助と思って、肝臓を一グラムほど病院へ進呈することにしました。これが終わればいよいよ退院のはずです。一陽来復といいますが、近々良いことがありそうな気がします。

いつもながらあたたかいお心遣いを感謝いたしております。

お躰を大切になさってください。

小田切は良子のことに触れたい気持を抑制して、ペンを置いた。

6

看護婦寮は医学研究所の構内にあり、鉄筋コンクリートの二階建てで、六畳の個室が三十ほどある。佐藤良子の部屋は二階の南向きのなかほどに位置していた。洗面所も共同でマンションのようなわけにはいかないが、それでも比較的恵まれているといえる。

良子は部屋の電灯もつけず、卓袱台《ちゃぶだい》に頰杖《ほおづえ》をついて、いつまでもぼんやり考えていた。三十を過ぎたころから、良子は結婚をあきらめ、看護婦として精いっぱい生きてゆこうと思うようになった。看護婦におどろくほどハイミスが多いのは勤務体制が三交代制で不規則であり、恋愛するひまもないというのが通り相場になっているが、良子はそれがていのいい言い訳のような気がしていた。気持のもちかた、心のもちかたで、どうにでもなるはずだし、時間がないというのもオーバーだと思う。現に既婚者もいる。ただ、重労働で手を抜くことができず、つねに気が張っているので、着飾って出歩くことが億劫《おっくう》になる、休みの日は結局寮でごろごろしている、ということになってしまうのだ。

「あの子、本気かしら」と、良子はつぶやいた。〈なんだかたよりなさそうな坊やにしかみえないけど〉と良子は思う。

しかし、胸にときめくものがないといえば嘘《うそ》になる。良子はなんだか落ちつかなかった。彼女は寮の食堂で夕餉《ゆうげ》をとるのを忘れていて、あわてて、一階へ降りて行った。あべこべに部屋を出るときに点灯するほど心をかき乱していた。

食堂の出入口で、食事を終えて部屋へ引きあげる紺野みどりとすれちがった。みどりも良子と同じ年代で、差があったとしても一つか二つで、比較的気のおけない看護婦だった。みどりは外科の外来を受け持たされていた。良子はふと、みどりに相談する気になった。

「あとで、話にいって、いいかしら」

「いいわよ。佐藤さんの好物のマロングラッセがあるわ。お茶をいれて待ってる」

良子は、快食・快眠・快便三拍子そろった健康優良児であることを自負しているが、不思議なもので、食事がひとつも美味《おい》しくなかった。

彼女はそれでも三分の一ほど無理に腹に詰め込んだ。こんなことはついぞなかった。

みどりの部屋をノックすると、

「あら、早いわね」

と、言われ、良子は、

「なんだかごはんが美味しくないの」

と言って、笑われた。

「佐藤さんにもそんなことがあるのかしら。不思議ね」

「自分でもそう思うわ」

「元気がないわねぇ」

「そんなことはないんだけど。あなたにちょっと相談したいことがあるのよ」

「どうしたの？」

みどりは卓袱台にマロングラッセを函《はこ》ごと出して置き、紅茶をいれた。

「ありがとう」

良子は言って、紅茶を口にふくんだ。

「相談ってなあに？」

「笑わないでね。きょう、出し抜けに結婚してくれなんていわれたの」

「へーえ。いい話じゃない。相手はだあれ?」

みどりは膝《ひざ》を乗り出した。

「それが肝炎の患者なの」

「そんなの、やめなさい」

みどりは即座に言った。まことに断定的な言い方だった。

「でも、急性肝炎だし、すごく経過もいいのよ」

「A型?」

「B型。胃《い》潰瘍《かいよう》の輸血らしいわ」

「それじゃ、なおさらやめた方がいいわ。大抵は慢性肝炎になるんでしょう?」

「そんなこともないと思うわ」

「その患者《クランケ》いくつなの?」

「三十じゃなかったかな」

「若いのねぇ、それじゃ初婚かしら」

「そうよ」

みどりは三十と聞いて、眼を丸くした。

子づれの再婚とふんでいたようだ。

「佐藤さんより年下とは驚いたわね。でも、いくら相手が若くて、こっちがオールドミスだって、なにも肝炎の患者《クランケ》と結婚することはないわよ。愚の骨頂だと思うな。感染経路なんかよく分かってないらしいけど、経口感染ってことも考えられるっていうじゃない。肝硬変なんかになったらどうするの」

「そんなことをいってたら、医者や看護婦はみんな肝炎になってしまうわ。ほくろや疣《いぼ》を腫瘍《しゅよう》というのと一緒よ。肝臓っていう臓器は大事に使えば、永持ちするんでしょう。すこしでも良いところが残っていれば、トカゲのしっぽみたいに復元することも考えられるそうだし、あの人の場合は一過性のものと思うけど」

「佐藤さん、その患者好きなのね」

「それが自分でもよく分からないの。それにしても、私のようにとりえのないオールドミスのどこを気に入ってくれたのかしら」

みどりと話しているうちに、しだいに良子の気持は小田切に傾斜していった。反対されたことが逆作用し、小田切の求愛が決して唐突なものではなく、ごく自然であり、良子自身、かねて小田切に思いを寄せていたような錯覚にとらわれていた。

その夜、みどりを含めた気心の知れた仲間が四人で良子の部屋に押しかけてきた。

みどりが吹聴《ふいちょう》したわけでもなさそうだったが、わずか三時間ほどの間に寮の中で噂《うわさ》がひろまっていた。それは看護婦たちにとって、関心がなかろうはずがなかった。仲間の縁談には羨望《せんぼう》と嫉妬《しっと》のないまぜになった眼がそそがれがちだが、肝炎の患者だけはやめた方がいい、と強硬に言い張る者がほとんどだった。

みどりは良子のためを思って、翻意させるつもりで、ほかの仲間に応援を求めたつもりだったが、みんなの話を聞いているうちに、やっかみ半分と良子にとられはしないかと気になった。それほど、みんな眼の色を変えて、口々に言いたてたのである。

黒いふちのまん丸いオールドファッションの眼鏡をかけた横井和江が贅肉《ぜいにく》のついた下腹を撫《な》でながら、みんなの話をしめくくるように言った。

「いつだったか、静脈瘤《りゅう》が破裂して、洗面器に三杯も血を吐いて、つぎの日死んじゃったひとがいたわね。あの人、たしか三十五か六だったわよ。佐藤さんだって十年以上も臨床やってるんだから、肝臓病のいたましさや、それで死んでいった人のことをなんべんも見てるでしょう。絶対にやめたほうが利口よ」

「そんな悪いことばかりいわないで。肝硬変になってから十年も生きてる人もいるんですから」

良子は両手で顔を覆《おお》うようにして言い返したが、弱々しい声だった。

三十代、四十代の若い男性で劇症肝炎で死亡する例も少なくないし、良子もその事例をみている。肝臓は脂肪、蛋白《たんぱく》、ホルモンなどの代謝とグリコーゲンの貯蔵、対外からの中毒性薬物や体内で作られた有毒物質の解毒《げどく》作用など、きわめて複雑な機能をもつ最大の臓器である。

良子は、「本物の肝臓と全く同じ機能をそなえた人工肝臓をつくるとすれば、高性能の電子計算機を巨大なビルに詰め込んでもまだ間に合わないほどだ」という意味のことをなにかの書物で読んだ記憶があるが、それほど肝腎かなめの臓器をいためているとすれば、小田切健吾はすでにして大きなハンディを背負っているといわなければならない。

みんなが引き取ったあと、良子はひとりつくねんとものおもいにふけった。

7

三月二十九日、月曜日の午前十一時半ごろ小田切は看護室に呼び出された。浣腸《かんちょう》を施され、血圧の測定を受けて、静かにベッドに横たわっていた。

谷口たちが食後の一服で、ホールに出かけているあいだに良子が二〇二号室へ顔を出した。

「お腹《なか》すいたでしょう」

「そうでもないですよ」

「夕方までの辛抱ね、これ、なんのお花か分かる？」

良子は、小さな鉢植を抱えていた。それは、つややかな若葉と、細長いふっくらとした白いつぼみを無数につけていた。いまにも花びらをひろげそうだった。

「見たことないなあ。なんていう花ですか」

「ジャスミン。マダガスカル・ジャスミンっていうお花ですって。二〇六号室の患者さんがこないだ退院するときに置いて行ったの。つぼみがひらくと、とってもいい匂《にお》いがするそうよ。ここへ置かしてね」

良子は、その鉢植を小田切の枕元《まくらもと》の棚の上に載せた。小田切は、良子の厚意がいたいほど嬉しかった。

「じゃあ、がんばってね」

良子が小さく手を振って、部屋から出て行った。

午後一時二十分に、インターホーンで、内視鏡室へ行くように指示され、小田切はトイレへ寄ってから、内視鏡室のドアをノックした。

「どうぞ」

太い声で成田医師がこたえた。

成田医師は淡いグリーンの手術衣に身をかため、マスクをつけたところだった。やはり手術衣の若い医師が三人と、看護婦が内視鏡室で待ちかまえていた。

「そこへ臥《ね》てください」

看護婦が手術台を指差した。

小田切が言われるままに仰臥《ぎょうが》すると、看護婦に眼かくしをされ、四周がまっくらになった。異様な感じで、躰が重く沈みこんでゆく気がして、喉《のど》がひからび、声が出せなくなったように思えた。小田切は咳払《せきばら》いを一つ試みたが、吐息のようにかぼそかった。

看護婦が腹部の皮膚を消毒しているらしく、そこに、ひやっとした感覚があった。

「どうです？」

麻酔針の感覚がなくなるまで成田がしつこく念を押した。急に腹部がしびれ、針の痛みを感じなくなった。

「止血剤の注射をします」

右腕の上膊《じょうはく》に針を差され、小田切の緊張感は頂点に達した。寒気がして、背筋がぞくぞくした。

局部麻酔で会話をしながらメスを入れられるせいか、胃潰瘍の手術のときとは異なる妙な感覚だった。

腹腔鏡検査《ふっこうきょう》とは、人工気腹を行い、それによって生じた空間に腹腔鏡を挿入して、肝臓、胆嚢《たんのう》、脾臓《ひぞう》などの腹腔内諸臓器の表面を肉眼的に観察する検査法である。試験開腹に比して、侵襲が問題なく少ないという利点があり、最近ではカラー撮影によって客観的に記録がとれるようになっている。

「取って食おうってわけじゃないから、気を楽にして、肩の力を抜いてください」

成田医師に言われて、小田切は一層躰を強張《こわば》らせた。

ほとんど感覚はなかったが、臍《へそ》の左上部に太い針が差されたようだ。

「空気といっても、きれいな酸素なんですが、これを腹腔に注入する方法がどうも前近代的なんですよ」

成田医師はそんなことを話しかけながら、気腹器で空気を送り込んだ。

空気がまわったのか、両肩が抜けたような痛みを感じた。

小田切がそれを訴えると、成田は、

「緊張してるからですよ」

こともなげに言った。

蛙《かえる》みたいに腹が脹《ふく》れあがり、胸が圧《お》しつけられて重苦しくなってきた。口が渇き、嘔吐感《おうとかん》が強まった。

「どうですか。すこし苦しいですか。これでもまだ空気が充分入ってないんですよ。われわれとしてはもうすこし入れた方が検査がやりやすいんですが、我慢できますか」

すこしどころの苦しさではなかったが、小田切は、虫の息で返事をした。

「ええ」

空気がまた送り込まれ、胸苦しさが倍加し、吐き気をおぼえ、猛烈な下痢をおこしたような腹痛に襲われた。

小田切は失禁するのではないかと恐れた。

メスが入れられ、腹に穴があけられた。腹腔鏡が挿入されたらしく、

「小田切さん、聞こえますか。鏡を入れましたが、よく見たいので、躰の右側をすこし持ち上げてみてください」

小田切は懸命にそれをこころみたが、躰がいうことをきかなかった。

医師たちの話声に交ってジーンというなにやら機械の音が聞こえた。

「写真を撮りますから、息を止めて」

若い医師の声がした。

「はい、けっこうです」

シャッターの音とともに同じ声が言った。

腹腔鏡の角度を変えているのか、ひとりの医師が小田切を軸に一回転し、「息を止めて」をくり返し要求した。小田切はシャッター音を七度か八度聞いた。

「そろそろ終わりますよ。最後に肝組織を採るために肝臓に針を差しますが、ちょっと苦しいけど我慢してください。ほんの一秒です」

成田医師の声が聞こえた。

ドスン！という異常な衝撃音を聞いたと思った刹那《せつな》、小田切は右脇腹《わきばら》に強烈な圧力を感じ、ウッと呻《うめ》いた。

「さあ、終わりました。空気を抜きますから、すぐ楽になります」

看護婦が言った。

ひと息つくごとに空気が抜けていくときの感じは、なんともいえず気持がよく、小田切は蘇生《そせい》した思いだった。

縫合が終わり、眼かくしが外された。

看護婦が小田切の顔を覗《のぞ》き込んで、

「どうでした？」

と訊いた。

「ひどいものですね。これほど苦しいとは思いませんでした」

小田切は声が喉にひっかかって、満足に話せなかった。

「そんなに辛《つら》かったかい。ずいぶん個人差があるようだが、どうも女性の方が辛抱強いみたいですね。お産の経験のある人はとくに強い。ケロッとしているのがいる」

成田医師はマスクをとって、そう言い、ちょっと厳しい顔になった。

「これが君の肝臓の一部だよ」

成田は小さな広口瓶を小田切に示した。それは長さ三センチほどの細いみみず状のものがホルマリン漬けされて、瓶の中で浮遊していた。

「一週間で病理の方の正確な検査の結果が分かりますが、事後の所見をいいますと、まだ慢性化していないようです。しかし、油断をすると慢性肝炎になる恐れもありますから、偏食せず、栄養をまんべんなくとって、たっぷり睡眠をとって大事にしてください。残念ながら肝炎の対症療法はまだ確立されてませんから、無理をしないで大切に使うほかはない。酒は当分のあいだ、やめた方がいいですね。負荷がかかれば肝臓をいためることはたしかです。欠損治癒《ちゆ》という言葉があるんですが、たとえばGO

T、GPTが正常値にならず、マイナスがあったとしても、ある一定の線にとどまっていて、それ以上は悪くならないということなら、われわれとしては治癒していると見做《みな》すわけです。その許容範囲は、医者によってずいぶん違うんですが、小田切さんの場合、まだ、欠損はあるけれど、相当厳しい医者でも許容範囲とみるはずです。だからといって、油断しては困りますがね」

「分かりました。ありがとうございます」

小田切はこんどはスムーズに発声できた。

「二十四時間は絶対安静ですよ。小水も溲瓶《しびん》を使ってください。あしたの三時ごろまでは起きないで静かに臥てるように」

成田はそう言って、自らストレッチャーを押して、内視鏡室を出た。

小田切は病室に運ばれ、成田医師と二人の看護婦の手でベッドに移された。

母の栄子が待っていて、成田に礼を言った。

栄子は成田たちが病室を出て行くのを見届けると、小田切の耳に顔を寄せて、小声で言った。

「先生へのお礼はどのくらい考えたらいいのかね」

「冗談じゃありませんよ。莫迦《ばか》なことといわないでください。手術なんかじゃないんです。ただの検査じゃないですか」

小田切は顔をしかめ、話にならんというように横を向いた。

「でも、検査っていっても、ふつうの検査じゃないいんだろう」

栄子にしてみれば、胃潰瘍《いかいよう》の手術のときの経験をふまえて、当然そうあるべきと考え、気をきかせたつもりなのだろうが、小田切はそんな母親がうとましかった。

「お父さんとも相談したんだけどね……」

栄子が腑《ふ》に落ちないといった顔でつぶやいたとき、良子が注射の用意をしてやって来た。

「息子がたいへんお世話になってます」

「ゆきとどきませんで」

良子がほんのりと顔をあからめた。

「静岡からじゃ、お母さんも大変ですね」

「わざわざ来ることもないのに」

小田切がうるさそうに言うと、良子が、

「そんなこと言ったらバチが当たるわよ。心配して来てくださったんでしょう。どう、辛かった?」

と、よそゆきの声で言ったので、小田切はなんだかむずがゆい思いがした。

「そうでもない」

小田切は虚勢を張った。栄子や谷口がいなかったら、音《ね》をあげて、甘えたいところだ。

「止血剤と化膿《かのう》止めのお注射をします。どっちにしましょうか」

「左腕にしてください」

良子はそこを念入りに消毒して、レプチラーゼとクロロマイセチンの筋肉注射をした。

「小田切さん、佐藤さんの注射なら痛くないでしょう」

谷口が我慢し切れなくなって、嘴《くちばし》を入れた。

「そんなことはない。よけい痛いですよ」

良子は注射した小田切の左腕を揉《も》んでやりながら、谷口の方を振り向いて、

「鎮静剤の注射をしてあげようか」

と、赤い顔で言った。

「まいった、まいった」

谷口が首をすくめた。

「出血すると困りますから、躰《からだ》を動かさないようにね。あとで血圧を測ります」

良子が帰るのを待ち受けていたように、谷口が言った。

「お母さん、いまの人、素敵な看護婦さんでしょう」

谷口はさっきから、小田切のベッドのそばに腕組みしたまま立ちっぱなしで、出番を待っていたのだ。

「ほんとうですね。親切でやさしそうな看護婦さんだわ」

栄子は谷口に笑顔を向けてから、ジャスミンの鉢植に眼が止まり、

「これ、どなたにいただいたの？」

と、小田切に訊《き》いた。

「もらったんじゃない。ここが殺風景だから置いてあるだけですよ」

「根のあるものはお見舞いには持って行かないものだよ。病院に根づくといって、縁起が悪いのよ」

栄子は眉《まゆ》を寄せて、鉢植を病室の隅の方へ遠ざけた。

「お母さん、そんなつまらないこと言うもんじゃないよ。ここへ置いといてください」

小田切は恐い顔で言ったが、栄子は聞き入れなかった。

「それじゃ、僕があずかります。どうせ、僕はこの病院に根づいてますから」

谷口が笑いながら言って、窓際《まどぎわ》の棚にそれを運んだ。

小田切は両肩の痛みと、腹痛で、夕食はほとんどとれなかった。栄子が付き添いで一晩泊まると言い張ったが、小田切はその必要はないと、つっぱねた。ジャスミンの鉢植のことで多少腹をたてていた。

「佐和子さんはいつアメリカから帰ってくるんだろう」

帰りしなに栄子がつぶやいた。

小田切は胸を衝《つ》かれたが、栄子に佐和子のことも、良子のことも話す気になれなかった。

いつまで放っておくわけにもいかないことは分かっていたが、まだその時期ではないと思った。

8

小田切は脂汗《あぶらあせ》を流して、腹部の激痛に耐えていた。麻酔が切れたこともあって、経験したことのない猛烈な痛みだった。肩の痛みも募る一方だった。息を吸うときがことに辛く、吐く方は楽なので、ハッ、ハッ、ハッと短く呼吸するほかない。病院は消灯時間をとうに過ぎて、静まりかえっていた。

聞こえるのは、谷口たちの寝息だけだ。

午前一時に良子が血圧計を抱えて、病室に現れたとき、小田切は救われた気がした。

深夜番の場合は日勤がないか、あっても半休で正午までのはずだが、小田切は初め、良子が自分を心配して、わざわざ見廻りに来てくれたのかと勘違いした。

良子は深夜番の看護婦が急用で来られなくなったために急遽《きゅうきょ》替わったのである。看護婦の勤務日程は一カ月ごとに決めるが、ぎりぎりの人数でやりくりしているので、一人でも風邪で休んだりすると、とたんにローテーションが狂い、良子のような丈夫なのは替わりをつとめさせられることがままあるわけだ。

「我慢できる？　辛かったら、鎮痛剤を打ってあげましょうか」

良子が小田切の耳もとで囁《ささや》いた。

「頼む」

小田切はほとんど声にならなかった。

「躰内《たいない》に残ってる空気が腹膜を刺激するの。それでお腹が痛むのよ。すぐ来ますからね」

足音が遠ざかり、また近づいて来た。良子は他の患者の眠りを妨げないように、そっとドアをあけ、懐中電灯の丸いひかりを床にゆらめかせながら、小田切の枕元《まくらもと》へ接近し、オピスタンの筋注を今度は右腕に打ってくれた。

「これですこしは楽になるはずよ。どうしても我慢できなかったら、あと一本だけはしてあげられるけど、なるべくしないほうがいいの。なにかあったら、遠慮なく呼んでちょうだい。ボタンを押してくれれば、すぐに来ます」

良子は、皮下気腫、出血の有無を丁寧に観察し、異常のないことを確認してから、小声で言った。それから他の患者の様子をひとわたり見廻し、ベッドからずり落ちそうな掛け蒲団《ぶとん》を直したりして、病室を出て行った。

痛みがいくらか薄らいだが、小田切は一睡もできなかった。二時、三時、四時と、良子は一時間ごとに病室へ入って来た。そのたびに、しゃがみこんで、

「我慢できそう？」

小田切の耳もとに口を寄せて訊いた。

小田切は小さくうなずきつづけた。

東の空が白みかけたころ、小田切は尿意をこらえきれなくなって、溲瓶をあててみたが、出なかった。

検温の時間が近づくと、あっちこっちの病室で物音がしはじめる。

体温計を運んできたのは、新入りの若い看護婦だった。

「お変わりありませんか」

その看護婦は言って、小田切の血圧を測った。検温し、脈拍を診にきたのもその看護婦で、大きな花瓶のような水差しに洗顔用の湯を運んできたのも、歯ブラシに歯みがきをつけたり、洗面器にぬるい湯を注いでくれたのも良子ではなかった。良子は他の病室の重態患者の世話で手が離せなかったのである。

谷口がベッドをハンドル操作で起《た》てかけ、顔を洗うときにこまごまと気をつかってくれた。小田切は夜中あれほど呻吟《しんぎん》したのが嘘《うそ》みたいに腹部の痛みがひいていた。

食事のとき、谷口が小田切の分も運んできてくれたが、小田切は豆腐の味噌汁《みそしる》をひと口すすって箸《はし》を投げ出した。

肩の鈍痛がまだ治まらず、箸を動かすことが大儀だったし、食欲もなかった。

八時すこし前になると、全員ホールのテレビの前に行ってしまうので、小田切はそれを待ってもういちど溲瓶をこころみたが、やっぱり徒労に終わった。俺はそんなに神経質ではないはずだと自己暗示をかけながら懸命にがんばったが、脂汗が出るほど尿意を感じていながら、どうにも小水は出てこなかった。小田切はたまりかねてベッドを降りた。慎重にそろそろとトイレへ向かって歩いた。その四十メートルほどの距離の長さは到底筆舌に尽くせない。

便器に向かって放尿しているときの心地よさといったらなかった。小田切は生き返ったような気がした。膀胱《ぼうこう》が破裂しなかったのが不思議なくらい尿が溜《たま》っていた。小田切が最後の一滴をふり切って、そーっと廊下に出ると、そこに良子が立っていた。

「ごめんなさい、気がつかなくて。私が悪いのよ。こんなイージー・ミスをおかすなんて、私どうかしてたわ。でも、どうして言ってくれなかったの。さあ、とにかくこれに乗って」

良子は用意してきた車椅子《いす》を指で示した。

良子は自分のミスが情けなかった。溲瓶の中身の点検を怠るなど初歩的なミスで、まったくあってはならないことだ。日勤と深夜が重なって疲労困憊《こんぱい》だったなどという言い訳は許されない、何年看護婦をやってるのだろう、と良子は己れを叱咤《しった》した。肝生検、腹腔鏡《ふっこうきょう》といった大がかりな検査をすれば、腎機能の低下なども伴うので、患者の全身状態を観察しなければならないし、懸命に尽くしたつもりなのに、こんな大きなエラーをするなんて、良子は自分の愚かしさを心の中で責めた。

「歩いて行けますよ」

「だめよ。いうことをきいて。私、自分の躰を粗末にする人きらいよ」

断固とした良子の調子に気圧《けお》されて、小田切はしぶしぶ車椅子に腰をおろした。

「部屋を覗《のぞ》いたら、もぬけのからなんだもの、びっくりしちゃった」

良子は車椅子を押しながら、やさしくそう言った。

その車椅子はいつも二つにたたんで、廊下に置きっぱなしにされているもので、埃《ほこり》くさかった。

良子は病室の前で車椅子から降りようとする小田切を押しとどめ、ドアを大きくあけて、ベッドまで運んだ。小田切は良子の肩を借りて、ベッドに躰を臥《ね》かせた。

かすかにベッドがきしんだ。良子は、小田切の腹部を調べ、

「よかったわ。出血もしてないようだし」

と、言って、静かに蒲団をかけた。

良子はそうしながら、ふと、窓際の棚の上のマダガスカル・ジャスミンの鉢植に眼をやった。かぐわしい花の匂《にお》いがそこまで届いてきたのである。

「あら、咲いたわ。きれいねぇ」

良子は棚に近づいて鉢植を両手に挟んで、匂いを嗅《か》ぎながら、小田切の鼻先まで運んできた。

「いい匂いでしょう」

「ほんとうだ。金木犀《きんもくせい》ほどつよくはないけど似てますね」

「そういえば、金木犀の香りにそっくりだわ。ジャスミンって、たしか木犀科じゃなかったかしら」

良子は小田切に負担がかからないように、ベッドのそばにかがみこんだ。

ジャスミンの花は萼《がく》からすくっと伸び、先端の花びらをひそやかにそっとひらいている。

良子と小田切は、その可憐《かれん》な小さな花びらに顔を寄せ合うかたちで眼をつむり、芳香を胸に吸いこんだ。どやどやっと入り乱れた足音が聞こえ、だしぬけにドアがあいた。

朝のベッドの掃除でマスクをかけた看護婦が三人、二〇二号室にやって来たのだ。

良子は蒼惶《そうこう》として、ジャスミンの鉢植を棚に片づけに戻った。

「あら、佐藤さんまだこんなところでぐずぐずしてたの。とっくに寮に帰ってるかと思ったのに」

のっぽの年かさの看護婦が良子の背中に話しかけると、そばかすの多い看護婦が加勢した。

「もう恋人きどりなんでしょう。気が早いんだから、このひと」

背の低いのがくすくす笑った。

「みんな、意地悪ね」

良子は寝不足のはれぼったい丸い顔をまっ赤に染めて、それだけいうのが精いっぱいだった。

三人の前を走り抜けてゆく良子を眼で見送る小田切も、耳たぶまで熱くしていた。

第九章　再出発

1

四月一日付でトーヨー製薬は大幅な組織の改正が行われることになった、と生検《バイオプシ》二日後の小田切に伝えてくれたのは、開発部で机を並べていた堀越だった。

開発部の女子社員が三人つれだって病気見舞いに顔を見せてくれたし、別の部の同期の連中も来てくれたが、開発部の男子社員では堀越が初めてだったので、小田切はおやっと思った。

鉛筆で書き込んだボナンザグラムのページをむきだしにした週刊誌を小脇《こわき》に挟んでいるあたり、クイズマニアの堀越らしかった。ずぼらなのか、ふけ性なのか、スーツに白い粉をまきちらしているのも前と変わらない。

「もっと早くお見舞いに来たかったんですけど、忙しくて……」

堀越は果物の包みを枕元《まくらもと》の棚に置いて、ぼそぼそした感じでそう言って、仰臥《ぎょうが》したままの小田切をちらっとうかがった。

「ありがとう。こんな時間によくこれたね」

小田切は読みさしの雑誌をとじ、午後二時を指している腕時計に眼をやって言った。

堀越は週刊誌を左脇から右手に移動し、左手で丸椅子《いす》を小田切の方にひき寄せて、腰をおろした。

「本社で新年度の予算のことで会議なんです。それで上の方がごっそりいないんですよ」

「なるほど、それで会社を抜け出せたわけだね」

「ええ。小田切さん、すこし痩《や》せました？　元気そうですけど……」

「うん。一昨日《おととい》ちょっと大がかりな検査があってね。ひどい目にあった。半殺しの目にあわされたよ。どてっ腹に穴をあけられて、空気を入れ、内視鏡で肝臓の表面を見るんだが、空気が肩に残ってるらしくて、まだなんだか変なんだ。おまけに肝臓に針を差されて、組織はとられるし、さんざんだよ」

「生検《バイオプシ》ですね。道理で静かに臥《ね》てると思いましたよ。そんなに悪いんですか」

堀越は、気色悪そうに眼をしわしわさせながら言った。

小田切はあわてて、かぶりを振った。

「そんなことはないよ。もうすっかりいいんだ。駄目押しの検査で、あと一週間たらずで退院できるはずだから」

「そんなに無理しなくてもいいですよ。まさか再起不能なんてこともないでしょうけど、大事にしてください」

「再起不能なんて冗談じゃないよ。まだ、だれかそんなこと言ってるのかい？　ほんとうにもう治ったんだ」

小田切はむきになって言ったが、それに気づいて、声を落とした。

「そんなことより、会社の方はその後変わったことはないの？」

「それが大ありなんです……」

それを言いたくてうずうずしてた、というように堀越は身を乗り出した。

「四月一日付で、和田取締役が三階級特進して、副社長になるそうです。相当大幅な異動で、竹本専務は相談役に勇退するって聞いてますけど」

「ほんとうかい？　君、四月一日って、あしたじゃないか」

小田切の調子を外した声に、谷口たち病室の患者のびっくりした眼がこっちに集まった。

「村富さんはそのままなんだろうね。彼、知ってるのかしら」

「もちろん聞いてると思いますよ」

　小田切が声を低くしたので、つられて堀越も小声になった。

「村富さん、あまりのショックに熱を出してニューヨークのアパートで、寝こんでしまったっていう噂《うわさ》ですよ」

　さもおかしそうにフッフッと含み笑いしながら言う堀越に、小田切は腹が立った。

「堀越君、そんな言い方やめろよ」

「はあ」

　堀越はあいまいに小さくうなずいたが、小田切の心情などさして気にならないらしく、話を続けた。

「村富さんがどう出るか見ものだって、和田新副社長は言ってるそうですよ。和田さんは全般をみるっていうことですから、社長含みであることはたしかでしょうね。それから、これも和田さん自身が開発部の課長連中に言ってるそうですが、竹本専務はご自分から勇退を申し出たんじゃなくて、社長に引導を渡されたっていう話ですよ。ほかにも役員の何人かがやめて、だいぶ若返るらしいのですが、いずれにしても二日付の新聞に出ると思います。開発部が開発本部に昇格するって聞いてますが、どっちみち僕たちぺいぺいにはあんまり関係ないかもしれませんね」

「和田さんもどうかと思うな。わが世の春で浮かれてる気持は分かるが、自分でそんなことをいいふらしているとしたら、異常というか、いい気なもんだね。こっちが恥ずかしくなるよ」

小田切は不愉快そうに、そっぽを見て言った。きりきりと、村富の歯ぎしりが聞こえてくるような気がした。

急にだまりこくってしまった小田切に、堀越も居づらくなったのか、早々に立ち去った。

小田切は胸が動悸《どうき》をうつほど衝撃を受けていた。ほんの三カ月ほど会社を休んで、浮世離れした生活を送っている間に、世の中がすっかり変わってしまったような感じだった。小田切は気がせいた。一刻も早く退院して、出社しなければ、いよいよおいてきぼりをくってしまう、こうしてはいられない、と小田切は思った。

村富はどんな思いで組織改正と役員人事に関するニュースを聞いたろう。小田切がニューヨークの村富に想《おも》いを馳《は》せたとき、ふと手紙のことが頭をよぎった。気持の弾みで、村富にうわついた手紙を出したことを小田切は後悔した。母の栄子に航空便を託したのは生検《バイオプシ》の日だったから、村富の手許《ても と》にどんなに早く届いたとしてもあと五日はかかるとみなければならない。妙なタイミングになってしまった、と小田切はほぞを噛《か》む思いだった。撤回できるものならそうしたい。もしや栄子がうっかりして、手紙を出し忘れていることはないだろうか、ともかく確認してみよう。そう思って、小田切がベッドから身を起こしかけたとき、谷口の声がした。

「小田切さん、あんまり寝返りを打つのはよくないですよ。抜糸するまで一週間かかるんでしょう？　あと二、三日は静かにしてないと、傷口がまだ固まってないんじゃありませんか」

谷口は、腕組みしてベッドにあぐらをかいて坐《すわ》り込み、さっきから小田切を観察していたのである。

「どうも」

小田切は気恥ずかしそうに言って、そっと起き上がった。知らず知らずのうちに寝返りをうち、もぞもぞしている小田切を、谷口は気にかけていたのである。

「なにか心配ごとでもあるんですか」

「べつに大したことではありませんけど、会社で異動があるらしくて。ニューヨーク駐在の会社の先輩に変な手紙を出しちゃったんで、そのことをちょっと考えたもんですから」

「なるほど、エリート・サラリーマンとしてはいちばん気になるところですか。そういえば三月、四月は異動期ですね。でも、あんまり気にしない方がいいですよ。なに一年や二年の遅れなんて、どうってことないですよ」

「ええ。上層部の異動ですから、気にしても始まらないんですが……。それより、ちょっと家に電話をしようと思って」

小田切が備えつけの抽出《ひきだ》しをあけて、小銭入れの中を確かめていると、谷口は素早くピースの缶をかざすように示しながら言った。

「十円硬貨ならいくらでもありますから、使ってください」

「ありがとう。それじゃ、これでお願いします」

小田切が手垢《てあか》で黒びかりした小銭入れから百円硬貨を三枚とり出すと、谷口はもうピース缶を持って、小田切のそばまで来ていた。

「静岡までじゃ、十円玉を入れるのが忙しいですよ。ご迷惑でなければ、僕が手伝ってあげましょうか」

「迷惑なんてことはないけど、ひとりでできますよ」

「いやいや、それが案外むずかしいものですよ。やってあげます」

谷口はもう小田切に背中をみせていた。小田切は、谷口の度の過ぎた親切をわずらわしいとは思わなかったが、苦笑しながら後に従った。谷口はつとめてゆっくりと歩いてくれた。

二階の内科病棟のホールの前の青色の公衆電話で、谷口が傍から機関銃のように十円硬貨を投入してくれたが、小田切と栄子の通話は一分とはかからなかった。

小田切は栄子から、村富宛《あて》の手紙を昨日投函《とうかん》したことを確認したにすぎなかったのである。

「もうおしまいですか」

谷口があきれ顔で言った。

2

それから十日後に、小田切はT大医学研究所付属病院を退院した。

下永教授も主治医の成田も、そして看護婦の良子も異口同音にせめてあと一カ月入院してた方があとあとのためによい、と言ってくれたが、小田切は聞き入れず、そのかわり最低一カ月は自宅療養し、週一度通院して肝機能などの検査を受けることを条件に退院を許されたのである。

生検の結果が予想以上に良好だったことで、小田切が勢いづいたこともたしかだった。

良子がこまごまと気をつかい、三カ月の休養を要す旨《むね》の主治医の診断書をとりつけてくれた。

小田切は退院の当日、会社へ電話連絡し、そして一週間目の通院日の帰りに、診断書をたずさえて、久方ぶりに本町のトーヨー製薬東京第一営業所に挨拶《あいさつ》に出向いた。

長山所長も北川営業三課長も今度の異動には関係なく、ポストも変わっていなかったが、二人とも席を外していた。日中の所内は一部の管理職と女性の事務員がちらほらいるきりで、間が抜けたように閑散としている。小田切は自分の席がまだ元のまま放置されているのを確認して、なにやらほっとした。小田切は席について、抽出しをあけたりしめたり、机の上を撫《な》でてみたりして、それから所内を一巡し、筋向かいの東京支社ビルに廻《まわ》った。

なにはともあれ、見舞いにきてくれた勤労課長の田宮にも挨拶しておかなければ、と考えたのである。

組織改正で、東京支社の人事部は、管理本部東京勤労部に名称が変更され、田宮は副部長に昇格していた。

田宮は小田切を認めると、威厳をとりつくろうように、

「ちょっとそこの応接室で待っててくれ」

と、顎《あご》をしゃくって、指示した。

小田切は十五分ほど待たされた。新入りらしい見かけない女子社員が番茶を運んできた。なにかしら他人行儀な扱われようで、小田切はちぐはぐな思いがしていた。

田宮が顔を出した。若い男を伴っていた。

「やあ」

その男が気やすく言った。それは小田切と同期の山崎だった。

「山崎課長代理が君たちプロパーの人事を見ることになったんでね」

田宮はそう言って、小田切を一瞥《いちべつ》し、煙草《たばこ》をくわえた。小田切はおやっ、と思った。同期の社員のことなど気になるほうではないと思っていたが、一プロパーと課長代理とでは距離を感じないわけにいかなかった。

「その節はお見舞いをいただきまして、ありがとうございました」

小田切が内心の動揺を抑えて挨拶すると、

「それでどうなの？　会社へはもう出られるのかね。まだ当分駄目かと思って、そろそろ寮の方をあけてもらおうかと考えてたところなんだ」

田宮は気難しい顔で言った。

「君は恵まれてるよな。家がしっかりしてるから。空気の良いところで、のんびりやった方がいいんじゃないの？」

山崎が長い顔をななめに倒して、右手で頰《ほお》をさすりながら口をはさんだ。

小田切は、気色《けしき》ばんで、口早に言った。

「妙なこと言わないでくれよ。僕はこのとおり元気になったんだから、あしたからでもばりばり働かせてもらうつもりだよ」

そして、田宮の方に向き直った。

「課長、ご心配いただきましたが、おかげさまで慢性肝炎にならずにすみました。あしたからというのもなんですから、来週からでも職場に復帰したいと思います」

「小田切、田宮さんは副部長になられたんだよ。失礼じゃないか」

山崎はすかさず小田切が田宮を課長と呼んだことを咎《とが》めて、点数をあげた。というより、同期のトップを切って、課長代理に抜擢《ばってき》されたことで、優越感にひたり、小田切を見くだしているようでもあった。田宮が仏頂面《ぶっちょうづら》で煙草のけむりを吐きだして言った。

「君、ほんとうに大丈夫なのかね。プロパー稼業《かぎょう》も楽じゃないよ。といって、そうそう楽をできるポストがあるわけでもないし」

「もちろんです」

小田切はまっすぐ躰《からだ》を起こして、アクセントをつけてこたえた。

こんなはずではなかったが、山崎に挑発されて、つい虚勢を張ってしまった。診断書を提出するどころではなかった。もっとも、小田切自身、三カ月の休養は大事をとり過ぎるし、一カ月でももてあますと考えていた。彼は躰力《たいりょく》の回復に自信をとりもどしていたのである。

3

小田切が出社して二日目の朝、思いがけず村富から電話があった。

もしもし、という低音の太いその声は、まさしく村富のものだった。しかも驚くほど電話は近かった。

「いま、どこにいるんですか」

「東京駅だよ。一昨日帰ってきた。きのうは一日本社にいて、夜は大阪で友達と痛飲していささか二日酔い気味だが、たったいま、新幹線でやって来たわけだ。実はな、俺、会社をやめることにしたんだ。それで、君に相談したいこともあるんだ」

「会社をやめるって、ほんとうですか。冗談でしょう？」

小田切は握りしめている受話器を手で囲うようにした。声がうわずっていた。

「ほんとうだよ。詳しいことはあとで話す。昼食はどうだい？」

「けっこうです。僕も部長にお会いしたいと思ってました。どこへおうかがいしたらよろしいでしょうか」

「とりあえずTホテルの新館のロビーで会おう。十一時でどうだ？」

「分かりました」

受話器を置いたあとも、小田切はしばらく胸の動悸が鎮《しず》まらなかった。

Tホテルのロビーで、村富は小田切と顔を合わせるなり、久闊《きゅうかつ》を叙することもせず、

「おい、退院してすぐ出社するなんて、無茶だぞ」

と、叱《しか》りつけるように言った。

「僕が退院したのだれから聞きました」

「きのう、大阪から静岡のお宅へ電話を入れて、お母さんから聞いた。夜よっぽど大船の寮へ電話しようかと思ったんだが、友達と会ってて遅くなっちゃったんでね。手紙をもらって、君が元気になった様子は分かったから安心はしてたんだが、まさか会社に出てるとは思わなかった。いくらなんでもひどいよ。お母さんも心配してたぜ。最低一カ月は自宅療養を要するそうじゃないか。内臓の病気は慎重過ぎるくらいでち

ょうどいいんだ。それを十日足らずで会社へ出るなんて言語道断だぞ。いかん、絶対にまだ早すぎる」

村富はつっ立ったまま、深刻な表情で小田切を睨《にら》みつけるようにして言葉を投げつけた。

小田切は、村富の粗い語調に愛情を感じ、胸がつまった。

「僕の方はほんとうにこのとおり元気ですから心配しないでください。そんなことより村富さんこそ、会社をやめてどうするんですか。それに、ずいぶん痩《や》せたようですけど」

「時差ボケと二日酔いのためで、どうってことないよ」

と、村富は強がりを言った。

「まあ、久方ぶりに会ったんだ。めしでも食いながらゆっくり話そう。脂《あぶら》っこいものじゃなければいいんだろう。鮨《すし》かなにかなら。朝めしを食ってないんで、腹が減って、どうにもならん」

せかせかした感じは昔のままだったが、村富は憔悴《しょうすい》し切った感じで白髪がふえ、ごましおになり、頬骨が出て、顔全体が尖《とが》ってみえた。

村富と小田切はホテルの鮨屋の暖簾《のれん》をくぐった。昼食時にだいぶ間があるせいで、店に客はいなかった。

「いらっしゃい」

気合いの入った若い板前の声につづいて、絣《かすり》の着物をまとった中年の女店員が、

「こちらへどうぞ」

と、カウンターの中央にふたりを導いた。

「君には悪いけど、一本だけ飲んでいいかい」

村富がおしぼりで手を拭《ふ》きながら申し訳なさそうに言った。

小田切は笑顔でこっくりした。

村富はついでに首筋のあたりをぬぐいながら、

「ビールを一本、このひとにはジュースでもあげてください」

と、女店員に言いつけ、

「とにかく退院を祝って、乾杯しなくちゃ、はじまらん」

と、つぶやいた。

オレンジジュースを注いだグラスを眼の高さまで掲げたとき、小田切はまたしても胸がきゅーっと熱くなった。

「おめでとう。元気になってほんとうによかった」

「ありがとうございます」

グラスをかるくふれあわせ、村富は一気にビールを乾《ほ》し、小田切はジュースを三分の一ほどあけてグラスをカウンターに置いた。女店員の酌を受けながら、村富が言った。

「トロなんかはよしたほうがいいぞ。つや消しだが、さび抜きで我慢するんだな。あとは適当にやってくれ。俺はトロをすこし切ってもらおう」

「それじゃ、僕はあがりをください。できたら番茶の方がいいんですが」

「はい、分かりました」

女店員が奥へ消え、村富の前にトロの刺身が五切れほど海草の上に並んだ。

「そちらのだんな、なにから握りますか」

板前に催促されて、小田切は赤貝と平貝を頼んだ。

「さび抜きですね」

「そうしてください」

「ところで、さっきの質問だが……」

二杯目のビールを乾して、それが景気づけになったのか、村富は堰《せき》を切ったようにしゃべりはじめた。

「結論から先にいえば、引かれものの小唄《こうた》めいたところはあるかもしれないが、トーヨー製薬に見切りをつけたということだな。俺はまさかと思った。社長が和田に後事を託したい気持は分かるが、いくら溺愛《できあい》している甥《おい》っ子とはいっても、企業ともなれば厳しいものだから公私を峻別《しゅんべつ》して当然だし、そのくらいの見識は持っているとたかをくっていた。だから、最悪の場合でも竹本さんでつなぐと思っていた。竹本さんを誠《き》るなんて思いもよらなかった。ところが、俺の予想はものの見事に外れたよ。これだけ見事に外れると、かえって気持がいいようなもんだ」

村富は刺身を一切れ箸《はし》でつまみあげた。小田切は先を急いでほしかったが、村富がそれを口の中で始末するまで、身を固くして待った。

「ニューヨークで、和田が副社長になることを聞いたときは、ショックだったな。竹本さんになんども電話を入れて、巻き返しを図ってください、トーヨーのために奮起してくださいって、お願いしたけれど、竹本さんは最後まで動かなかった。社長が決断した以上、私の出る幕はないっていうわけだ。番頭としての分をわきまえてたというべきか、あの人には激しさのようなものがまったくなかった。社長の座をうかがおうなどという野心などこれっぽちもない。もう自分の出番はないと、はなから諦《あきら》めてしまったわけだ。内心は、社長に裏切られた、あるいはほとほと愛想が尽きたという思いがあったかもしれないが、竹本さんは俺にさえ、それをおくびにも出さなかったよ。お家大事という意識があれば、ひとふんばりしてもよさそうだが、あの人はお家騒動を恐れる方が先なんだ」

村富は、そこで、小田切の前に握り鮨が四つ並んでいることに気づいて、

「君、どんどんやってくれよ。握ったそばから食っていかないと、せっかくの鮨が不味《まず》くなるぞ」

と、注意した。

「はい、いただきます」

小田切は、赤貝に手を延ばした。さび抜きの鮨は初めてだが、やはりずいぶんちがうものだ。味が半減し、気がぬけたビールといったところだろうか。

「どう、いけるか」

「ええ」

小田切はあいまいにうなずいた。

「やっぱり、さび抜きじゃ冴《さ》えないよな。俺は通《つう》ぶって、穴子からいくか」

村富が照れ笑いを浮かべながら言った。

小田切が鮨の話などはどうでもいい、といいたげに先を促した。

「会社をやめてどうするんですか」

「まあ、そう急《せ》くな。俺だって、この世に未練があるし、女房、子供を食わしていかなければならんから、働かなきゃならん。いくら俺がおっちょこちょいでも、食っていける見通しがなくちゃ、会社はやめられないよ」

村富が一息入れて、トロを片づけにかかったので、小田切も仕方なく鮨をつまみ、番茶を飲んだ。

「俺はアメリカへ行けといわれたとき、ほんとうは会社をやめたかった。俺の二十五年間のサラリーマン生活でそのときほど屈辱的な思いをしたことはない。妻子を路頭に迷わすこともできないので、涙をのんで、ぐっとこらえたんだ。しかし、こんどばかりは我慢できない。竹本さんは、和田と仲良くやれ、ありていにいえば遅ればせながら取り入れということらしいが、なんでそんなにまで自分をおとしめなければならんのだ。男としてそこまでなり下がれると思うか。あいつの顔色をうかがいながら仕事をするのか……。冗談じゃない、考えただけでもおぞましくて、吐き気をもよおす」

話しているうちに胸を突き上げるような怒りが舞い戻ってきたのか、村富は激越な調子で言って、カウンターをたたかんばかりに拳《こぶし》をふりあげた。

その自分の声に、バツが悪くなって、村富は呼吸を鎮めるようにネクタイをゆるめた。感情の激発がおさまったあと、一瞬寂しげに村富の表情が翳《かげ》ったのを小田切は見た。

「すこし生意気をいわせてもらいますが、会社をやめるっていうのは短絡してませんか。村富さんの気持はよく分かりますけど、そんなに思いつめる必要があるんでしょうか。僕自身、そのことを反省してるんですが、和田さんに対して感情的なプラス・アルファがありすぎるような気がするんです。必要以上に気持をたかぶらせ、増幅させていると思うんです。取り入るとか、顔色をうかがうなどということではなく、ごく普通にしていればいいんじゃありませんか。サラリーマンの多くは上司に対して面従腹背みたいなところがありますが、村富さんの場合、和田さんを意識し過ぎると思うんです。まして、太平洋をへだてた向こう側にいて、和田さんと顔を合わせないだけでも恵まれてますよ。お願いですから、そんな短気を起こさないでください」

小田切はじっと村富の眼をとらえて離さなかった。

「ありがとう。君が心配してくれるのはありがたいが、きのう辞表を出して、あっさり受理されたよ。引き留められても、こっちにはそのつもりはないが、嘘《うそ》でも引き留めてもらいたいような気もしたがね。こう見えても二十数年間、会社のためにがんばってきたつもりだからね。それが、待ってましたとばかり受理されて、その日のうちに退職金まで計算してよこしたんだから念が入っている。おそれいったな。おかげで、こっちはさばさばした心境になれたよ」

村富は笑いながら言ったが、内心は無念の涙をこぼしていたのかもしれない。小田切は息をのみ、

「そんな、莫迦《ばか》な」

と、思わずつぶやいた。

「莫迦といわれてもしょうがないな。唯々諾々《いいだくだく》と和田に顎《あご》で使われてたまるかっていうんだ」

村富が怒ったように言って、残りのビールをあけた。

「そんなつもりで言ったんじゃないんです。でも、村富さんは会社をやめることにしたんじゃなくて、やめちゃったんですね」

小田切は大ぶりの湯呑《ゆの》みを手にしたまま言って、吐息をもらした。

だしぬけに村富が言った。

「大時代な言いようで嗤《わら》われるかもしれないが、小田切君、俺に生命《いのち》を預けてくれないか」

「えっ、どういうことですか」

「アメリカのM社が莫迦に俺を気に入ってくれ、日本に資本進出したいから、助《す》けてくれっていってきてるんだ。製薬関係の外資にとっても日本はまだ魅力のある市場なんだろうね。百パーセント資本自由化されていることだし、ここで一つ大攻勢をかけ、極東に拠点を築きたいということで俺に白羽の矢が立ったらしい。すこし俺を買い被《かぶ》っているような気もするが、百パーセントM社の出資で、日本法人の会社をつくるに際して、俺に代表者になってくれっていう話なんだ。もちろん、俺にとってリスキーではあるし、道はきびしいと思うが、そこまで見込まれれば、男としてやってみたくもなるし、賭《か》けてみる価値はあると思うんだ。M社の上層部ともずいぶん話し合って、俺なりに見通しをもったつもりだ。仲人口《なこうどぐち》みたいにいいことずくめのことをいう気はないが、君にいつまでもプロパーをさせておくわけにはいかんよ。君の将来についてでは俺にも責任がある。君も俺もトーヨーではケチがついちゃったから、そういう意味ではコースから外れてるし、和田体制では、トーヨーも知れてるよ。俺を信頼して、まかせてくれればありがたい。この話は、実は一度断ったんだが、またむしかえされたんだ。たまたま今度の一件とぶつかったので、受ける気になった。人材もこれから集めなければならんし、周到な準備のいることは承知しているが、俺は君に手伝ってもらいたいんだ」

村富は一気に本題に入った。

「ありようをいえば、アメリカの外資の厳しさ、非情さは俺も見たり聞いたりして知っているつもりだ。彼らの経済合理性、利潤追求のすさまじさは、日本的なにわぶしなど通用しない。エラーをすれば、すぐお払い箱だが、業績をあげればそれを評価し、それにこたえてくれる。がんばり甲斐《がい》のあることはたしかだろう」

村富はひと息いれて、あがりを頼んだ。

小田切は、いつだったか久我医院に人工腎臓《じんぞう》を売り込みにやって来て、久我医師を紹介してくれとしつこく迫った池谷の顔が村富のそれにだぶった。村富はセールスマンなどではなく、薬品販売会社の経営をまかされるのだろうが、海外勤務中に外資にスカウトされたという意味では、村富も、かの池谷も共通している。結果的に、贔屓《ひいき》の引き倒しになったきらいはあるとしても、トーヨー製薬時代になにかとうしろだてになってくれ、上役には向かっていくが、部下をいたわり、庇《かば》いだてする村富に小田切は心酔しているようなところがあった。なにをするのか、なにをやらされるのか先のことは皆目見当がつかないが、村富を加勢し、村富に従《つ》いてゆきたいと小田切は思った。

「俺は、左前になった商社の友人にも口をかけてるし、腕のいいプロパーもスカウトしたいと思っているが、一カ月ほど日本にとどまって、準備をし、またアメリカへ行くが、その間に腹を固めてくれればいい。そのためにも、いまは英気を養っておいてくれなければ困るんだ。会社を休んでいることが気がひけるんなら、この際きっぱりやめてしまってもいいじゃないか。とにかく、いまはたっぷり休養をとって、将来に備えてほしい。俺は五十を前にして、年甲斐もなく燃えている。きのう本社で和田に出くわしたが、あいつどこで聞き込んできたのか、〝外資の尖兵《せんぺい》になるとは君も落ちたもんやね。貧すれば鈍すいうのとちゃうか〟などとぬかしやがったが、国際化時代にいまさらナショナリズムでもあるまい。外資もへったくれもあるか。日本はアメリカの核の傘の下にのうのうと経済大国づらしてられるが、アメリカがくしゃみをすれば、日本は風邪ひくといわれるほどアメリカに寄りかかっている面が多い。トーヨーを見返してやる、和田を見返してやる、そういう感情がないといえば嘘になるが、そんなことより、俺は仕事がしたいんだ」

村富は穴子を頰張った。

「とにかく考えておいてくれよ」

口をもぐつかせながら、村富が言った。

「考えるまでもありません」

小田切は姿勢を正し、きまじめな顔でこたえた。勝ち誇ったような山崎の顔と、親切ごかしに暗に依願退職を慫慂《しょうよう》された時の場面が小田切の頭の中をよぎった。

「ぜひ、お手伝いさせてください。お願いします」

「おっ、そうか。分かってくれるか」

村富は穴子をのみこんで、手をさし延べてきた。小田切もそれを力強く握り返した。

「アメリカで一、二年は研修してもらうことになると思うから、嫁さんを早くさがしといてくれよ。一緒に行けばいいんだ」

「ええ」

「自信ありげだが、心あたりでもあるのか」

「ええ」

小田切はうれしそうに二度つづけて大きくうなずいた。

「一陽来復っていうのは、そのことだな」

村富が小田切の顔を覗《のぞ》き込むようにして言った。

小田切は、三度目はもっと大きくこっくりしてみせた。

その頃の〝わが身〟

――巻末著者インタビュー――

本作『明日はわが身』は、一九七五年に石油業界の内幕を描いた『虚構の城』（現新潮文庫）で作家デビューした高杉良氏が、その翌々年に発表した第二作である。作家生活の実質的なスタートとなった本作の誕生には、著者自身のサラリーマンとしての病気休職が、実感のある体験として大きく作用している。

著者・高杉良氏にとって〝わが身〟を投影した『明日はわが身』は、作家としての原点であるという。その執筆の背景を著者に聞いた。

――高杉さんは、主人公小田切健吾と同じ病気をされたそうですね。

そうなんです。小田切は、輸血が原因の血清肝炎で、僕の場合は急性肝炎だったところが少し違いますが、作品の舞台と同じ一九七五年、僕が三十六歳のときでした。最初に具合が悪くなったときに一度は病院に入ったのですが、数値がすぐ下がったし、自覚症状がないから一カ月くらいで無理に退院しましてねえ。そうしたらまた再発してしまいました。

その頃、僕は石油化学新聞という石油化学業界紙の記者でしたが、四日市にあるメーカーに出張取材に出ていたときです。会社から「すぐ帰れ」と電話があった。数日前に受けた血液検査の結果が出て、会社を経由して知らされた訳ですが、帰京後に即入院ですよ。もう少し数値が高かったら劇症肝炎の範疇《はんちゅう》で、「すぐに入院しなかったら死ぬ」と医者に宣告されました。そして、それから入院を半年、自宅療養が半年で、約一年の休職を余儀なくされました。

――そうすると、作中に小説としての創作、脚色があるのはもちろんですが、かなり小田切の入院生活と実体験がかさなりますね。

そうです。例えば、生体検査のところなどは、完全に僕自身の体験です。これがつらくて、一晩ベッドの上でのたうち回りました。もう、本当に痛みで一睡もできませんでした。あれは、生検の影響で体内に空気が残って、それが腹膜を刺激するので痛みが走るのです。しかし、そんなのを別にすれば、肝炎は本人には痛くもかゆくもない病気です。それなのに退院後も病院へ週一回検査に行くだけの療養生活で、本当に暇なんですよ。

それを見かねたのが日経新聞社にいた友人の大竹堅固君で、彼が僕に小説を書くことを勧めてくれたのです。このときに出来た作品がデビュー作の『虚構の城』です。

――病気が、作家・高杉良を生んだと言えそうなエピソードですね。

まったくその通りです。中学生のころには、童話作家になりたいなんて夢も持っていたけれど、病気がなかったら僕は作家にはなっていなかったと思います。自分で言うのもなんだけど、記者としては有能で実績も上げていたから。会社は、業界紙といっても社員が二百人くらいいる大手で、その中で出世もしていた。ゴルフだ麻雀だと付き合いも多くて、とても小説を書こうだなんて考える余裕もなかったと思います。実際、デビュー作を書いたあとも、作家になれるとも、なるのだともまだ全く思っていなかった。

――では第二作は、どういう意気込みで臨まれたのですか。作家としては、安定した実力を試されるだけに第二作はデビュー作以上に重要だとも言われていますが。

実は、少し事情があって『虚構の城』は大竹君のいた日経新聞で出すことが出来なかったのです（刊行は講談社）。意外に作品に対する読者の反響もよかっただけに、僕としては大竹君に借りというか恩義がある。それで、大竹君のために二作目だけは書きたかった。

もう、職場には復帰していましたが、二作目に何を書こうかと考えたときに、やはり自分の病気体験があった。また製薬会社のプロパーの存在が面白いなと思っていたので、それをあわせて書くことにしたのです。

だから、僕の小説は二作だけで終わったかもしれなかったのですが、『明日はわが身』が出てから、執筆依頼がかなりくるようになりましてねえ。実際、本も当時約一年で六刷くらいまで版を重ねました。そういう意味では、この作品が作家としての出発点になったのかもしれませんが、本当に作家として少しはやっていけると思うようになったのはもっと後のことです。第六作の『大逆転！』（一九八〇年刊）くらいからやっとですかねえ。

――作家としての道を歩み始める一方で、まだ業界紙にも勤められていました。やはり、病気休職はサラリーマンとしてはマイナスでしたか。

その点、僕は本当に恵まれていました。勤め先のオーナー社長がいろんな面で僕をかばってくれたのです。病気休職中に小説を書いていた訳だから、復帰後は社内でやっかみも多くてね。ある役員には、「小説を書いてプロになったんだから、これで辞めるんだな」とまで言われました。それは無理ないと思いますよ。僕が逆の立場なら、やはり面白くないし、文句も言ったと思います。しかし、オーナー社長は、不平を言っている一人一人に「お前もやりたいなら書けばいいじゃないか」「君は杉田（高杉氏の本名）より仕事ができるのか」と言ってくれましてね。それで表立っての非難も収まって、作家と記者の二足のわらじをはくことになったのです。その生活は、『広報室沈黙す』（現講談社文庫）を新聞連載することが決まって、僕自身が「さすがにもう二足のわらじは無理だ」と思うようになるまで八年ほど続きました。

――小田切が経験するサラリーマンの悲哀というのは、どの辺りで構想が出来上がっていったのですか。

入院中には、まさに〝明日はわが身〟ということをかなり考えました。入院中の見聞も相当影響しているでしょうね。さっき話したように、僕は本当に恵まれていたけれど、一般のサラリーマンにとって、やはり病気は大変なことです。例えば銀行などの大組織ならば、大病をすると一選抜《いちせんばつ》などと呼ばれる同期のトップグループからは確実に外されます。病院の患者仲間には会社を辞めざるを得なくなった人もいましたしね。しかも、肝臓病をやっていると再就職も不利でしたから……。

いまは医療も進歩しましたが、当時は肝炎の既往症がある人は生命保険にも入れませんでした。僕の肝臓も、病気をした当時には、「五十まで生きれば御の字だなあ」と医者に言われていた。それが今年で六十八歳になりましたからね。本当にここまで生きるとは思わなかった。いまは、「まだまだ大丈夫ですよ」と医者が言うのですから医療の進歩ですねえ。それだって、少し酒も控えればもっといけるらしいけれど、そこまでして長生きしてもしょうがないですからねえ。

――医療現場を書くために、医師を主人公に医療を書いた作品が多い中で、プロパーという職業から医療を描いたところがまさに経済小説家としての面目躍如でしたが、特に冒頭の入れ歯をビールグラスに入れるシーンなどは、じつに印象的でした。プロパーを題材に選ばれたのは、どういった経緯だったのですか。

いまではプロパーをMR（メディカル・リプレゼンタティブ＝医薬情報担当者）とかいうそうですが、ようするに営業マンです。業界紙記者としての取材先にも医薬に進出している化学メーカーが何社かあって、以前から興味はあったのです。知り合いの会社にお願いしてプロパーも紹介してもらってだいぶ取材しました。作品に書いたように独特の世界がある面白い職種でしたね。

本が出たあと、「リアルでしたねえ」とプロパーの人たちから言われましたが、これが一番嬉《うれ》しい感想でした。プロパー以外にビル医者なんかも含めて作品の舞台を徹底的に取材したわけですが、やはりリアリティーが経済小説の生命線だと思います。だから、取材はデビューの頃から決しておろそかにはしていません。

――そのリアリティーですが、現在のサラリーマンのおかれた状況を見ると、この作品の発表から三十年もたつのに、ますますリアリティーが増しています。もちろん作品の力が大きいわけですが、これはサラリーマンがますます疲弊しているということの反映でもあるのでしょうか。

その通りだと思いますよ。昔はまだどこかサラリーマンも余裕があったと思います。終身雇用もちゃんと守られていました。ところが今は若いサラリーマンを見ていても、働きすぎで、傍目《はため》で見ていても「大丈夫かな」と思いますからね。そこへ、最近はホワイトカラー・エグゼンプション（労働時間規制適用免除制度。二〇〇六年に政府が導入を目指したが、現時点では見送られている）とか言って、残業代までなくそうとしているのでしょう。安倍（晋三首相）さんが、これを取りやめたのは英断だと思うけど、いずれそういう方向に進むのでしょうね。さらに、大企業は正社員をどんどん減らしている。あのキヤノンなどは、社内で働いている人間の半分が正社員じゃないというのでしょう。本当にサラリーマンにとってつらい時代がやってきたと思います。

医療にしたって、最近は健康保険制度が受益者負担の名目でだいぶ細ってきましたが、国民皆保険というのは、是非とも維持する必要があります。医療や保険制度にはいろいろ問題点が多くて僕も批判してきたけれど、医療にむやみと競争原理を導入することには疑問がありますね。例えば、アメリカの個人破産というのは、多くが病気をしたことがきっかけになっているそうです。もし、また医療を描くとしたらそうしたところがテーマになっていくと思います。

――では最後に、高杉ファンの中でもっとも読者層の厚いサラリーマンへのエールをお願いします。

当たり前のようですが、まず健康に気をつけること。健康管理は大事ですよ。やはり無理をして病気になることが多いわけですからね。もちろん、上司に対してものが言えるくらいにスキルを磨くことも大切です。

サラリーマン受難の時代ですが、なんとか皆さんにも健康を維持して頑張っていただきたいですね。

（収録・平成十九年二月。構成・新潮文庫編集部）

この作品は一九七七年四月日本経済新聞社より刊行され、一九八三年十月に『白い叛乱』と改題のうえ集英社文庫から、さらに一九九五年四月に復題のうえ徳間文庫から刊行された。

高杉良著　いのちの風

大日生命社長、広岡俊は実子の厳太郎を取締役として入社させた。生保業界に新風を運んだ若き取締役の活躍を描く長編経済小説。

高杉良著　生命燃ゆ

世界初のコンピュータ完全制御の石油化学コンビナート建設に残り少ない命を費やした男の最後の完全燃焼を感動的に描く経済長編。

高杉良著　虚構の城

エリートの道が約束されたはずのエンジニアが一転、左遷され、陰湿な嫌がらせを受けることに……。高杉良の記念すべきデビュー作。

高杉良著　あざやかな退任

ワンマン社長が急死し、後継人事に社内外が揺れる。そこで副社長宮本がとった行動とは？　リーダーのあるべき姿を問う傑作長編。

高杉良著　対決

社の前途を憂う男たちが、絶大な権力を誇る〝陰の首領〟に挑む！　トップ人事を巡る裏工作がめまぐるしく展開する経済長編小説。

高杉良著　管理職降格

デパート業界の過酷な競争、そして突然の降格――会社組織の軋轢のなかで苦悩するビジネスマンの姿をリアルに描く長編企業小説。

城山三郎著
役員室午後三時

日本繊維業界の名門華王紡に君臨するワンマン社長が地位を追われた——企業に生きる人間の非情な闘いと経済のメカニズムを描く。

城山三郎著
雄気堂々（上・下）

一農夫の出身でありながら、近代日本最大の経済人となった渋沢栄一のダイナミックな人間形成のドラマを、維新の激動の中に描く。

城山三郎著
毎日が日曜日

日本経済の牽引車か、諸悪の根源か？ 総合商社の巨大な組織とダイナミックな機能・日本的体質を、商社マンの人生を描いて追究。

城山三郎著
官僚たちの夏

国家の経済政策を決定する高級官僚たち——通産省を舞台に、政策や人事をめぐる政府・財界そして官僚内部のドラマを捉えた意欲作。

城山三郎著
男子の本懐

〈金解禁〉を遂行した浜口雄幸と井上準之助。性格も境遇も正反対の二人の男が、いかにして一つの政策に生命を賭したかを描く長編。

城山三郎著
硫黄島に死す

〈硫黄島玉砕〉の四日後、ロサンゼルス・オリンピック馬術優勝の西中佐はなお戦い続けていた。文藝春秋読者賞受賞の表題作など7編。

江上剛著
非情銀行
冷酷なトップに挑む、たった四人の行員のひそかな叛乱。巨大合併に走る上層部の裏側に、闇勢力との癒着があることを摑んだが……。

江上剛著
起死回生
銀行は、その使命を投げ出し、貸し剝がしに狂奔する。中堅アパレルメーカーを舞台に、銀行に抵抗して事業再生にかける男たちの闘い。

江上剛著
総会屋勇次
虚飾の投資家、偽装建築、貸し剝がし——企業のモラルはどこまで堕ちるのか。その暗部を知る勇次が、醜い会社の論理と烈しく闘う。

有吉佐和子著
複合汚染
多数の毒性物質の複合による人体への影響は現代科学でも解明できない。丹念な取材によって危機を訴え、読者を震駭させた問題の書。

三浦綾子著
夕あり朝あり
天がわれに与えた職業は何か——クリーニングの〔白洋舎〕を創業した五十嵐健治の、熱烈な信仰に貫かれた波瀾万丈の生涯。

宮尾登美子著
菊亭八百善の人びと
戦後まもなく江戸料理の老舗に嫁いだ汀子。店の再興を賭けて、消えゆく江戸の味を守ろうと奮闘する下町育ちの女性の心意気を描く。

新潮文庫最新刊

宮城谷昌光著
青雲はるかに（上・下）
才気煥発の青年范雎が、不遇と苦難の時代を経て、大国秦の名宰相となり、群雄割拠の戦国時代に終焉をもたらすまでを描く歴史巨編。

乃南アサ著
二十四時間
小学生の時の雪道での迷子、隣家のシェパードの吐息、ストで会社に泊まった夜……。短編映画のような切なく懐かしい二十四の記憶。

幸田真音著
日銀券（上・下）
バブル崩壊後の日銀が抱えた最大のテーマ、ゼロ金利政策解除の舞台裏を徹底取材。世界経済の未来をも見据えた迫力の人間ドラマ！

高杉良著
明日はわが身
派閥抗争、左遷、病気休職――製薬会社の若きエリートを襲った苦境と組織の非情。すべてのサラリーマンに捧げる渾身の経済小説。

北村薫著
語り女たち
微熱をはらむ女たちの声に聴き入るうちに、からだごと、異空間へ運ばれてしまう17話。独自の物語世界へいざなう彩り豊かな短編集。

柴田よしき著
ワーキングガール・ウォーズ
三十七歳、未婚、入社15年目。だけど、それがどうした？　会社は、悪意と嫉妬が渦巻く女性の戦場だ！　係長・墨田翔子の闘い。

新潮文庫最新刊

茂木健一郎著
脳と仮想
小林秀雄賞受賞
「サンタさんていると思う？」見知らぬ少女の声をきっかけに、著者は「仮想」の謎に取り憑かれる。気鋭の脳科学者による画期的論考。

橋本治著
いま私たちが考えるべきこと
未成熟な民主主義、理解不能の世界情勢、勘違いだらけの教育。原因はどこに？　あなたをその「答」へ導く、ユニークな思考の指南書。

斎藤由香著
窓際OL 会社はいつもてんやわんや
お台場某社より送る爆裂エッセイ第2弾。会社や仕事について悩んでいる皆さん、ビジネス書より先にこの1冊を（気が楽になります）。

松瀬学著
清宮革命・早稲田ラグビー再生
日本ラグビーの未来を託された男・清宮克幸。大学スポーツの常識を覆し、わずか二年で名門復活を遂げた荒ぶるカリスマに迫る熱闘記。

小林昌平
山本周嗣
水野敬也著
ウケる技術
ビジネス、恋愛で勝つために、「笑い」ほど強力なツールはない。今日からあなたも変身可能、史上初の使える「笑いの教則本」！

T・ハリス
高見浩訳
ハンニバル・ライジング（上・下）
稀代の怪物はいかにして誕生したのか――。第二次大戦の東部戦線からフランスを舞台に展開する、若きハンニバルの壮絶な愛と復讐。

明日《あす》はわが身《み》

新潮文庫　た－52－14

平成十九年四月一日発行

著者　高《たか》杉《すぎ》良《りょう》

発行者　佐藤隆信

発行所　株式会社新潮社

郵便番号　一六二－八七一一
東京都新宿区矢来町七一
電話　編集部(〇三)三二六六－五四四〇
読者係(〇三)三二六六－五一一一
http://www.shinchosha.co.jp

価格はカバーに表示してあります。

乱丁・落丁本は、ご面倒ですが小社読者係宛ご送付ください。送料小社負担にてお取替えいたします。

印刷・株式会社三秀舎　製本・株式会社植木製本所

ISBN978-4-10-130324-6 C0193